I0638689

# Sündhafte Retterin

**(Wicked Horse Vegas, Buch Sieben)**

von
Sawyer Bennett

# Copyright

Copyright © 2019 Sawyer Bennett
Print Ausgabe

Herausgegeben von Big Dog Books

Englischer Originaltitel: »Wicked Angel
(The Wicked Horse Vegas Book 7)«
Deutsche Übersetzung: Ute Heinzel für
Daniela Mansfield Translations 2019

Alle Rechte vorbehalten. Dies ist ein Werk der Fiktion. Namen,
Darsteller, Orte und Handlung entspringen entweder der Fantasie
der Autorin oder werden fiktiv eingesetzt. Jegliche Ähnlichkeit mit
tatsächlichen Vorkommnissen, Schauplätzen oder Personen, lebend
oder verstorben, ist rein zufällig.

Dieses Buch darf ohne die ausdrückliche schriftliche Genehmigung
der Autorin weder in seiner Gesamtheit noch in Auszügen auf
keinerlei Art mithilfe elektronischer oder mechanischer Mittel
vervielfältigt oder weitergegeben werden. Ausgenommen hiervon
sind kurze Zitate in Buchrezensionen.

ISBN Taschenbuch: 978-1-947212-34-3

Besuchen Sie Sawyer im Netz!
sawyerbennett.com
twitter.com/bennettbooks
facebook.com/bennettbooks

## Ebenfalls von Sawyer Bennett

*Wicked Horse Vegas – Die Serie:*
Sündhafter Gefallen (Buch Eins)
Sündhaftes Begehren (Buch Zwei)
Sündhafte Eifersucht (Buch Drei)
Sündhafte Vermählung (Buch Vier)
Sündhafte Entscheidung (Buch Fünf)
Sündhafter Ritter (Buch Sechs)
Sündhafte Retterin (Buch Sieben)

*Affären vor Gericht – Die Serie:*
Affären vor Gericht: Die Geschichte von McKayla
(Buch Eins)
Die Geständnisse eines göttlichen Anwalts: Die
Geschichte von Matt (Buch Zwei)
Ergib dich mir!: Die Geschichte von Cal und Macy
(Buch Drei)

*The Wicked Horse – Die Serie:*
Wicked Fall (Buch 1)
Wicked Lust (Buch 2)
Wicked Need (Buch 3)
Wicked Ride (Buch 4)
Wicked Bond (Buch 5)

*Jameson Force Security Group – Die Serie:*
Codename: Genesis (Buch 1)

# Inhalt

## KAPITEL 1

# *Benjamin*

ICH HABE ONLINE-DATING nie verstanden. Das Konzept, eine Verbindung durch digital geschriebene Worte herzustellen, scheint nahezu unmöglich zu sein.

Nicht dass das, was ich in diesem Moment tue, Dating im eigentlichen Sinn wäre.

Ich beuge mich auf meinem Stuhl nach vorn – ein riesiges führendes Design, gefertigt aus weichem italienischen Leder – und schreibe eine Antwort an @elencosti89. *Heute Abend. 11 Uhr. Trage eine Augenbinde. Und du solltest dich ein wenig fürchten.*

Ich überdenke meine Wortwahl, bevor ich auf *Senden* tippe. Ich habe genügend über diese Frau gelernt, um zu wissen, dass die Angst Teil dessen ist, was sie erregt. Ich kenne ihren vollständigen Namen nicht – nur ihre Benutzerkennung @elencosti89 –, wohl aber ihre dunkelsten Fantasien.

Als wir uns über die neue Wicked Horse Vegas Fantasy-App kennenlernten, gestand sie mir ihren

1

Wunsch danach, einem vollkommen Fremden jegliche Kontrolle zu übergeben. Das bedeutet, sie würde ihren Körper zur Verfügung stellen, damit ihr Partner damit anstellen könnte, was immer er wollte, und sie würde darüber keinerlei Mitspracherecht haben.

Sie gestand mir ebenfalls, dass sie bei dieser körperlichen Selbstaufgabe Angst verspürt, und ich bin überrascht, wie sehr es mein Interesse geweckt hat. Mir sind die Gründe, warum sie es tun will, nicht bekannt, aber es ist faszinierend, dass die Angst einen Antrieb für sie darstellt.

Es schockiert mich, denn ich kann mich nicht daran erinnern, wann ich das letzte Mal von einer Frau fasziniert gewesen bin.

Noch ungewöhnlicher ist die Tatsache, dass wir uns bis jetzt noch nicht getroffen haben. Ich habe lediglich ein Bild von ihr gesehen und es gibt keinen Zweifel, dass ich mich zu der zierlichen Frau mit dem schokoladenbraunen Haar und den dazu passenden Augen hingezogen fühle. Sie hat keine Ahnung, wie ich aussehe, weil ich mir nicht die Mühe gemacht habe, meinem Profil in der App ein Foto hinzuzufügen. Ich verstecke meine Identität nicht und bin mir auch wegen meines Aussehens nicht unsicher. Im Gegenteil ... ich weiß, dass Frauen mich unheimlich attraktiv finden.

Ich hatte bislang nur keine Zeit. Ich habe so viel zu tun, dass ich, als mir der Besitzer Jerico Jameson von dem neuen Fantasy-Service im Wicked Horse erzählte, der Menschen aufgrund ihrer Neigungen zusammenführt, lediglich einen kurzen Blick darauf warf und rasch die allernotwendigsten Informationen eintrug. Ich tat dies nach einem langen Tag voller Operationen, während ich einen trockenen Bagel mit etwas aus meinem Kühlschrank aß, bei dem es sich vermutlich einst um Frischkäse gehandelt hatte. So ist das Leben eines angesehenen Neurochirurgen, der sich auf die Rettung von Menschenleben konzentriert und nicht auf anständige Ernährung.

Der Benachrichtigungston der App erklingt, noch bevor ich mein Telefon überhaupt wieder zurück auf den Schreibtisch legen kann, und ich bin überrascht, als ich eine Antwortnachricht von @elencosti89 sehe.

*Okay*, ist alles, was sie schreibt, und ein kleiner Schauer der Aufregung jagt durch mich hindurch.

Ich erstarre und konzentriere mich auf das Gefühl, das flüchtig ist und schon bald verebbt. Dennoch, es ist etwas, das ich schon seit äußerst langer Zeit nicht mehr empfunden habe. Es ist der Grund, warum ich vor einigen Monaten anfing, das Wicked Horse zu besuchen – ich fühlte einfach überhaupt nichts. Ich dachte mir, vielleicht würde ein Eintauchen in die zwielichtigen Tiefen des perversen und schmutzigen Sex etwas in mir zum Leben erwecken, aber bis jetzt waren meine Orgasmen bestenfalls mäßig gut. Zuletzt hat mein Interesse, dorthin zu gehen, angefangen abzunehmen, ganz besonders weil ich weiß, dass ich diese Arbeit genauso gut mit meiner Hand verrichten kann. Deswegen hat mich diese Fantasy-App gereizt. Ich dachte, ich könnte vielleicht etwas finden, das besser auf meine Bedürfnisse zugeschnitten ist.

Und hier ist es. Heute Abend habe ich eine Fantasy-Verabredung im Wicked Horse. Ich nehme mir einen Moment Zeit, um eins der neuen privaten Zimmer im Apartment zu reservieren. Dort hat Jerico gewohnt, als er vor Jahren den edlen Sex-Club eröffnete, der sich in Downtown Las Vegas im obersten Stockwerk des Onyx Casinos befindet. Jetzt ist es ein exklusiver, vollkommen privater Bereich, in dem die wohlhabende Elite zusammenkommen kann, um ihre schmutzigsten Fantasien auszuleben, wenn sie kein Interesse daran hat, sich in anderen Bereichen des Clubs unter die normalen Leute zu mischen. Im Apartment gibt es drei Sex-Zimmer, die nicht regelmäßig genutzt werden, weil sie abgeriegelt sind und abseits liegen, und die meisten Besucher des Wicked Horse den Nervenkitzel des Sex vor anderen Leuten erleben wollen.

Ich schicke schnell eine weitere Nachricht an den privaten Concierge und bitte darum, ein Seil, Sojakerzen und einen elektrischen Vibrator im Zimmer bereitzulegen. Das sollte mich mit @elencosti89 eine Zeitlang beschäftigt halten.

Es klopft kurz an meine Tür. Bevor ich überhaupt Zutritt gewähren kann, wird sie bereits schwungvoll geöffnet. Mein Körper spannt sich an, als ich sehe, wie mein bester Freund hereinkommt.

Brandon Aimes.

Wir freundeten uns während des Medizinstudiums an und spezialisierten uns dann beide auf Neurochirurgie. Während er sich mehr auf Operationen an der Wirbelsäule konzentriert und ich am Gehirn arbeite, haben wir uns beide in Las Vegas niedergelassen und eine Praxis gegründet, die wegen unserer medizinischen Fähigkeiten inzwischen sehr gefragt ist. Über die Jahre haben wir weitere Ärzte an Bord geholt, doch Brandon und ich sind die Mehrheitseigner der *Neurochirurgischen Gemeinschaftspraxis Aimes & Hewitt*.

Zurzeit flackert jedoch meine Angst auf, wenn ich mich mit Brandon befassen muss. An seinem Gesichtsausdruck ist zu erkennen, dass er ebenfalls nicht glücklich ist, mich zu sehen.

Er schließt die Tür, schreitet zu einem der Gästestühle auf der anderen Seite meines Schreibtisches und lässt sich mit einem schweren Seufzer nieder. Ich bin mir nicht sicher, ob es der Dramatik dient, dass er seine Nasenwurzel zusammendrückt und dabei kurz die Augen schließt, aber als er sie wieder öffnet, zieht sich mein Magen noch mehr zusammen.

»Wir haben ein Problem«, sagt er kurz angebunden.

»Und das wäre?«, frage ich mit neutraler Stimme, weil ich nicht genau weiß, was ich jetzt schon wieder gemacht habe.

»Familie Harlan hat bei der Ethikkommission des

Krankenhauses eine offizielle Beschwerde gegen dich eingereicht.« Aus seinen braunen Augen, die normalerweise warm und freundlich dreinblicken, scheint eisige Kälte zu kommen.

Mein Verstand rast und ich versuche, mich daran zu erinnern, was ich – wenn überhaupt – getan habe, um so etwas zu verdienen. Dieser Tage sind mein Gehirn und mein Mund nicht sehr oft auf gute Weise miteinander verbunden. Manchmal sage ich Dinge, die ich später bereue.

»Ich sehe, du erinnerst dich nicht, also lass mich deinem Gedächtnis auf die Sprünge helfen«, knurrt er und beugt sich auf dem Stuhl nach vorn. »Nachdem du aus dem OP gekommen warst, hast du dich mit der Frau und den beiden Söhnen unterhalten, die verständlicherweise mitgenommen waren, weil Mr. Harlan es nicht geschafft hatte. Und du sagtest zu ihnen, sein Gehirn ähnele Rühreiern und es gäbe nicht viel, was du hättest tun können, um zu helfen, aber wenn er nicht betrunken Auto gefahren wäre, wäre er heute vielleicht wohlauf und am Leben.«

Ja … ich erinnere mich absolut daran, das gesagt zu haben. Es war auch die verdammte Wahrheit, aber ich bin nicht dumm genug zu denken, dass diese Aussage ohne Folgen bleiben würde. Als Ärzte, die das Leben anderer Menschen in den Händen halten, müssen wir die Familien mit Samthandschuhen anfassen.

»Verdammt noch mal, Benjamin!«, murmelt

Brandon und wirft sich scheinbar resigniert in seinen Stuhl zurück. »Du musst dich endlich zusammenreißen. Du kannst nicht so mit unseren Patienten sprechen. Du wirst noch unsere Praxis ruinieren und mir reißt langsam der Geduldsfaden.«

Ich würde sagen, dass es mir leidtut, aber das wäre gelogen. Peter Harlan war ein Idiot. Er hatte sich in einer Bar betrunken, gedacht, er könne nach Hause fahren, war von der Straße abgekommen und gegen ein Betonrohr geknallt. Ohne Sicherheitsgurt zum Schutz wurde er durch die Windschutzscheibe geschleudert und schlug sich an dem Rohr den Kopf auf. Als ich angerufen wurde, um den Hubschrauber in Empfang zu nehmen, der den Betrunkenen für eine Notoperation am Gehirn ins Krankenhaus gebracht hatte, war sein Frontalhirn bereits zermatscht gewesen. Es war seine verdammte Schuld, nicht meine.

»Es ist schon über ein Jahr her, Benjamin«, sagt er leise und das Eisige ist verschwunden. Jetzt ist nur noch Mitleid und scheinbares Verständnis übrig. »Du musst es hinter dir lassen.«

Ich schaue auf die Uhr meines Telefons. Ein Jahr, ein Monat, elf Tage, sechs Stunden und dreiundzwanzig Minuten. Aber wer zählt schon mit?

Er seufzt, als ich mich weigere, irgendetwas von dem anzuerkennen, was er bisher gesagt hat. Es ist nicht das erste Mal, dass wir diese Unterhaltung führen. Alles, was ich eventuell zu meiner Verteidigung sagen könnte, wird auf taube Ohren stoßen.

Brandon blickt sich in meinem Büro um. Es ist sauber und modern, mit schwarzem Leder und Chrom eingerichtet. Ich bin etwas pingelig, wenn es um Sauberkeit geht, alles ist bei mir makellos.

Als er mich wieder ansieht, sagt er: »Es war ein Fehler, ihre Bilder abzuhängen.«

Mein gesamter Körper zuckt zusammen, als hätte ich soeben einen elektrischen Schlag bekommen. Obwohl es schon ein Jahr, einen Monat, elf Tage, sechs Stunden und jetzt vierundzwanzig Minuten her ist, hat Brandon mich nicht ein Mal dafür kritisiert, wie ich mit dem Tod meiner Frau und meiner fünfjährigen Tochter umgegangen bin.

Bis jetzt.

Ich spüre, dass er wegen der Art und Weise, wie ich versuche, ihren Tod zu verarbeiten, an seine Toleranzgrenze stößt. Aber ich bin mir nicht sicher, ob er es verstehen kann.

Viel wichtiger ist jedoch, dass ich nicht einmal versuchen will, es zu erklären. Wie mit den meisten Dingen in meinem Leben habe ich nur eine bestimmte Bandbreite zur Verfügung. Um meinen Status als erstklassiger Chirurg beizubehalten, muss ich mich dahingehend anstrengen. Sicher, meine Sozialkompetenz die Patienten betreffend ist stark eingebrochen, aber zumindest bin ich immer noch ein verdammtes Ass in dem, was ich tue.

Das heißt, wenn man mir kein zermatschtes Gehirn vorlegt.

»Hast du nichts zu sagen?«, fragt Brandon wütend, denn ihm fällt auf, dass ich seit seinem Eintreten noch kein Wort verloren habe.

Ich starre ihn einfach nur an, erstaunt darüber, dass sein Zorn mich nicht einmal berührt. Ich fühle mich wegen seiner Vorwürfe weder angegriffen noch bedroht oder schuldig.

Wie immer in letzter Zeit fühle ich nichts.

»Seit dem Unfall hast du alle von deinem Leben ausgeschlossen«, fährt er fort. »Mich. Deine Eltern. Deinen Bruder. Wie zum Teufel kannst du nur so leben?«

Eigentlich könnte ich hier sitzen und seinem Gerede stundenlang zuhören, aber ich muss ein paar Krankenhausrunden drehen. Wortlos erhebe ich mich von meinem Schreibtisch, ignoriere den Schmerz in meinem linken Oberschenkel, nehme mir den Gehstock, für den zu hassen ich nicht einmal die Kraft aufbringe, und umklammere den T-förmigen Griff. Meine Mutter hat ihn für mich gekauft und ich habe seine Notwendigkeit nicht infrage gestellt. Mein Bein schmerzt immer noch, wenn ich es über längere Zeit mit meinem vollen Gewicht belaste, deshalb benutze ich ihn ständig.

Ich erinnere mich daran, wie sehr sie gezögert hat, ihn mir zu geben. Sie hatte ihn aus Ebenholz maßanfertigen lassen, damit ich nicht einen dieser knallbunten Aluminiumstöcke mit Gummiknauf benutzen muss. Nicht dass es mich interessieren würde.

Inzwischen bin ich nur noch daran interessiert, meine Arbeit gut zu erledigen. Ich besitze nicht die Energie, um mir über mehr als das Gedanken zu machen.

Ich gehe um den Schreibtisch herum und nutze den Stock, um genug meines Gewichts darauf abzustützen, damit ich keine Schmerzen habe. Meine Orthopäden haben mir versichert, dass es mit der Stärkung des Beins kontinuierlich besser wird. Es dauert nur eine Weile, da der Oberschenkelknochen gebrochen war und ich einen Großteil meiner Oberschenkelmuskulatur verloren habe. Derzeit benutze ich den Stock nicht, wenn ich in einem Zimmer umhergehe oder kurze Entfernungen zurücklege, trotzdem ist es einfacher, ihn überall mit hinzunehmen.

Der Druck von Brandons Blick lastet auf mir, aber wie alles andere auch ist es mir einfach egal.

»Das mit den Harlans ist eine ernste Angelegenheit«, sagt Brandon, als ich an ihm vorbeigehe. Ich kann hören, wie er vom Stuhl aufsteht. Seine Stimme folgt mir durch die Tür hinaus, aber ich schenke ihm keine Beachtung. »Du wirst vor der Ethikkommission erscheinen müssen.«

»Sag mir Bescheid, wenn es so weit ist«, antworte ich, wohl wissend, dass ich mich wie ein Arschloch verhalte, aber unfähig, etwas dagegen zu unternehmen.

»Bitte«, murmelt Brandon und die Verzweiflung in

diesem einen Wort bringt mich beinahe dazu anzuhalten. Beinahe.

Ich verlasse mein Büro nur leicht hinkend, da ich so gut darin geworden bin, mit diesem Stock zu gehen.

»Wirf nicht alles weg«, sagt er und die Warnung in diesem Satz ist deutlich. »Ich kann dir nur begrenzt helfen, Benjamin, aber du machst es mir schwer, überhaupt etwas für dich zu tun.«

Ich antworte nicht, als ich mich von ihm entferne. Ich werde für meine unüberlegten Worte den Harlans gegenüber bezahlen müssen. Tief im Inneren wird mir klar, dass ich einen Weg finden muss, wie ich den Mund halten kann, wenn ich sauer auf Patienten werde.

Aber darum kann ich mir ein anderes Mal Gedanken machen.

# KAPITEL 2

## *Elena*

MEIN MOBILTELEFON KLINGELT und weil mein Auto nicht modern genug ist, um Bluetooth-Technologie zu unterstützen, muss ich mein Radio leiser machen, bevor ich auf den Bildschirm tippe, um den Anruf meiner besten Freundin anzunehmen. Das Telefon befindet sich in einer dieser Vorrichtungen, die an der Lüftung befestigt werden, und Jories Gesicht blickt mich fröhlich einen Moment lang an, bevor die Verbindung hergestellt wird. Ich tippe erneut, um den Lautsprecher einzuschalten, und das alles, während ich mich durch den Stadtverkehr von Las Vegas schlängele.

»Was gibt's?«, flöte ich, genauso froh darüber, heute von ihr zu hören, wie ich es gestern war und morgen sein werde. Als beste Freundinnen sprechen wir jeden Tag miteinander.

»Mittlerweile sind es dreihundertfünfzig Leute«, verkündet sie dramatisch und ich kann mir vorstellen, wie sie am anderen Ende der Leitung mit den Augen

12

rollt.

»Wow«, murmele ich. »Das wird ja eine ordentliche Party.«

»Es ist absurd!«, schimpft sie und ich unterdrücke ein belustigtes Kichern.

»Er liebt dich«, betone ich. »Er ist stolz auf dich. Er möchte den Tag feiern, an dem du geboren wurdest, und das bedeutet, dein Mann wird es an deinem Geburtstag vollkommen übertreiben. Lehn dich einfach zurück und genieß es.«

»Ich weiß«, murmelt sie gereizt, aber es ist offensichtlich, wie sehr es ihr gefällt, dass Walsh sie so liebt. Die beiden sind Freunde aus Kindertagen, die sich als Erwachsene ineinander verliebt haben, und ich könnte nicht glücklicher für sie sein.

Jorie wird nächstes Wochenende fünfundzwanzig und Walsh veranstaltet eine riesige Party. Zunächst wollte er sie überraschen und hat mich deswegen um Rat gefragt. Ich hatte ihm gesagt, dass es eine furchtbare Idee wäre, weil sie Überraschungen hasst, und er schien, nun ja … überrascht. Ich musste ihn daran erinnern, dass ihr Bruder Micah vielleicht sein bester Freund war, während sie zusammen aufwuchsen, er sie aber niemals so gut kennen würde wie ich, weil ich ihre beste Freundin bin, seit wir noch ganz klein waren. Das war vielleicht etwas übertrieben, aber ich bin mir sicher, dass sie Überraschungen hasst.

Also machte er eine ganz normale Geburtstagsparty

daraus. Mit normal meine ich, dass jetzt die Elite von Las Vegas erscheinen wird. So etwas passiert nun einmal, wenn deinem Mann ein erfolgreiches Casino namens The Royale gehört und er selbst zu den Vegas-Berühmtheiten zählt.

»Was machst du heute Abend?«, fragt sie.

»Ich bin auf dem Weg ins Wicked Horse«, antworte ich und schaue in den rechten Außenspiegel, um die Spur zu wechseln. Meine Ausfahrt kommt demnächst.

»Oh, ich bin schon ganz gespannt darauf, die Einzelheiten zu hören«, flüstert Jorie und ich schätze, dass Walsh sich mit ihr im Zimmer befindet. Wir sprechen zwar über viele pikante Dinge, doch sie würde mit ihrem Mann niemals über meine Privatange-legenheiten plaudern.

Es ist schon lustig, wie sich Jorie und Walsh im Wicked Horse wiedergefunden haben. Sie haben »zufällig« bei einem Maskenball miteinander gevögelt, ohne zu wissen, wer die Person war, die sich hinter der Maske verbirgt. Zugegeben, es war eine sehr verwirrende Zeit zwischen ihnen, besonders weil es Walsh schwerfiel zu akzeptieren, dass er sich zu der kleinen Schwester seines besten Freundes hingezogen fühlte.

Aber irgendwann haben sie erkannt, wie sehr sie ein-ander lieben. Jetzt sind sie glücklich verheiratet und einen Großteil dieses Verdienstes rechne ich mir an. Ich war diejenige, die Jorie an jenem Abend mit ins Wicked Horse geschleift hatte. Ich bin zwar kein Mitglied und könnte mir den jährlichen Mitgliedsbeitrag auch nicht leisten, trotzdem gönne ich mir einige Male pro Jahr den Eintritt zum exorbitanten Preis von fünfhundert Dollar pro Abend. Als eine Frau, die sich ihrer Sexualität vollkommen sicher ist, finde ich es sehr befreiend, an einen Ort gehen zu können und von gleichgesinnten Menschen umgeben zu sein, denen es Spaß macht, ihre Lust miteinander auszuleben.

»Ich rufe dich morgen an«, sage ich, als ich meine Ausfahrt erreiche. »Sollen wir uns demnächst mal zum Mittagessen treffen?«

»Ich könnte Montag zu dir kommen«, antwortet sie. Jorie lebt jetzt in Las Vegas, wo sie sich mit Walsh seine Penthouse-Wohnung im obersten Stockwerk des Royale teilt. Ich wohne etwa eine halbe Stunde entfernt in Henderson, wo wir alle gemeinsam aufgewachsen sind.

»Lass uns das machen«, sage ich, ohne einen Gedanken an meinen Terminkalender zu verschwenden. Mein Frisörsalon bleibt sonntags und montags geschlossen.

»Okay, meine Liebe«, sagt Jorie sanft und so liebevoll, dass ich mich bereits auf unser morgiges Telefonat freue. »Viel Spaß heute Abend!«

»Oh, den werde ich haben«, schnurre ich. Zumindest glaube ich das. Heute Abend werde ich etwas Neues ausprobieren. Und ich bin deswegen bereits furchtbar nervös.

Normalerweise geht es im Wicked Horse darum,

Leute kennenzulernen. Ich gehe dorthin, trinke etwas und komme mit Männern ins Gespräch. Irgendwann treffe ich jemanden, mit dem ich eine Verbindung habe. Wenn ich mich mit jemandem gut verstehe, haben wir Sex. Manchmal treffe ich auch Männer, mit denen ich schon einmal etwas hatte. Im Anschluss folgt heißer, perverser Sex und ich fahre mit einem Grinsen auf dem Gesicht und der anhaltenden Freiheit fernab einer Beziehung mit Verpflichtungen wieder nach Hause. Es passt einfach perfekt.

Aber heute Abend stürze ich mich blind ins Vergnügen – wörtlich und im übertragenen Sinn. Ich werde den Mann, mit dem ich zusammen sein werde, nicht sehen. Irgendetwas daran macht die ganze Sache noch aufregender und ein wenig gefährlich. Ich habe ihn noch nicht einmal getroffen. Wir haben über die App des Sex-Clubs lediglich einige Nachrichten ausgetauscht. Ich setze all mein Vertrauen in Jerico Jameson und seine Zusicherung, dass er alle seine Mitglieder genauestens prüft.

Denn heute Abend werde ich nicht mitreden können, was mit mir passiert.

Es ist meine Fantasie. So sehr mich der Gedanke an das, was passieren könnte, auch reizt, so sehr verängstigt er mich auch.

Und das wiederum reizt mich nur noch mehr.

◆

IN DER LETZTEN Nachricht, die er mir heute schrieb, sagte er, ich solle mir die Augen verbinden. Bevor ich das tat, las ich die Notiz, die der Concierge für mich hinterlassen hatte. Als ich im Wicked Horse ankam, wies mich eine Hostess an, mich in eines der Privatzimmer innerhalb des Apartments zu begeben. Zum Apartment haben nur Gäste mit Exklusiv-Mitgliedschaft Zutritt. Scheinbar ist meine Verabredung wohlhabend, denn nur wenige können sich diese Art der Mitgliedschaft leisten.

Die Nachricht war einfach und stammte nicht von ihm, wurde aber eindeutig auf seine Anweisung hin verfasst.

*Bitte entkleide dich vollständig und lege die Augenbinde an. Du darfst sie unter keinen Umständen abnehmen. Du darfst ebenfalls nicht sprechen, es sei denn, du möchtest das Signalwort sagen, um aufzuhören.*

*Das Signalwort lautet Krokodil.*

Ein silberweißes Seidenlaken bedeckt das Bett in der Mitte des Raumes und es fühlt sich kühl und weich an meiner nackten Haut an. Die Augenbinde, die für mich bereitliegt, ist extrabreit und aus rotem Satin. Ich kann nichts sehen, nicht einmal einen Lichtschimmer an den Rändern. Auch wenn ich eine leichte Panik verspüre, weil ich nichts erkennen kann, bin ich gerade absolut angetörnt.

Und das, obwohl der Mann sich noch nicht einmal mit mir im Zimmer befindet.

Meine Fantasie läuft schon den ganzen Tag auf Hochtouren, doch jetzt dreht mein Verstand angesichts der vielen Möglichkeiten vollkommen durch. Er sagte mir, dass es ein Seil geben würde und ich mich ein wenig fürchten sollte. Ich kann nicht anders, als mich zu winden, während ich mich auf das kühle Laken lege und versuche, meinen Atem zu regulieren, indem ich einige Male langsam einatme und genauso langsam die Luft wieder herauslasse.

Ich hoffe, der heutige Abend wird mir etwas Wichtiges über mich selbst verraten. Dass ich vielleicht lernen kann, wieder einem Mann zu vertrauen, selbst wenn es nur im Bett ist.

Der Türknauf klappert ein wenig und ich höre auf, mich zu bewegen. Mein Gehör ist in höchster Alarmbereitschaft und gleicht den Verlust des Sehvermögens aus. Obwohl alle Scharniere gut geölt sind, kann ich das Zischen der sich öffnenden Tür hören und ich schwöre, ich spüre sogar den Windhauch an meinem Körper. Ich würde gern sagen, ich bin so sensibilisiert, dass meine Brustwarzen hart werden, aber diese sind bereits steif geworden, als ich mich ausgezogen und die Augenbinde angelegt habe.

Die Tür wird geschlossen und ich bemühe mich zu lauschen, doch wer auch immer eingetreten ist – vermutlich meine Verabredung –, gibt kaum ein

Geräusch von sich.

Aber was, wenn es nicht meine Verabredung ist?

Was, wenn es sich um einen Fremden handelt – also einen anderen Fremden als den Mann, mit dem ich kommuniziert habe –, der aus Versehen eingetreten ist?

Ich greife beinahe nach der Augenbinde, um einen Blick zu riskieren, erinnere mich jedoch an die Anweisungen. Ich soll sie unter keinen Umständen abnehmen. Ich muss mir auf die Zunge beißen, um nicht nach der Person zu rufen, die sich mit mir in diesem Zimmer befindet.

Es ist absolut still, bis ich das leise Geräusch von vermutlich Gesellschaftsschuhen auf dem Hartholzboden vernehme, das mir andeutet, dass der Mann – zumindest denke ich, dass ich mit einem Mann kommuniziert habe – auf mich zukommt.

Ich meine … was, wenn es sich um eine Frau handelt? Darüber habe ich nicht nachgedacht. Die Benutzerkennung lautete nur @sinemente1. Im Profil stand »männlich«. Zumindest glaube ich das. Ich erinnere mich nicht daran, dass wir explizit darüber gesprochen hätten. Was, wenn eine Frau hier ist, um *Dinge* mit mir zu tun?

Ist das wichtig?

Ich bin nicht abgeneigt, mit Frauen in einer Gruppe zu spielen, aber ich fühle mich nicht von Natur aus zu ihnen hingezogen. Abgesehen davon bedarf es eines Mannes, um diese Fantasie auszuleben. Es geht darum zu lernen, Männern zu vertrauen.

Ich bohre meine Finger in das Seidenlaken und zerknülle es in meiner Faust, nur um mich dazu zu zwingen, die Augenbinde vor lauter Panik nicht zu entfernen.

Als die Matratze sich neigt, wird mir klar, dass – wer immer es auch ist – sich gesetzt hat. Sie neigt sich ziemlich stark, was den Hinweis auf jemand Schweres gibt. Also vermutlich ein Mann.

Mein Puls rast und auf meiner Stirn bildet sich ein feiner Schweißfilm.

Aber dann bedeckt etwas Warmes und Großes meine Brüste. Ich sauge die Luft ein und halte sie an. Als mir bewusst wird, dass meine gesamte Brust von einer Hand bedeckt wird, weiß ich, dass es sich um einen Mann handeln muss, denn ich habe einen ziemlich großen Busen. Die Finger sind lang und ich spüre in ihnen sowohl Stärke als auch eine zarte Berührung.

Die Hand bewegt sich, wird gedreht und dann streichen die Fingerknöchel meinen Bauch hinunter. Ich halte weiterhin einen großen Atemzug in mir und frage mich, wie weit er wohl nach unten gleiten wird.

Als er mit den Fingerknöcheln über meinen frisch gewachsten Venushügel fährt, drücke ich meine Hüften ein wenig nach oben und die Luft entweicht aus meiner Lunge.

Er sagt jedoch kein Wort.

Reagiert nicht auf meine Reaktion.

Einfach nur absolute Stille, bevor seine Hand nicht mehr da ist.

Die Matratze bewegt sich erneut und ich weiß, dass er aufgestanden ist. Das Geräusch von Schritten erklingt, während er um das Bett herum auf die andere Seite geht.

Dann führt er meine Hand durch ein Seil, bevor sich etwas um meine Handgelenke festzieht. Er hebt meinen Arm und bindet ihn an etwas über meinem Kopf fest. Es ist nicht schmerzhaft, aber auch nicht angenehm.

Noch mehr Schritte auf dem Hartholzboden, dann bindet er das andere Handgelenk fest.

Ich warte darauf, dass meine Fußgelenke ebenfalls gefesselt werden, aber mit ihnen geschieht nichts.

Es ertönt ein Geräusch, das ich nicht sofort erkenne. Ein wiederholtes Reiben ... einmal, zweimal und dann trifft es mich.

Ein Feuerzeug.

Mein Körper spannt sich an und ich strenge mich an, noch etwas anderes zu hören. Irgendetwas, das mir sagen könnte, wo er sich jetzt befindet und was er mit mir vorhat.

Als der erste Tropfen des heißen Wachses auf meine Brustwarze fällt, gebe ich einen überraschten Zischlaut von mir, bevor ich wegen des leicht stechenden Schmerzes aufstöhne. Es ist überhaupt nicht schlimm, doch dann tropft noch mehr auf meine Haut. Ein Brennen auf meinen Brüsten erzeugt ein leichtes Stechen, dann bleibt ein köstliches Pochen zurück.

Ich winde mich, ziehe an dem Seil, das mich an Ort und Stelle hält, und fange an, mit den Hüften zu kreisen, während mehr Wachs über die Mitte meines Oberkörpers und zu meiner anderen Brust getropft wird, wo es wunderbar auf meiner Brustwarze brennt.

Ich habe so etwas noch nie mit mir machen lassen. Ich habe nicht einmal darüber nachgedacht. Ich liebe es, mich versohlen zu lassen, fest versohlen zu lassen. Ich liebe die Kombination aus Schmerz und Lust.

Und als der Fremde Wachs auf meinen Körper gießt, frage ich mich, warum ich so etwas nie wollte. Es fühlt sich fantastisch an. Schon bald kann ich nicht mehr unterscheiden, wo der Schmerz endet und die Lust beginnt. Es vermischt sich, genau wie das Keuchen und leise Stöhnen, das aus meinem Mund kommt.

Die Spur des heißen Wachses reicht von meinen Brüsten bis hinunter zu meinem Bauch. Ein langsames, ausladendes Muster, das links und rechts auf meine Rippen trifft, wo ich spüre, wie es an mir herunterläuft und auf das Laken unter mir trifft.

Noch tiefer, jetzt bis zu meinem Bauchnabel. Noch einmal hole ich vor Vorfreude tief Luft, während er sich meiner Muschi nähert. Ich habe mich so sehr an das gewöhnt, was er tut, und mir fällt auf, dass er sich in Zurückhaltung übt. Es trifft mich kein langer Strahl Wachs mehr, sondern stattdessen spüre ich einzelne Tropfen, die mich auf meinem Venushügel rechts und links neben meiner Spalte treffen.

Ich habe die Beine gespreizt, eine stille Einladung, mich zwischen ihnen zu verbrennen. *Dort* brauche ich es. Ich habe das Gefühl, ich werde sterben, wenn ich es *dort* nicht bekomme.

Es fällt kein Wachs mehr und ich schreie in einem Gefühl auf, von dem ich denke, dass es sich tatsächlich um Verzweiflung handeln könnte.

»Dort nicht«, sagt er. Er weiß ganz genau, was ich brauche, und verweigert es mir. Mein Instinkt will ihn verfluchen, aber ich tue es nicht. Ich erinnere mich an seine Anweisungen. Ich habe nicht zu sprechen. Er hat die Kontrolle und es geht nicht darum, was ich will, sondern darum, was er bereit ist, mir zu geben.

In diesem Moment bin ich ihm vollkommen ausgeliefert.

# KAPITEL 3

## *Benjamin*

ICH STARRE DIE Frau an – @elencosti89 – und zum ersten Mal denke ich darüber nach, wie sie wohl heißt. Nicht dass ich sie fragen werde. Im Wicked Horse habe ich noch nie eine Frau nach ihrem Namen gefragt, weil es unwichtig war.

Immer noch unwichtig ist. Trotzdem würde ich es gern wissen.

Sie ist umwerfend. Wegen der breiten Augenbinde kann ich ihr Gesicht nicht erkennen, aber das ist auch nicht notwendig. Ich habe auf ihren Fotos bereits sehen können, dass sie hübsch ist, ihr Körper jedoch ist ein Kunstwerk. Er hat Rundungen an all den richtigen Stellen und ihre Haut sieht so unwahrscheinlich weich aus. Ich wusste, dass heißes Wachs die richtige Wahl sein würde.

Diese Brüste sind perfekt, ihre braunen Brustwarzen flehen mich an, verbrannt zu werden.

Nachdem sie die ersten Tropfen tapfer hingenommen hatte, fing ihr gesamter Körper an, mich still nach mehr anzubetteln. Sie wand sich und zuckte. Ich habe mich noch nie mehr gefreut, eine haarlose Muschi zu sehen, weil ich wusste, dass mein Wachs dorthin fließen würde. Doch nur auf ihren Venushügel, denn für ihre Klitoris hatte ich einen besseren Plan, als sie mit Schmerz zu desensibilisieren.

Als sie ihre Beine spreizt, muss ich sie rügen. »Dort nicht.«

Niemals an dieser Stelle.

Ich drehe mich zur Seite und stelle die angezündete Sojakerze auf den kleinen Nachttisch neben dem Bett. Ich lösche sie nicht, bin mir jedoch nicht sicher, ob ich sie noch einmal verwenden werde. Die Kerze, die mir zur Verfügung gestellt wurde, ist weiß und das Wachs, das sie von der Brust bis zum Schambereich bedeckt, sieht aus wie mehrere Ladungen Sperma, die auf ihrem Körper abgespritzt wurden.

Ich stehe vom Bett auf und lasse die Frau dort liegen, damit sie sich fragen kann, was wohl als Nächstes passieren wird. Ich bin beeindruckt, dass sie sich an die Regeln hält, was bedeutet, es ist ihr wichtig, meiner Kontrolle zu unterliegen.

Ich ziehe meine Anzugjacke aus und gehe zu den Einbauschränken, die sich auf der anderen Seite des Zimmers befinden. Ich werfe meine Jacke auf einen Stuhl in der Ecke, dann lockere ich meine Krawatte. Nachdem ich den Schrank geöffnet habe, nehme ich den Vibrator heraus, um den ich gebeten hatte. Er ist etwa dreißig Zentimeter lang, hat einen schmalen Griff und eine bauchige Vorwölbung am Ende, die mit einer beeindruckenden Geschwindigkeit vibriert. Um die Stromversorgung zu gewährleisten, wird er elektrisch anstatt mit Batterien betrieben und ich habe gesehen, wie dieses Ding eine Frau praktisch zerstören kann.

Auf die bestmögliche Weise, meine ich.

Als ich zum Bett zurückgehe, liegt sie ganz still da. Sie hat den Kopf nur ein klein wenig angehoben und in meine Richtung gedreht, während sie sich anstrengt, zu lauschen und vielleicht zu erahnen, was als Nächstes passieren wird. Ich würde es ihr nicht sagen, selbst wenn ich könnte.

Aber das kann ich gar nicht, denn ich habe keine Ahnung. Ich entscheide alles spontan. Ich improvisiere und muss zugeben, dass ich ein wenig aus dem Gleichgewicht bin. Die Tatsache, dass mein Schwanz gerade steinhart ist, beunruhigt mich. Es ist passiert, als ich den ersten Tropfen Wachs auf ihre Brust haben fallen lassen und sie so wunderbar darauf reagiert hat. Mit Hass auf den Schmerz, Liebe für die Lust und dann wiederum zu lernen, den Schmerz noch einmal zu lieben und vorherzusehen. Ja, mein Schwanz verdickte sich und drückte schmerzhaft gegen meinen Reißverschluss, und es ist schockierend. Trotz all der sexuellen Ausschweifungen, die ich in den letzten Monaten erlebt habe, seit ich anfing hierherzukommen, hat mein Körper nicht so reagiert, wie es der eines normalen sechsunddreißig-jährigen Mannes tun sollte. Heutzutage brauche ich eine Menge, um erregt zu werden, und ich benötige keinen persönlichen Neurologen, Psychiater oder irgendeinen anderen Mediziner, um mir zu sagen, dass sich das Problem in meinem Kopf befindet.

Damit meine ich den zwischen meinen Schultern.

Mein Schwanz funktioniert seit dem Unfall nicht mehr richtig, weil Sex und Liebe vorher zu sehr mitein-ander verbunden waren. Es ist mir zuwider, dass sie jemals wieder miteinander verbunden sein sollten.

Und trotzdem bin ich hier im Wicked Horse und riskiere, dass es passiert.

Aber ich habe keine Wahl. Ich muss es riskieren. Denn wenn ich hier bin, fühle ich zumindest etwas, auch wenn es eine Weile dauert, bis ich der Lust unterliege. Während meines letzten Lebensjahres habe ich zunächst unvorstellbare Schmerzen gehabt und dann überhaupt nichts mehr gespürt. Ich war es so satt, die ganze Zeit nur zu leiden – meine Familie so sehr zu vermissen, dass ich darüber nachgedacht habe, meinem Leben ein für alle Mal ein Ende zu setzen –, dass ich wusste, ich würde eine drastische Veränderung vornehmen müssen.

Und dann eines Tages ... hat meine Psyche wohl beschlossen, den Gefühlen einen Riegel vorzuschieben. Defensiv hat sie gelernt, der beste Weg, mich vor dem Schmerz zu schützen, besteht darin, ihn zu ignorieren. Und ich habe so hervorragende Arbeit geleistet, dass ich ihn in eine Nichtexistenz gezwungen habe. Zusammen mit dem Großteil der anderen Gefühle.

Mein Mitgefühl für meine Patienten scheint ausgetrocknet zu sein. Meine Kameradschaft zu meinen Freunden ist verschwunden. Familiäre Liebe ist abgekühlt, weil ich es manchmal nicht einmal ertrage, meine Eltern und meinen Bruder anzusehen. Mahlzeiten schmecken fade. Die Luft riecht abgestanden. Sogar meine Träume sind langweilig und haben keine Bedeutung mehr. Die einzige Sache, die mir eine kleine Befriedigung verschafft – und es ist nicht einmal mehr eine Freude, wie es früher der Fall war – ist, eine erfolgreiche Operation durchzuführen. Aber zum Teufel … das meiste von dem, was ich tue, ist Routinearbeit. Sogar diese Handlungen führe ich nur noch mechanisch aus. Und auch wenn es sich gut anfühlt, einem Patienten das Leben zu retten, kann ich nicht von mir behaupten, mich schlecht zu fühlen, wenn ich einen verliere.

Ich bin absolut kaputt und versuche, mir etwas zurückzuholen. Irgendein Gefühl.

Die letzten Monate waren wie ein interessantes Experiment. Meine ersten Besuche hier verliefen positiv und ich dachte, ich hätte vielleicht ein Heilmittel entdeckt. Die Orgasmen waren gut, aber wie hätten sie bei dem Maß an Perversion, der an diesem Ort vorherrscht, auch schlecht sein können?

Aber dann, wie mit allem anderen im Leben,

verblasste das Gute und die Erfahrungen stumpften so sehr ab, dass ich meine Mitgliedschaft kündigen wollte.

Bis @elencosti89 und ich uns über die brandneue Fantasy-App kennenlernten.

Und jetzt ist mein Schwanz härter, als ich es in den letzten Jahren in Erinnerung habe, und ich wette, er wird nur noch härter werden, wenn ich sie erst zum Orgasmus bringe.

Ich gehe zum Nachttisch und hocke mich hin, um den Vibrator in die Steckdose oberhalb der Fußleiste einzuführen. Ich lege ihn nicht weit von ihrer Schulter entfernt auf die Matratze und nehme erneut die Kerze in die Hand. Während ich mich auf die glatten, olivfarbenen Stellen von nackter Haut zwischen dem erkalteten Wachs konzentriere, gieße ich noch mehr der heißen Substanz über sie. Ich löse die gehärteten Wachsplättchen von ihren Brustwarzen, bevor ich noch mehr darüber träufele. Mein Schwanz pulsiert als Antwort auf ihr lustvolles Stöhnen und die Art, wie sie mit ihren Hüften immer wieder nach oben stößt. Als sie schamlos die Beine spreizt, sagt mir das, es ist Zeit weiterzumachen.

Ich stelle die Kerze zur Seite, nehme den Vibrator in die Hand und halte ihn bereit. Nachdem ich neben der Frau auf der Matratze Platz genommen habe, lege ich meine freie Hand an ihre warme Muschi. Die Frau stöhnt, drückt ihre Fersen in die Matratze und presst sich an mich. Mit einer kurzen Drehung meines Handgelenks gelingt es mir, meinen Mittelfinger in sie einzuführen.

Die Hitze und Feuchtigkeit an meinem Finger bringen meine Hoden dazu, sich so schmerzhaft und zum ersten Mal seit so langer Zeit zusammenzuziehen, dass ich mich darauf freue zu kommen.

Geschickt schalte ich den Vibrator ein und das Summen des kraftvollen kleinen Motors bringt die Frau dazu, ihren Kopf zur Seite zu drehen. Wieder hört sie auf, sich zu bewegen, trotz meines Fingers, der tief in ihr steckt, dann beginnt sie zu zittern, als ich das Gerät näherbringe.

Ganz langsam bewege ich den Vibrator dorthin, wo sich ihre Knospe unter der weichen, nackten Haut versteckt, und drücke den gewölbten, zuckenden Kopf daran.

Ich bin erstaunt, als sie vor grausamer Lust aufschreit. Ihre Hüften schießen wild vom Bett in die Höhe und sie kommt heftiger, als ich es jemals zuvor gesehen habe. Schneller, als ich es jemals zuvor gesehen habe. Ihre Muskeln ziehen sich um meinen Finger zusammen, halten mich fest in ihr und ihr gesamter Körper wird von dieser Explosion erschüttert.

Vor Staunen, wie reaktionsfreudig sie ist, öffne ich leicht den Mund – und das alles von ein bisschen Wachs und Vorstellungskraft.

Wieder bohrt sie die Fersen in die Matratze, öffnet die Beine und reibt sich in einer Aufwärtsbewegung an dem Vibrator auf der Suche nach mehr.

Ich drücke ihn fester an sie, genug, um sie dazu zu bringen, sich wieder hinzulegen. Dann ziehe ich meinen Finger aus ihr heraus und schiebe sogleich drei wieder hinein, um sie damit zu ficken. Sie fängt an zu jammern, will erneut kommen und bevor ich mich versehe, tut sie genau das.

Noch ein Orgasmus – nicht lange andauernd, aber einer, der sie so fest durchschüttelt, dass sie ihre Zehen einkringelt und mit den Armen an den Seilen zerrt, während sie den Kopf hin und her wirft.

Spektakulär schön.

Ich schalte den Vibrator aus und werfe ihn achtlos zu Boden. Es interessiert mich nicht, ob er kaputtgeht. Für heute Abend bin ich mit dem Ding fertig.

Ich krieche aufs Bett, spreize ihre Beine noch mehr und lege mich dazwischen. Ich fummele an meiner Hose herum, erpicht darauf, meinen Schwanz rauszuholen. Er pulsiert, tropft und ist so hart, dass ich mich beinahe schon davor fürchte, wie es sich anfühlen wird.

Ich bin vollständig bekleidet, aber das ist mir scheißegal. Mich interessiert lediglich, mich in dieses glitschige, dunkle Loch von @elencosti89 hineinzuschieben und mir gemeinsam mit ihr den Verstand heraus zu vögeln. Für ein Kondom besteht keine Notwendigkeit. Wir haben uns beide dazu entschlossen, uns untersuchen zu lassen, damit wir uns Haut an Haut erleben können. Noch einmal, ich wollte etwas spüren.

Ich positioniere meine Schwanzspitze an ihrer

Öffnung und ergreife ihre Beine unter den Oberschenkeln, um sie anzuheben und noch weiter zu spreizen. Ich blicke zu der Frau hinauf und kann nur ihre Lippen und ihr Kinn sehen. Sie beißt sich mit ihren perfekten, weißen, geraden Zähnen auf die Unterlippe.

Scheiße, das ist scharf.

Mir gelingt es nicht, sanft in sie einzudringen, aber das ist egal. Sie sagte, ich könne mit ihr tun, was immer ich will. Sagte, ich könne sie in jedes Loch und so grob ich will ficken. Es tut mir also nicht leid, als ich meine Hüften nach vorn drücke und tief in sie hineinstoße.

Endlich bricht sie die Regel, nichts zu sagen, indem sie ein Wort flüstert: »Ja.«

Ich kann sie dafür nicht einmal rügen. Es fühlt sich zu gut an, wie ihre Muschi mich umschließt, und ich fange an, die Hüften zu bewegen.

Ich weiß, dass ich nicht lange durchhalten werde, und es ist mir auch egal, ob sie noch einmal kommt. Sie hat bereits zwei Orgasmen gehabt.

Während ich den Blick über ihren wachsbedeckten Körper wandern lasse, vögele ich @elencosti89, und ich vögele sie heftig. Ihre Titten hüpfen herum und sie stöhnt auf, wenn ich tief in sie stoße. Sie überrascht mich sogar, als sie noch einmal kommt und meine Hoden dazu bringt, sich zum Abschuss bereit zusammenzuziehen.

Gnadenlos hämmere ich immer und immer wieder in ihre Hitze und Feuchtigkeit hinein. Es interessiert mich nicht, ob ich ihr wehtue, ich bin ganz allein auf den Sturm konzentriert, der sich tief in mir zusammenbraut. Wie eine Trichterwolke, die sich dreht, zusammenzieht und mich einsaugt.

Und dann explodiert sie nach außen und ich komme so heftig, dass es schmerzt.

Ein schöner Schmerz.

Mein Kopf fällt nach hinten und ich brülle meinen Höhepunkt in Richtung Zimmerdecke hinaus. Meine Hüften klatschen immer noch gegen sie, um jeden wertvollen Tropfen des Gefühls herauszuquetschen, den ich in ihr abspritze.

Nachdem alles vorbei ist, schnappe ich keuchend nach Luft.

Erstaunt starre ich die Frau an und frage mich, was zum Teufel so besonders an ihr ist, weil ich mir ziemlich sicher bin, dass ich soeben den besten Orgasmus meines Lebens hatte.

Ich greife mit einer Hand nach oben, ziehe an dem Schiebeknoten und befreie eine ihrer Hände.

Sofort berührt sie damit die Augenbinde und beginnt, sie hochzuschieben.

»Nicht«, murmele ich, ergreife mit den Fingern ihr Handgelenk und reiße ihr die Hand vom Gesicht. »Erst nachdem ich gegangen bin.«

»Es ist mir egal, wie du aussiehst«, sagt sie und ich denke, es ist in Ordnung, dass sie jetzt die Regeln bricht. Wir haben beide bekommen, was wir wollten.

»Und mir ist es egal, auch wenn es dir nicht egal ist«, sage ich steif, ziehe meinen erschlafften Schwanz aus ihr heraus und verstaue ihn wieder in meiner Hose. Ich rolle mich vom Bett herunter und schließe den Reißverschluss.

Hastig gehe ich zum Stuhl und schnappe mir meine Jacke. Ohne mich noch einmal zu der Frau umzudrehen, verlasse ich etwas zittrig von der Erfahrung das Zimmer.

Trotzdem bin ich ebenfalls erleichtert.

Scheint, als wäre ich innerlich noch nicht tot, wie ich einst geglaubt habe.

## KAPITEL 4

# *Elena*

JORIES GEBURTSTAGSPARTY FINDET im großen Ballsaal im Royale Casino statt, der prunkvoll im Jugendstil eingerichtet ist. Die geschwungenen Fenster sind mit Glasmalerei verziert und orientalische Teppiche in tiefen Rottönen und Marineblau bedecken die glänzenden Böden. Schmiedeeiserne Kronleuchter hängen sechs Meter voneinander entfernt in der Mitte des Raumes und die schweren Möbel weisen kunstvoll geschwungene Linien auf und sind mit kühn gemusterten Seidenkissen dekoriert.

Jorie hat einmal gestanden, wie sehr sie diese Dekadenz hasst, aber ich vermute, dass es nur die Meinung eines Kleinstadtmädchens war, das versuchte, sich daran zu gewöhnen, in der reichen Welt ihres neuen Ehemannes zu leben.

Die meisten Gäste sind jetzt auch Jories Freunde, aber größtenteils stammen sie aus Walshs Welt von Luxus und Reichtum. Bevor sie ihren jetzigen Mann wieder traf, lebte sie in Kalifornien, nachdem ihre erste Ehe unschön geendet hatte. Sie war zurück nach Henderson gezogen, nachdem ihr Arschloch von Ehemann sie vor die Tür gesetzt und es gewagt hatte, ihr zu sagen, sie sei schlecht im Bett. Sie stand plötzlich vor der Tür meiner bescheidenen Zweizimmerwohnung in Henderson, Nevada, wo wir beide aufgewachsen sind, und litt wegen der Dinge, die dieser Idiot zu ihr gesagt hatte, unter schrecklichen Minderwertigkeitskomplexen. Also habe ich sie kurzerhand zu meiner dauerhaften Mitbewohnerin gemacht und sie dann ins Wicked Horse geschleift, damit sie wieder in den Sattel kommt – oder besser gesagt in ein Bett –, und na ja … das war es auch schon. An diesem schicksalshaften Abend traf sie Walsh wieder und der Rest ist Geschichte.

Und jetzt überschüttet er sie mit seiner Zuneigung, teuren Urlaubsreisen, Juwelen und extravaganten Partys, wie es sich für einen neuen Ehemann gehört, der verrückt nach seiner Frau ist. Nicht dass sie diese Extravaganzen haben will. Sie wäre auch glücklich, wenn sie mit ihrem Mann in einem kleinen Haus in einem Vorort von Las Vegas wohnen würde, aber sie lässt ihm seinen Spaß.

Nun ja, vielleicht würden sie nicht in einem kleinen Haus leben. Seit ihrer Hochzeitsreise im vergangenen Jahr nach Paris versuchen die beiden, ein Kind zu bekommen. Sie übertreiben es jedoch nicht und bestimmen den Zeitpunkt des Eisprungs auch nicht minutiös genau. Ich weiß genug über meine beste Freundin, um sagen zu können, dass die beiden ein stabiles Sexleben haben und Walsh seine Schwimmer regelmäßig ausschickt, in der Hoffnung, dass Jorie schwanger wird. Aber abgesehen davon sind die beiden entspannt und der Meinung, dass es irgendwann schon passieren wird.

Es hat einmal eine Zeit gegeben, in der ich mich ebenfalls danach gesehnt habe, aber heutzutage spielt das so gut wie keine Rolle mehr. Ich hatte so viele schlechte Beziehungen, dass ich die Hoffnung auf die Existenz eines guten Mannes aufgegeben habe. Ich meine, klar … Walsh ist ein guter Mann, aber er ist die absolute Ausnahme. Das mit ihm und Jorie war Schicksal.

Für meine schlechten Entscheidungen bin ich jedoch ganz allein verantwortlich. Ich suche mir jedes verdammte Mal die gleiche Art von Mann aus. Die Art, bei der am Anfang alles gut zu laufen scheint, doch bevor ich mich versehe, habe ich mein Herz auch schon an jemanden verschenkt, der faul, träge und sowohl finanziell als auch emotional vollkommen abhängig von mir ist. Ich weiß nicht, ob über meinem Kopf ein Schild in Neonbuchstaben hängt, aber ich bin nun wirklich ganz und gar keine Sugarmama. Ich habe ebenfalls kein Interesse, für einen erwachsenen Mann die Mutter zu spielen. Daran ist ganz und gar nichts Attraktives.

Und es ist ja auch nicht so, als würde ich im Geld schwimmen. Ich bin eine Geschäftsinhaberin, die es nicht leicht hat, und auch wenn ich mit der Leitung meines eigenen Salons an meinem beruflichen Höhepunkt angelangt bin, ist der Stress meistens doch sehr nervenaufreibend. Es geht eben nicht nur um die Freiheit und die Kunst des Haarstylings, sondern auch darum, sich um Angestellte, Miete, Rechnungen, Materialien, Verkäufer und Kundenzufriedenheit zu kümmern. Ich arbeite mir die Finger wund und verdiene trotzdem nur unwesentlich mehr als während der Zeit, in der ich im Salon eines anderen angestellt war.

Trotzdem finde ich es erfüllend, den Laden am Laufen zu halten, und darüber hinaus muss ich niemandem Rede und Antwort stehen.

Zumindest habe ich das erreicht.

Ich nehme mir ein Glas Champagner von einem Tablett, bevor ich an der Außenseite des Ballsaals herumgehe. Ich bin wegen Jorie hier, kenne aber außer ihrem Bruder Micah niemand anderen. Er ist derzeit in ein Gespräch mit zahlreichen Geschäftsmännern vertieft und obwohl er nichts dagegen hätte, wenn ich mich dazugesellen würde, sieht es für mich doch nach einer Schnarchveranstaltung aus.

Jorie klebt förmlich an Walsh, so wie es sein sollte, und er ist damit beschäftigt, sie herumzuführen und mit ihr anzugeben.

Und das sollte er auch.

Aber sie ist meine beste Freundin und macht sich Sorgen um mich. Regelmäßig blickt sie sich um und sucht nach mir, weil sie besorgt ist, dass ich mich vielleicht nicht amüsiere.

Was ich tatsächlich nicht tue.

Ich kenne nicht nur niemanden hier, ich bin darüber hinaus auch überhaupt nicht in meinem Element. Ich kann garantieren, dass ich die einzige Frisörin in diesem Ballsaal bin. Wegen meiner harten Arbeit und absoluten Entschlossenheit würde ich mich in der Mittelschicht einordnen, trotzdem wette ich, dass ich die einzige Person der Mittelschicht bei dieser Party bin. In diesem Ballsaal ist das eine Prozent der Bevölkerung anwesend. Die Leute, die Garagen für sechs Autos besitzen, in denen all ihre schicken Importfahrzeuge Platz finden, und die Juwelen an den Fingern tragen, die mehr kosten als das, was ich in einem Jahr verdiene.

Aber ich bin wegen Jorie hier, rufe ich mir zum dritten Mal heute Abend in Erinnerung. Ich werde diesen Champagner austrinken, etwas von dem gekühlten Hummer naschen, ein Stück des Geburtstagskuchens essen und mich dann aus dem Staub machen. Sie wird das verstehen.

»Denk gar nicht erst daran, früher zu gehen«, sagt Jorie, die sich von hinten angeschlichen und mich am Arm gepackt hat. Sie geht mit mir zu einer kleinen Nische etwas abseits der Menschenmenge, wo sich ein leinenbedeckter Tisch befindet, auf dem leere Gläser und Teller abgestellt werden. »Ich kenne diesen Gesichtsausdruck.«

»Ich kenne niemanden hier«, jammere ich dramatisch. »Und du weißt doch, dass schicke Partys und reiche Menschen nicht mein Fall sind.«

»Im Wicked Horse vögelst du ständig mit reichen Leuten«, kontert sie mit hochgezogener Augenbraue. »Fang damit also gar nicht erst an.«

Das stimmt schon, aber der einzige Grund, warum ich diesen Luxus haben kann, ist der, dass Jorie mir letztes Jahr zum Geburtstag eine Spezial-Mitgliedschaft für das Wicked Horse geschenkt hat. Damit kann ich den Club zweimal im Monat gratis besuchen, normalerweise würde es mich pro Abend fünfhundert Dollar kosten. Davor habe ich mir das Eintrittsgeld vom Mund abgespart und manchmal sogar auf eine neue Handtasche oder ein hübsches Kleid verzichtet, um mir ein paarmal pro Jahr Befriedigung zu verschaffen. Das war sehr viel einfacher, als mit Männern auszugehen.

Obwohl sie seit ihrer Hochzeit mit Walsh schwer-reich ist, versuchte ich, die Mitgliedschaft abzulehnen, weil sie einfach unsagbar teuer gewesen sein musste. Aber sie versicherte mir, dass Jerico Jameson ihr einen Spezialpreis gegeben hatte und sie schwer beleidigt wäre, wenn ich sie nicht annehmen würde.

Was mich letzten Endes davon überzeugt hat, ihr Geschenk zu akzeptieren, war der Glanz in Jories Augen. Angesichts der Tatsache, dass sie im Wicked Horse ihre große Liebe gefunden hatte, konnte sie keinen Grund sehen, warum es mir nicht auch so gehen sollte. Ich habe es nicht übers Herz gebracht, ihr zu sagen, dass ich kein

Interesse daran habe, und versicherte ihr deswegen überaus dankbar, dass ich ihr Geschenk toll finde.

Das tat ich auch wirklich und tue es immer noch.

Ganz besonders nach meinem Treffen mit einem gesichtslosen Mann am letzten Wochenende, der meinen Körper dazu brachte, Dinge zu tun, von denen ich nicht wusste, dass er dazu in der Lage sein würde. Wie sehr ich mir wünsche zu wissen, wie er aussieht. Wie sehr ich mir wünsche, dass er mich mittels der App noch einmal kontaktiert, denn ich würde diesen Schritt niemals wagen. Wenn ich es täte, würde es bedeuten, dass ich etwas von ihm brauche, und in diese Falle tappe ich ganz bestimmt nicht noch einmal. Ja, mein Stolz hält mich davon ab, aber wenn er sich bei mir melden würde, würde ich zu einem weiteren Treffen mit ihm nicht Nein sagen.

Ich würde die Chance nutzen.

»Du denkst an ihn, nicht wahr?«, fragt sie mit einem wissentlichen Blick. Ich werde rot – nicht, weil sie mich so gut kennt, sondern weil die Erinnerung an diesen heißen Abend wieder die Sehnsucht danach in mir weckt.

Am Montag habe ich Jorie beim Mittagessen über unsere Zeit im exklusiven Apartment berichtet. Obwohl ich nicht alles haarklein beschrieb, erzählte ich ihr dennoch genügend Dinge, um sie dazu zu bringen, sich Luft zuzufächeln, große Schlucke ihres Eiswassers zu trinken und zu murmeln, sie und Walsh müssten dem

Club bald wieder einen Besuch abstatten.

»Ich denke nicht an ihn«, presse ich hervor und betrachte die Menschen, zu deren Zirkel ich ganz sicher nie gehören werde. Aber dann füge ich hinzu: »Nicht viel.«

So viele reiche Leute. Hübsche Frauen. Attraktive Männer.

Die Männer hier sind wie überall und für mich nicht wirklich von Interesse. Meiner Meinung nach hat der wirtschaftliche Status nichts mit dem männlichen Charakter zu tun. Es mag den Anschein erwecken, dass sie ein gesünderes Selbstbewusstsein besitzen, aber ich habe festgestellt, dass reiche und arme Männer gleichermaßen darin geübt sind, mich auszunutzen.

Ich lasse den Blick umherschweifen und bewundere dabei vor allem die Kleider der Frauen.

»Wow«, murmelt Jorie und stellt sich ein wenig dichter zu mir. »Jemand scheint an dir interessiert zu sein.«

»Wer?«, frage ich und bewege langsam den Kopf, um die Menschen zu betrachten, aber dann bleibt mein Blick an einem Mann hängen, der mich mit einem schwer zu beschreibenden Gesichtsausdruck ansieht. Sein Blick ist hart, beinahe kalt. Er hat den Kiefer fest zusammengepresst. Trotzdem scheint er deutlich überrascht zu sein, mich zu sehen, was ich verwunderlich finde, da er für mich ein Fremder ist.

»Kennst du ihn?«, will Jorie wissen, da ihr

offensichtlich nicht entgeht, dass verschiedene Emotionen auf seinem Gesicht miteinander kämpfen.

»Überhaupt nicht. Du?«

Jorie schnaubt. »Ich kenne nicht einmal die Hälfte der hier anwesenden Gäste. Ich kann Walsh suchen und ihn fragen.«

Ich drehe mich zu ihr um, hauptsächlich um den Mann zu ignorieren. Ich kenne ihn nicht, er ist nicht wichtig und ich bin nicht in der Stimmung, die Annäherungsversuche von jemandem abzuwehren. Auch wenn er unglaublich gut aussehend ist.

»Oh Mann«, flüstert Jorie und zieht die Augenbrauen hoch. Sie nickt über meine Schulter in die Richtung, wo der Mann gestanden hat. »Hier kommt er.«

Mein Körper spannt sich an und ich sehe sie flehend an. »Wage es ja nicht, mich hier stehen zu lassen.«

»Ich bin dann mal weg«, sagt sie mit einem teuflischen Grinsen. »Er ist superscharf und offensichtlich an dir interessiert.«

»Nein Jorie!«, fauche ich und packe sie am Handgelenk. Ich funkele sie warnend an. »Das werde ich dir niemals verzeihen.«

»Später wirst du mir danken, da bin ich mir sicher«, witzelt sie, dann befreit sie sich vorsichtig aus meinem Griff, weil sie weiß, dass ich sie niemals zwingen würde zu bleiben. Schließlich ist es ihr Geburtstag.

Jorie entfernt sich und ich drehe mich mit einem resignierten Seufzer um.

Ich bin schockiert, als ich mir den Mann betrachte, der auf mich zugeht. Je näher er kommt, desto besser sieht er aus. Dunkles Haar, das gerade lang genug ist, um auf eine zerzauste, gerade-aus-dem-Bett-Art frisiert zu werden, die sehr modern und angesagt ist. Hohe Wangenknochen, volle Lippen und eine schmale Nase, die ihn vornehm aussehen lassen. Er trägt einen gepflegten, sehr kurz geschnittenen Bart und seine Augen sind dunkelbraun und grüblerisch.

Am meisten schockiert mich jedoch, dass der Mann zwar groß und gut gebaut ist, aber leicht humpelt und sich beim Gehen auf einem Stock abstützt. Wegen seines jungen Alters und attraktiven Körperbaus werde ich neugierig, wobei der Gehstock ein weiteres geheimnisvolles Element hinzufügt.

Als er mich erreicht, lässt er den Blick ganz langsam und beinahe schon besitzergreifend an meinem Körper hinunter wandern. Normalerweise würde mich solch ein Verhalten verärgern, aber ich habe irgendwie das Gefühl, dass er das Recht besitzt, es zu tun.

Seltsam.

Er hebt den Blick genauso langsam wieder, bis er mir in die Augen sieht.

»Du«, murmelt er verwundert und … ist das etwa Zorn?

Ich blinzele verwirrt. »Ich was?«

»Ich hätte nicht gedacht, dass du noch besser aussehen könntest als nackt und mit heißem Wachs bedeckt, aber wie es scheint, liege ich damit wohl falsch.«

Mich durchfährt ein Ruck des Bewusstseins, als mir klar wird, wer da vor mir steht, und ich fühle mich ziemlich aus dem Gleichgewicht gebracht. Seine Worte würden auf den ersten Blick als verführerisch und lobenswert angesehen werden, aber von dem deutlichen Missfallen in seiner Stimme könnte darauf zu schließen sein, dass er meinen Anblick nicht erträgt.

Ich beschließe, mich stattdessen auf seinen Ton zu konzentrieren und seinen durchdringenden Blick zu erwidern. »Tut mir leid, dich zu enttäuschen.«

Die Heftigkeit, die ihm entgegenschlägt, scheint ihn zu erschrecken, denn er weicht unsicher einen Schritt zurück. Er ist eindeutig ein intelligenter Mann. An seinem Gesicht kann ich erkennen, dass ihm sein Fehler sofort bewusst wird.

»Ich hätte sagen sollen«, bemerkt er mit sanfterer Stimme, »dass du heute Abend sehr hübsch aussiehst. Entschuldige bitte … ich bin nicht besonders gut darin, Komplimente zu machen.«

Meine Güte, er ist wirklich seltsam. Er findet die richtigen Worte – was jede Frau gern hören würde –, aber er spricht sie so verklemmt aus, dass es offensichtlich schmerzhaft für ihn ist, sich mit mir zu unterhalten. Das steht in solch krassem Widerspruch zu der Art und Weise, wie er mich letztes Wochenende im Wicked Horse behandelt hat. Und es gibt keinen Zweifel, dass dies der Mann ist, der meine Welt mit heißem Wachs, einem Vibrator und einem sehr geschickten Schwanz aus den Angeln gehoben hat. Ich erkenne seine Stimme lediglich wegen der ersten zwei Worte, die er an jenem Abend zu mir gesagt hat.

»*Dort nicht.*«

Wir starren einander einen Moment lang an und ich kann sehen, dass es ihm schwerfällt, etwas zu finden, was er sagen könnte. Es handelt sich nicht um Schüchternheit, mehr um eine Abneigung, weiterhin ein belangloses Gespräch zu führen. Ich versuche, ihm zu helfen.

»Woher kennst du Walsh?«, frage ich.

»Golfpartner«, antwortet er, dann sieht er sich in der Menge um. »Normalerweise hasse ich es, bei dieser Art von Feiern zu erscheinen, aber ich habe ihm versprochen, dass ich kommen würde.«

»Er wollte ein großes Fest für Jorie veranstalten«, erkläre ich, bevor ich einen Schluck Champagner trinke.

»Bist du mit ihr befreundet?«, will er wissen, als er den Gehstock mittig vor sich platziert und die Hände auf dem verzierten, T-förmigen Griff ablegt.

»Beste Freundinnen«, antworte ich und neige leicht den Kopf. »Wir sind zusammen aufgewachsen.«

Er nickt und lässt den Blick über die Gäste schweifen. Scheinbar weiß er nicht, was er noch weiter sagen soll. Deshalb frage ich: »Was machst du beruflich?«

»Ich bin Neurochirurg«, antwortet er und lässt mir seine Aufmerksamkeit zuteilwerden.

Ich blinzele überrascht, denn das ist beeindruckend.

»Wow.«

Vielleicht fällt es ihm deswegen ein wenig schwer, sich zu unterhalten. Sind die klugen Köpfe nicht immer so?

Und trotzdem wendet er den Blick nicht wieder ab. Sein Gesichtsausdruck ist nachdenklich, als würde er versuchen, mein Geheimnis zu entschlüsseln. Aber ich bin bloß ich, deswegen kann es das nicht sein. Ich bin ein Mensch der Kategorie »Was man sieht, das bekommt man auch«.

Er sagt nichts und ich weiß ebenfalls nicht mehr, was ich noch erzählen könnte. Weil mir die Ideen ausgehen, denke ich darüber nach, wie ich dieses Gespräch beenden könnte, weil mir klar wird, dass sich unsere Chemie ausschließlich um Sex dreht. Was nicht schlimm ist. Wir brauchen nicht miteinander zu reden.

»Möchtest du mit mir ins Wicked Horse gehen?«, fragt er plötzlich und ich bin erstaunt darüber, wie klinisch er seine Frage stellt. Würde er versuchen, mich zu verführen, würde er zärtlichere Worte finden oder mir vielleicht über den Arm streicheln.

Stattdessen klingt es wie eine langweilige Geschäfts-abwicklung.

Trotzdem will ich diesen Mann noch einmal. Ich habe nie versucht, das zu leugnen.

Jedes Molekül in meinem Körper vibriert und schreit: »Ja!« Ich wusste, dass ich die Chance ergreifen würde, noch einmal mit ihm zusammen zu sein, wenn sie sich bietet, aber ich ertappe mich dabei, wie ich bedauernd den Kopf schüttele. »Ich kann nicht. Meine Mitgliedschaft erlaubt mir nur zweimal pro Monat einen Besuch und für Januar habe ich meine Tage bereits aufgebraucht. Aber wir könnten ... äh ... stattdessen zu dir gehen?«

»Können wir nicht«, antwortet er tonlos und in mir regt sich ein Verdacht.

»Warum nicht? Bist du verheiratet?«

»Nein«, erwidert er ungerührt, dann verzieht er das Gesicht. »Ich bin lediglich ein zurückgezogener Mensch und möchte den Sex im Club behalten.«

Ich kann seinen Grund verstehen. Auch ich lebe nach dieser Devise und könnte mich ohrfeigen, dass ich überhaupt vorgeschlagen habe, zu ihm zu gehen. Es wirkt verzweifelt. Abgesehen davon ist es eine Missachtung aller Regeln, die ich für mich selbst aufgestellt habe, um nicht wieder in eine Falle zu tappen. Aus genau dem gleichen Grund beschränke ich den Sex strikt auf den Club.

Um Männer auf einer Armlänge Abstand zu halten.

Lerne ich denn nie dazu?

»Aber wenn du es mir gestatten würdest«, sagt er beinahe schon steif, als traue er den Worten nicht, die aus seinem Mund kommen, »würde ich gern die Eintrittsgebühr für dich übernehmen, damit du heute Abend Zutritt bekommst.«

Ich finde Jorie, die neben Walsh steht, und sehe ihr

in die Augen. Sie sind voller Fragen, aber sie würde es mir niemals übel nehmen, wenn ich jetzt am Arm dieses Mannes hier rausmarschieren würde.

Trotzdem wende ich mich ihm mit einem kleinen, reuigen Seufzer zu. »Bevor Jorie nicht ihren Kuchen hatte, kann ich nicht gehen.«

Der Mann blickt zu Jorie und Walsh, dann sieht er wieder mich an. Enttäuscht neigt er den Kopf zur Seite. »Dann vielleicht ein anderes Mal.«

Mist. Ich hatte gehofft, dass er noch eine Weile bleiben würde, bis es ein für mich angemessener Zeitpunkt wäre zu gehen, aber ich war eindeutig nur eine einfache und verfügbare Eroberung auf seinem Weg. Er klingt, als würde er in den Club fahren und ohne Schwierigkeiten jemand anderen finden.

So sei es. Ich bettle nicht.

»Einen schönen Abend«, murmele ich mit einem Lächeln und hoffe, dass es mein Bedauern verbirgt.

Nachdem er mir zugenickt hat, geht er in Richtung Ausgang.

Ich beobachte, wie er sich trotz des Hinkens und des Gehstocks mit einer eleganten Anmut bewegt. Als er nicht mehr zu sehen ist, leere ich mein Glas mit Champagner und nehme mir von einem umhergehenden Kellner ein neues.

## KAPITEL 5

# *Benjamin*

MEIN HAUS IST dunkel, als ich es betrete. Aus Sicherheitsgründen sollte ich das Lichts nachts brennen lassen, aber das steht auf meiner Liste mit Prioritäten nun wirklich nicht weit oben.

Ich schalte das Licht in der Eingangshalle ein, das das geräumige Wohnzimmer erhellt, das in die Küche führt, und stelle meinen Gehstock in einen Schirmständer neben der Tür. Es gab einmal eine Zeit in meinem Leben, als sich darin nur Regenschirme befanden.

Für gewöhnlich mache ich mir nicht die Mühe, meinen Stock im Haus zu benutzen. Ich brauche ihn nicht fürs Gleichgewicht, sondern eher, um mein heilendes Bein gewichtsmäßig zu entlasten. Ich kann mich in meinem Haus bewegen, indem ich mich, falls notwendig, an Wänden oder Möbelstücken festhalte.

Während ich das Wohnzimmer durchquere, ignoriere ich, wie gespenstisch es mit den eingehüllten Möbelstücken und Einbauschränken aussieht, in denen sich weder Kleinkram noch Erinnerungsstücke noch Bilder befinden. Als ich nach dem Unfall von meinem langen Krankenhausaufenthalt zurückkehrte, wollte ich dieses Haus verkaufen. Es war nicht mehr mein Zuhause.

Nicht ohne April und Cassidy.

Ich engagierte jemanden, um alles einzupacken. Ich konnte es nicht ertragen, ihre lächelnden Gesichter auf den Fotos zu sehen, die April großzügig überall in unserem Haus verteilt hatte. Ich brachte es nicht fertig, mich auf das Sofa zu setzen, wo sie mit Cassidy gekuschelt und ihr vor dem Zubettgehen eine Geschichte vorgelesen hatte, während ich in meinem Fernsehsessel saß und in einer medizinischen Fachzeitschrift blätterte. Ich konnte nichts davon ertragen, also überdeckte ich alles und versuchte es jedes Mal zu ignorieren, wenn ich durch die Tür trat.

Heute Abend schmerzt mein Bein, aber weil niemand mich sehen kann, versuche ich nicht, mein Hinken zu verstecken. Ich humpele in die Küche, nicht weil ich Hunger habe, sondern weil ich weiß, dass ich etwas essen sollte. Sämtliche Nahrung schmeckt fade und langweilig, und ich sehne mich nie wegen des Genusses danach.

Ich öffne den Kühlschrank und betrachte mir den Inhalt. In der Tür befinden sich Senf, Mayonnaise und Ketchup, zusammen mit eingelegten Gurken. Übrig gebliebene Schachteln mit chinesischem Essen, das vermutlich schon älter als eine Woche ist. Einige Proteingetränke und verschimmelter Speck.

Ich schließe den Kühlschrank wieder und ziehe die Schublade des Gefrierschranks auf, der sich darunter befindet. Einige Tiefkühlgerichte, die ich nicht verlockend finde.

Also öffne ich erneut den Kühlschrank und nehme zwei Proteinshakes heraus. Ich entferne von beiden den Verschluss und während ich dort stehe und mich mit einer Hand an der Granit-Arbeitsplatte der Kücheninsel festhalte, trinke ich sie beide direkt hintereinander aus. Ich fresse, ohne irgendetwas zu schmecken, denn ich könnte es nicht einmal, wenn ich es versuchen würde. Die leeren Behälter werfe ich in den Müll, dann gehe ich durch das schattenverhangene Haus.

Ich mache mir nicht die Mühe, einen Blick in Cassidys Zimmer zu werfen. Diese Tür ist schon verschlossen, seit ich aus dem Krankenhaus zurückgekehrt bin, und ich habe nicht einmal den Mut, auch nur kurz hineinzusehen. Ich ignoriere die Doppeltür am Ende des Flurs, hinter der sich das große Schlafzimmer befindet.

Würde ich dort hineingehen, würden – wie überall im Haus – die Möbel mit Abdeckplanen verdeckt sein. Ich ließ sogar die Matratze entfernen, weil sie nach April roch und ich diese Erinnerung nicht haben wollte, für den Fall, dass ich dieses Zimmer aus irgendeinem Grund einmal betreten müsste.

Stattdessen begebe ich mich in das Gästezimmer, das

ich übernommen habe. Die Möbel und Dekoration darin bedeuteten mir nichts. Es gab nicht einmal ein Familienfoto hier drinnen, das hätte entfernt werden müssen. Nur ein bequemes Bett mit einer Tagesdecke in einer neutralen Farbe. In diesem Zimmer haben meine Eltern geschlafen, wenn sie aus Michigan zu Besuch kamen, oder Aprils Zwillingsschwester Angela, die manchmal auf der Durchreise war und bei uns in Las Vegas übernachtete. Ich stellte einen kleinen Schreibtisch neben das Fenster, das den Blick auf den Vorgarten bietet, und stattete ihn dann mit einem Laptop aus, an dem ich spät abends arbeiten kann. Weil ich nicht mehr so viel schlafe wie früher, haben meine Unterlagen nie besser ausgesehen.

Ich schalte meine Nachttischlampe an und nehme auf der Bettkante Platz. Durch die sofortige Entlastung meines Beins entschlüpft mir ein unfreiwilliger Seufzer und ich streiche mir mit der Hand über den Bart.

Dies hier ist mein Privatleben. Ein elf Quadratmeter großes Gästezimmer und ein leerer Kühlschrank.

Trotzdem habe ich nicht das Gefühl, als würde ich irgendetwas verpassen. Das Leben ist für mich ziemlich einfach geworden. Ich beschränke meine Bindungen zu Menschen und Luxusgütern auf ein Minimum, konzentriere mich auf die Arbeit und investiere all meine Energie darin, Leben zu retten. Ich sorge mich um nichts anderes. Wenn ich nichts wertschätze, kann mich auch nichts verletzen, wenn es mir weggenommen wird.

Selbsterhaltung vom Feinsten.

Und trotzdem stehe ich vor einem Rätsel, denn vor Kurzem habe ich etwas gefunden, das sich für mich als wertvoll herausgestellt hat.

Zumindest ein Mal.

Die Frau aus dem Wicked Horse Vegas vom letzten Wochenende. Wenn ich auf die brutale und geißelnde Art und Weise ehrlich wäre, wie ich sie während des vergangenen Jahres entwickelt habe, würde ich sie eine Pest nennen, weil sie seit unserer Begegnung viel zu viele meiner Gedanken beschäftigt. Das ist beunruhigend, denn das Einzige, dem ich Zugang zu meiner Gehirnmaterie gewährt habe, waren … nun ja, Gehirne.

Die Gehirne, an denen ich operiere, die ich bewerte und repariere. Ich habe nur Platz für die Arbeit, oder zumindest dachte ich das.

Aber während der vergangenen Woche habe ich wieder und wieder jeden einzelnen Moment dieses Abends in meinem Kopf durchgespielt. Ich war nicht länger als höchstens dreißig Minuten mit ihr zusammen, trotzdem habe ich Stunden damit verbracht, jede Minute zu analysieren. Warum mich diese Frau fasziniert, ist rätselhaft, denn äußerlich unterscheidet sie sich nicht von jeder anderen hübschen, scharfen, fickbaren Frau im Club.

Ich bin mir nicht sicher, wie oft ich seit unserem Treffen die Fantasy-App aufgerufen habe in der Absicht, ein weiteres Treffen mit ihr zu vereinbaren.

Eine weitere Gelegenheit für mich, etwas zu spüren.

Und obwohl sie für mich vielleicht in vielerlei Hinsicht als frustrierendes Ärgernis gilt, muss ich dennoch zugeben, dass sie sich für mich ebenfalls als wertvoll erwiesen hat.

Weil mein Körper anders auf sie reagiert hat als auf alle meine anderen Eroberungen im Wicked Horse. Während der wenigen Monate, in denen ich dort Mitglied bin, habe ich relativ viele Frauen gevögelt und bin immer zum Orgasmus gekommen. Aber ich bin mir nicht sicher, ob es die maßlos übertriebene Summe rechtfertigt, die ich für diese Mitgliedschaft zahle.

Zumindest nicht bis letzten Freitag mit der geheimnisvollen @elencosti89 und der überwältigendsten sexuellen Erfahrung meines Lebens. Alles wurde durch diesen verdammten Orgasmus, der mich beinahe wieder an Gott glauben ließ, auf den Punkt gebracht.

Ja, sie hat einen Wert. Sie hat mich dazu gebracht, wieder etwas zu spüren, und ist das denn nicht der Grund, warum ich überhaupt angefangen habe, ins Wicked Horse zu gehen? Weil ich mich so weit vom eigentlichen Leben entfernt hatte, dass ich kaum mehr irgendetwas gefühlt habe. Sogar ich weiß, dass es keine gute Sache und lediglich ein schmaler Grat ist, der zwischen dem liegt, was ich hatte, und dem Frieden, den der Tod mit sich bringen könnte, wenn ich über gewisse Dinge zu lange nachdenken würde.

Warum zum Teufel habe ich also die Gelegenheit

verpasst, wieder mit ihr zusammen sein zu können? Mein gesamter Körper pulsierte vor Energie, als ich sie in diesem Ballsaal erblickt habe. Ihr Gesicht war zwar größtenteils von einer Augenbinde verdeckt gewesen, aber ich hatte zuvor ihr Foto gesehen. Sie war einfach zu erkennen gewesen, weil sie eine so hübsche Frau ist.

Es war ein einfacher Vorschlag. Ich hätte mit ihr in den Club fahren können, nachdem heute Abend der Kuchen bei der Party serviert worden wäre, aber dem habe ich einen Riegel vorgeschoben. Ein weiteres göttliches, sexuelles Erlebnis zu haben, war für mich zum Greifen nah, aber ich habe mich davon abgewendet.

Immer noch der alte Benjamin. Er schirmt sich ab. Nimmt den einfachen Ausweg. Verhält sich wie ein Feigling.

Ich hätte sie heute Abend nehmen können und habe abgelehnt.

Denn ganz egal, wie verzweifelt ich in den letzten Monaten auf der Suche danach war, irgendetwas zu empfinden, nachdem es erst passiert war, hat es mir furchtbare Angst gemacht.

Es bedeutet, dass ich innerlich noch nicht vollkommen tot bin.

Und das bedeutet, dass ich wieder Schmerzen empfinden kann.

»Verdammt noch mal!«, murmele ich und fahre mir mit den Händen durchs Haar. Keine guten Entscheidungen.

Wenn April am Leben wäre, würde sie mich ungefähr jetzt packen und durchschütteln. Ich stelle sie mir wie einen Geist vor, der sich irgendwo aufhält, nur nicht im Himmel. Ich kann nicht an solch einen Ort glauben, weil ich nicht an einen Gott glauben kann, der unserer Familie so etwas Furchtbares antun würde.

Ich kann die Sache mit April beinahe verstehen. Sie hat kein ganzes Leben gelebt, doch ihr Leben war erfüllt gewesen. Aber was zum Teufel hatte Cassidy jemals getan, um so sterben zu müssen? Warum würde Gott einer Fünfjährigen so etwas antun?

Wieder kann ich mir beinahe vorstellen, wie April traurig den Kopf schüttelt, weil ich diese Gedanken habe. Sie würde sich fragen, wohin ihr ewiger Optimist verschwunden ist.

Während Aprils Gesicht jeden Tag trüber wird und verblasst, ist es einfach für mich, diese Gedanken zu ignorieren. Ohne die herumstehenden Bilder, die mich daran erinnern würden, wie schön und fröhlich sie war, fällt es mir manchmal schwer, mich daran zu erinnern, wie sie ausgesehen hat. Die Erinnerung an Cassidys Gesicht verblasst ein wenig schneller, weil ich mit diesem wunderbaren Engel weniger Zeit verbracht habe.

Und dann trifft mich etwas einzigartig Schreckliches mitten in die Brust. Ein Schmerz, der so stark ist, dass mir übel wird. Während ich stöhnend über mein Brustbein reibe, versuche ich dem, was ich fühle, einen Sinn zu geben.

Schuld.

Rein, außerordentlich scharf und auf brutale Art unversöhnlich.

Zum ersten Mal seit Monaten spüre ich, wie mir die Tränen in den Augen brennen. Ich habe nicht mehr geweint, seit meine Mutter mir sagte, dass April und Cassidy bei dem Unfall ums Leben gekommen sind.

Ich war in ein künstliches Koma versetzt worden, damit meine zahlreichen Verletzungen besser heilen. Acht Tage später wurde ich aufgeweckt und das Gesicht meiner Mutter war das Erste, was ich sah, als ich langsam die Augen öffnete. Mein Mund war trocken und ich versuchte zu sprechen, konnte aber nicht.

»Du hast einen Luftröhrenschnitt«, waren ihre ersten Worte, als sie sich über mein Bett beugte, um in meinem Sichtbereich zu erscheinen. An ihrem Gesichtsausdruck konnte ich ablesen, dass sie ein schreckliches, grausames Geheimnis hatte. »Versuch, nicht zu sprechen.«

Ich wendete den Blick nach links und rechts, wo zwei Schwestern standen und mich beobachteten. Ich hatte Schmerzen am ganzen Körper, aber das war es nicht, was mich dazu bewog, wieder in die Bewusstlosigkeit abdriften zu wollen.

Es war der unerträgliche Gesichtsausdruck meiner Mutter.

Sie griff nach meiner Hand, vorsichtig selbstverständlich, und beugte sich noch näher zu mir. »Du wirst wieder in Ordnung kommen. Du warst acht Tage lang in einem künstlichen Koma, damit deine Verletzungen besser heilen können.«

Es war mir unmöglich, etwas zu sagen, aber ich sprach mit meinen Augen. Ich starrte meine Mutter an und flehte sie still an, mir alles zu erzählen. Weil ich mich an April auf dem Beifahrersitz und Cassidy in ihrem Kindersitz auf der Rückbank erinnerte, als plötzlich zwei Scheinwerfer auf unserer Spur auftauchten und auf uns zurasten.

Die Augen meiner Mutter füllten sich mit Tränen und sie schüttelte traurig den Kopf. »Es tut mir leid, Benjamin. Es tut mir so leid. Aber April und Cassidy haben es nicht geschafft.«

Ich bin mir nicht sicher, ob ich geweint habe oder nicht. Ich spürte solch ein schmerzhaftes Gefühl in meiner Kehle, doch es konnte nicht höher als die Trachealkanüle steigen. Vor meinen Augen verschwamm alles und meine Wangen wurden heiß. In meiner Brust breitete sich ein solch starker Schmerz aus, dass ich dachte, der Stress dieser Neuigkeiten würde mich eventuell umbringen. Er bewegte sich hinunter in meinen Magen und schien dort zu stocken.

Ich öffnete den Mund und schnappte wie ein sterbender Fisch nach Luft, brachte aber keinen Laut heraus.

Ich weinte auf die einzige Weise, die mein gebrochener Körper zuließ, und es tat schrecklich weh, es so still tun zu müssen. Der gesamte Schmerz und all die

Trauer blieben so tief verdrängt. Als fast drei Wochen später meine Trachealkanüle entfernt und ich aus dem Krankenhaus entlassen wurde, hatte ich gelernt, ihn dort unten zu belassen.

Seitdem habe ich keine Träne mehr vergossen.

Die Schuld in mir pocht weiterhin und ich atme durch den Schmerz hindurch.

Es ist eine gute Sache, ermahne ich mich.

Es bedeutet, dass ich etwas spüre.

Und die einzige Person, der ich für diesen Durchbruch danken kann, ist @elencosti89.

Ich kenne nicht einmal ihren Namen, aber ich weiß, dass sie etwas in mir aufgebrochen hat.

Ich lehne mich zur Seite und ziehe mein Handy aus der Tasche. Innerhalb weniger Augenblicke habe ich die Fantasy-App geöffnet und schreibe ihr eine Nachricht, bevor ich es mir wieder ausreden kann.

*Ich bin enttäuscht, heute Abend keine Zeit mit dir zu verbringen. Ich würde mich gern noch einmal mit dir treffen, wann immer es dir passt. Gern werde ich dir den Eintritt in den Club bezahlen, um das Vergnügen deiner Gesellschaft genießen zu können.*

Ich lege das Telefon auf den Nachttisch und frage mich, ob sie wohl immer noch bei der Geburtstagsparty ihrer Freundin oder bereits nach Hause gefahren ist. Ich denke darüber nach, wo sie wohnt und was sie wohl beruflich macht. Es ist mir nicht einmal in den Sinn gekommen zu fragen, obwohl es höflich gewesen wäre, die Unterhaltung fortzuführen, nachdem sie wissen wollte, was ich beruflich mache.

Als ich vom Bett aufstehe, unterdrücke ich das Stöhnen, das sich wegen des Schmerzes in meinem Bein seinen Weg nach draußen suchen will. Es wäre so einfach, narkotisierenden Schmerzmitteln zu erliegen, um die Belastung zu lindern. Stattdessen greife ich auf altmodische Ausdauer in meinem Therapie- und Trainingsprogramm zurück, sowie die schwerfällige Unterstützung eines Gehstocks und die Dankbarkeit, dass der Schmerz in meinem Bein mein Gehirn von anderen Dingen ablenkt.

Ich humpele zum Gästebadezimmer und ziehe meine Kleidung aus. Ich brauche nicht länger als fünf Minuten, um eine heiße Dusche zu nehmen und mir die Zähne zu putzen.

Als ich wieder zurück ins Gästezimmer komme, in dem ich schlafe, blicke ich zu meinem Telefon. Ich sehe eine Benachrichtigung auf dem Logo der Fantasy-App.

Ich lasse mich auf der Bettkante nieder, dabei öffnet sich das feuchte Handtuch, das ich um meine Taille gewickelt habe, und entblößt die fünfunddreißig Zentimeter lange Narbe, die außen an meinem linken Oberschenkel entlangläuft. Die Narbe selbst sieht aus, als hätte jemand ein Stück Muskelmasse in Form eines dünnen Dreiecks ausgestochen, das an der breitesten Stelle etwa acht Zentimeter beträgt. Ich reibe mit der Hand über die Narbe, spüre die Eisenteile unter der geröteten, höckerigen Haut, wo Stahlplatten und Schrauben meinen Oberschenkelknochen zusammenhalten.

Meine andere Hand zittert ein wenig, als ich mein Telefon nehme und mit dem Daumen auf die App tippe. Ich rufe die Nachrichten auf und mein Herz macht einen Sprung, als ich sehe, dass @elencosti89 mir geantwortet hat.

*Morgen Abend? 11 Uhr?*

Einen Moment lang erschrickt mich das seltsame Gefühl meiner Lippen, die sich nach oben ziehen, doch dann schreibe ich auch schon zurück.

*Perfekt. Wir treffen uns in der Eingangshalle.*

# KAPITEL 6

## *Elena*

ALL DIE MALE, die ich ins Wicked Horse gegangen bin, habe ich noch nie jemanden in der Eingangshalle im Erdgeschoss getroffen. Obwohl ein Abend im Club durchaus einen Fick garantiert, muss man sich trotzdem anstrengen, um jemanden zu finden, mit dem man sich versteht und der dazu in der Lage ist, die gewünschten Fantasien zu erfüllen. Das bedeutet im Vorfeld, sich unter die Leute zu mischen und sich zu unterhalten.

Heute Abend besteht dazu keine Notwendigkeit, was dem Ganzen das Gefühl einer Verabredung gibt. Ich hasse es, das so zu betrachten, denn nichts an heute Abend kommt einer traditionellen Verabredung auch nur nahe. Wir werden ganz sicher kein ausführliches Gespräch führen, während wir versuchen, uns besser kennenzulernen. Seien wir doch mal ehrlich … wir wissen bereits alles, was wir wissen müssen.

In unserer sexuellen Chemie und unseren Bedürfnissen passen wir sehr gut zusammen.

Das Wicked Horse befindet sich im sechsundvierzigsten Stockwerk des Onyx Casinos in Downtown Las Vegas. Ein privater Aufzug führt von der Eingangshalle im Erdgeschoss direkt zum Sex-Club und ich stehe daneben und warte auf die Ankunft meiner »Verabredung«.

Es ist so seltsam, ihn überhaupt als meine Verabredung zu betrachten. Ich kenne nicht einmal seinen Namen. Ich weiß nur, dass er Neurochirurg ist. Ich denke, ich könnte ihn mit »Doktor« ansprechen, aber das scheint ein wenig bizarr zu sein.

Zugegeben, ich bin extrem aufgeregt und nervös gleichzeitig. Ich hatte ehrlich nicht geglaubt, noch einmal von dem Mann zu hören. Irgendetwas an der Art und Weise, wie er Jories Party gestern Abend verlassen hat, zeigte mir deutlich, dass er kein Interesse hatte. Sicher, er hat versucht, mich abzuschleppen, aber weil es nicht zu exakt seinen Bedingungen stattfand, ist er weitergezogen. Ich war zwar enttäuscht, habe aber nicht geglaubt, dass er unserer kurzen, wenn auch intensiven Begegnung eine Bedeutung zugemessen hätte.

Ich schaue auf die Uhr und mein ganzer Körper vibriert vor Vorfreude. Es fühlt sich beinahe so an, als hätte mir heimlich jemand Drogen untergeschoben. Nicht dass ich wüsste, wie sich das anfühlt, aber ich kann es vermuten, da ich mich sehr gerüstet dafür fühle, dass dieser Mann mich gleich noch einmal vögelt.

In meiner kleinen Handtasche ertönt mein Telefon mit einer SMS. Die Handtasche ist simpel und aus schwarzem Satin gefertigt und passt zu dem schwarzen Kleid, das ich trage. Es ist sexy und gleichzeitig elegant, was der Kleiderordnung im Wicked Horse entspricht.

Ich greife hinein, hole mein Telefon heraus und rufe die Nachrichten auf, um zu sehen, was Jorie geschrieben hat.

*Meine Periode ist nun offiziell drei Tage überfällig.*

Ich schiebe mir die Handtasche unter den Arm, um sie gegen meine Rippen zu drücken, damit ich die Hände zum Antworten frei habe. *Was? Meinst du das ernst?*

Ich tippe auf Senden und muss nur einen Moment warten, da hat sie auch schon geantwortet. *Ja!!!*

Vor lauter Aufregung, dass Jorie eventuell schwanger sein könnte, wird mir ganz schwindelig. Ich bin nicht überrascht, dass sie es mir sagt, auch wenn eine Überfälligkeit von drei Tagen gar nichts beweist. Aber zwischen uns herrscht dieses tiefe, beständige Vertrauen. Wir werden immer beste Freundinnen bleiben und das bedeutet, dass wir Begeisterung, Hoffnungen und Erwartungen miteinander teilen, ganz egal wie klein sie auch sein mögen.

Das ruft in mir den Anflug von Schuldgefühlen hervor, weil ich mich darauf vorbereite, den geheimnisvollen Mann von ihrer Party gestern Abend zu treffen und ihr nicht einmal davon erzählt habe. Aus irgendeinem Grund möchte ich dieses Erlebnis für mich behalten, zumindest für heute Abend. Und der Grund dafür ist, dass er so anders ist als jeder Mann, mit dem ich bisher zusammen war. Tatsächlich gehe ich mit der vollen Erwartung in diesen Abend, dass er nicht so gut werden wird wie beim letzten Mal. Wenn das der Fall sein sollte, werde ich enttäuscht sein. Aber ich bin nicht bereit, diese mögliche Enttäuschung mit Jorie zu teilen, deswegen habe ich nichts erwähnt. Ich möchte nicht, dass sie sich Hoffnungen macht, ich könnte vielleicht jemand Besonderes gefunden haben, so wie sie es getan hat.

Bevor ich antworten kann, schreibt Jorie erneut. *Ich muss Schluss machen. Walsh und ich gehen in die Drogerie, um einen Schwangerschaftstest und Eiscreme zu besorgen. Hab dich lieb.*

Ich schicke ihr rasch eine Nachricht zurück. *Hab dich auch lieb. Viel Glück! Lass mich das Ergebnis so schnell wie möglich wissen.*

Sie sendet mir ein Kuss-Emoji und ich muss lächeln.

Als ich mein Telefon ausschalte, erscheinen elegante Schuhe in meinem Sichtfeld. Langsam hebe ich den Kopf. Vor mir steht meine Verabredung und sie sieht sogar noch besser aus, als mir im Gedächtnis ist.

Der Mann trägt einen hellgrauen Designeranzug mit einer dazu passenden Weste, ein weißes Hemd und eine hellrosa Krawatte. Genau wie gestern Abend ist sein Haar ein wenig zerzaust, sein Bart jedoch perfekt gestutzt. Ich frage mich, wie er sich wohl zwischen meinen Beinen anfühlen würde …

Er betrachtet meinen Körper mit dunklen Augen und ich empfinde einen Moment des Triumphes, als ich sehe, dass sie sich aufheizen. Als er mich durchdringend anblickt, bleibt er stoisch still. Es ist mir unangenehm, denn an diesem Punkt würde ich für gewöhnlich ein Kompliment über mein Aussehen erwarten.

Einen Moment lang wird mir das Herz schwer, als ich mich frage, ob er wohl hilflos oder schüchtern sein wird, was der absolute Gegensatz zu seiner kommandierenden Art bei unserem ersten gemeinsamen Mal wäre. Ich möchte auf gar keinen Fall die Führung übernehmen müssen. Aus diesem Grund hat die Fantasy-App uns doch überhaupt erst zusammengeführt – ich möchte jemanden, dem ich mich unterwerfen kann und der die absolute Kontrolle über mich hat. Ich will nicht die Person sein, die Ideen hat, die Verführerin, die erotische Frau, die seine Welt aus den Angeln hebt.

Ich meine … ich will seine Welt aus den Angeln heben, aber ich will, dass er das auch mit meiner tut. Das hat er an jenem Abend für mich getan.

Ich will es noch mal.

Ich erschrecke, als er meine Hand nimmt und mich zum Aufzug dreht. »Ich habe den ganzen Tag darüber nachgedacht, was ich mit dir anstellen will.«

Seine Stimme ist tief, dunkel und vor aufgestautem Verlangen ganz rau. Ein lustvoller Krampf trifft mich direkt zwischen den Beinen. Sofort spüre ich, wie ich von diesen Worten allein schon feucht werde. Es ist kein Kompliment darüber, wie ich heute Abend aussehe, sondern eher, welchen Eindruck ich bei ihm seit unserer ersten Begegnung hinterlassen habe, und das ist viel besser.

Ich antworte nicht, weil ich nicht das Gefühl habe, als sei es notwendig. Stattdessen beabsichtige ich, ihm zu folgen und ihm vollkommen zu gehorchen, was auch immer er tun will.

Ich trete nach ihm in den Aufzug und als er beim Hostessen-Podium aussteigt, nickt er der Frau kurz zu, bevor er mit mir durch das Gesellschaftszimmer geht. Hier beginne ich für gewöhnlich meinen Abend, indem ich mir ein, zwei Drinks gönne und mich mit möglichen Partnern unterhalte.

Ich werde in eine kleinere Halle geführt, von der zahlreiche Flure in verschiedene Richtungen verlaufen. Er wendet sich nach rechts und geht direkt zum Apartment.

Das überrascht mich. Ich dachte, er würde seine Kontrolle über mich vielleicht öffentlicher praktizieren. Ich hatte mir vorgestellt, dass er mich im Silo in einen Stock sperrt oder mich an ein Andreaskreuz fesselt. Die verglasten Zimmer sind der perfekte Ort, um perverse Spielchen zu treiben und andere daran teilhaben zu lassen.

Sobald wir das Apartment erreicht haben, gehen wir in dasselbe Zimmer, in dem wir auch schon letzte Woche waren. Außer dass ich überrascht bin, es vollkommen anders vorzufinden. Das Bett, auf dem ich gelegen habe, als ich zuließ, dass er heißes Wachs über mich gießt, ist verschwunden und an seiner Stelle hängt ein schwarzes Ledergeschirr von der Decke. Es gibt so viele Riemen, dass ich überhaupt nicht nachvollziehen kann, wie es funktioniert. Daneben befindet sich ein dickes Kabel, das so aussieht, als wäre daran eine Fernbedienung befestigt, um die Vorrichtung zu bewegen.

Ich kann spüren, wie meine Brustwarzen unter dem Stoff meines Kleides hart werden, denn das hier ist neu für mich. Ich habe mich noch nie in irgendeiner Art von Vorrichtung befunden und ich werde hilflos sein, während ich darin hänge. Ich blicke mich im Zimmer um und sehe einen Metallschrank auf Rollen mit drei Schubladen. Abgesehen davon gibt es nichts anderes.

Er lässt meine Hand los und geht zu dem Schrank hinüber. Nachdem er die oberste Schublade geöffnet hat, nimmt er die gleiche Augenbinde aus rotem Satin heraus, die ich schon in der ersten Nacht getragen habe.

Er dreht sich um und reicht sie mir. »Zieh dich aus und leg das hier an.«

Es gibt keinen Zweifel daran, dass ich ganz genau das tun werde, was er mir sagt. Ich schlendere lässig auf ihn zu und nehme ihm die Augenbinde aus der Hand. Er beobachtet mich durch halb geschlossene Lider, während ich mich aus meinem Kleid schäle. Seine Nasenlöcher weiten sich, als er bemerkt, dass ich nichts drunter trage.

»Lass die Schuhe an«, befiehlt er.

Ich schiebe das elastische Material meines Kleides bis zu den Hüften und an meinen Beinen hinunter, dann steige ich hinaus, ohne auf meinen extrem hohen Absätzen auch nur ein Mal zu schwanken.

Zu meiner Überraschung geht er auf mich zu und nimmt mir die Augenbinde aus der Hand.

»Dreh dich um«, verlangt er grob.

Ich gehorche, spüre, wie er nahe an mich herantritt, dann wird es dunkel um mich, als er mit dem roten Satin meine Augen bedeckt.

Ich schnappe nach Luft, als er um mich greift und mir leicht in die Brustwarze kneift, was mich dazu bringt, ihm meinen Po nach hinten entgegen zu drücken. Da ich nichts sehe, kann ich mir nur vorstellen, was passieren wird. Ich bin nicht darauf vorbereitet, als er eine starke Hand an meine Hüfte legt und mit der anderen seinen Stock zwischen meine Beine führt und ihn sanft über meine nackte Muschi reibt. Stöhnend versuche ich, mich an ihn zu drücken, aber dann ist er auch schon verschwunden und ich bleibe allein im Dunkeln zurück.

Dort stehe ich, wackelig und unsicher, und lausche aufmerksam allem, was mir einen Hinweis auf seine nächsten Handlungen geben könnte. Teil dieses Reizes ist das Unwissen. Es könnte gut sein, dass er in diesem Schrank eine Peitsche hat, die er benutzen könnte, um bald schon meine Haut zu röten.

Aber ich höre lediglich ein Klicken und dann ein Summen. Das Geräusch von Schritten nähert sich, dann spüre ich seine Hände an meinen Schultern, mit denen er mich etwas nach vorne führt, bis er mich stoppt.

Mittels einiger leiser Kommandos beginnt er, mich in die Vorrichtung einsteigen zu lassen.

»Heb dein rechtes Bein.«

»Heb deine Arme.«

»Hock dich ein wenig hin, damit ich dir diesen Gurt anlegen kann.«

Mit jeder einzelnen Bewegung werde ich fester in die Vorrichtung hineingebunden. Ich spüre Lederstreifen, die sich über meinem gesamten Körper überkreuzen. Zahlreiche an meinen Beinen, unter meinem Hintern, über meinem Rücken.

Ich höre das Schnappen und das zischende Geräusch von Leder, das in eine Schnalle geschoben wird. *Ihn* höre ich ebenfalls.

Sein Atem wird schwerer, als er mich in dem Geschirr festzurrt. Was würde ich jetzt dafür geben, um zu spüren, wie hart er ist …

»Fertig«, murmelt er und es ist ein Wort der Vollendung, gefüllt mit Befriedigung. In seiner Stimme liegt Bewunderung für den Anblick, den ich jetzt biete.

Hilflos und ihm ausgeliefert.

Ich kann hören – nein, spüren –, wie er näher an mich herantritt, und bin erstaunt, als er mit seinen Lippen sanft die meinen berührt. Aus irgendeinem

Grund hatte ich nicht gedacht, dass Küsse Teil unserer Verabredung heute Abend sein würden, aber genauso schnell, wie er sich mir genähert hat, ist er auch schon wieder verschwunden. Ein Lufthauch weht über meinen Körper, als er sich entfernt, und ich strenge mich an, etwas zu hören.

Ein Klick ertönt, dann werde ich ganz langsam in die Luft gezogen. Ich stelle mich auf die Zehenspitzen, doch dann verlieren meine Füße die Verbindung zum Boden. Lederriemen halten mich unter meinem Hintern und an meinem Kreuz und verhindern, dass ich kopfüber nach hinten falle. Er hat meine Hände an den Handgelenken zusammengebunden und sie dann an etwas befestigt, das sich anfühlt wie eine Stange über meinem Kopf.

Noch ein Klick und das Summen des Getriebes, und ich staune, als die zahlreichen Riemen, die von meinen Oberschenkeln bis zu meinen Fußgelenken herunter- reichen, meine Beine unzüchtig auseinanderziehen.

Ich fahre höher, höher, höher und … durch die Bewegung werden meine Beine immer noch weiter auseinandergezogen und bis zum Maximum gespreizt.

Noch ein Klick, ich halte an und schaukele leicht vor und zurück.

Ich befinde mich in einer überraschend bequemen Position, mit Ausnahme der Tatsache, dass er mich auseinandergespreizt hat. Ich kann nichts dagegen tun, dass die Schamesröte meine Wangen aufheizt.

In der absoluten Stille fange ich in einer Mischung

aus Angst und Erwartung an zu zittern. Kommt der Schmerz? Die Lust?

Nichts bereitet mich auf die Wärme vor, die meine Muschi bedeckt. Ich brauche einen Moment, bis mir klar wird, dass ich seinen Mund an mir spüre und er die Absicht hat, mich oral zu vernichten. Ich habe keine Ahnung, wie hoch ich in der Luft hänge oder wie sein Körper positioniert ist, aber er scheint die absolute Kontrolle zu besitzen, weil er sich in keiner Weise zurückhält.

Er breitet seine Arme unter mir aus und greift sich die Riemen direkt unter meinem Po, um das Geschirr am Schwingen zu hindern. Während er mich an Ort und Stelle hält und die Hebelwirkung meiner Unbeweglichkeit nutzt, schiebt er seine Zunge tief in mich hinein. Er stöhnt – entweder vor Befriedigung darüber, wie ich schmecke, dass ich ihm vollkommen hilflos ausgeliefert bin oder wegen beidem.

Die Lust ist so intensiv, dass ich anfange, zu keuchen und zu stöhnen. Er leckt und penetriert mich mit seiner Zunge. Mit seinen Zähnen beißt er vorsichtig in meine Klitoris, bevor er fest daran saugt. Er ist unermüdlich in dieser lustvollen Qual und ich komme nach nur wenigen Momenten ausgesprochen heftig. Die Wucht des Orgasmus fährt durch mich hindurch und bringt mich zum Kreischen.

Er hört jedoch nicht auf. Stattdessen attackiert er mich erneut heißhungrig mit seinem Mund. Er führt eine Hand an meine Muschi und schiebt seine Finger in mich hinein. Einen, zwei und manchmal sogar drei. Ich bin so feucht und er ruft Reaktionen in meinem Körper hervor, die ich noch niemals zuvor bei jemand anderem gezeigt habe.

Ich spüre, wie er mit einem Finger über die empfindliche Haut zu meinem Po streicht, bevor er ihn vorsichtig hineindrückt. Genau als er mit seiner kraftvollen Zunge meine Knospe peitscht, drückt er seinen Zeigefinger an meinen verbotensten Ort.

Als ich von den Empfindungen anfange zu schreien, erfasst mich ein weiterer heftiger Orgasmus, während er mich weiter verspeist. Mächtige Wellen der Ekstase schießen durch mich hindurch und machen mich wahnsinnig.

Mir rinnen die Tränen aus den Augenwinkeln und über meine Schläfen, und ich stelle mir vor, wie sie auf den Boden fallen.

Verdammt, das fühlt sich so gut an. Ich möchte für immer in diesem Augenblick verloren sein.

Ich bekomme es kaum mit, aber ich höre ein Geräusch wie das Klicken der Fernbedienung, dann spüre ich, wie ich in der Vorrichtung abgesenkt werde. Während ich herunterfahre, bleibt er mit seinem Mund an meinem feuchten Fleisch und fährt damit fort, meiner überempfindlichen Muschi mit seiner Zunge Lust zu bereiten.

Noch ein Klick.

Sein Mund ist nicht mehr da, er dreht mich. Wendet mich. Mir wird kurz flau im Magen, obwohl sich die Maschine nur ganz langsam bewegt. Ich glaube, mein Gesicht zeigt nun zu Boden, aber ich bin mir nicht sicher.

Nach einem weiteren Klick spannen die Gurte sich an, um meine Beine wieder etwas zu schließen.

Ich erschrecke, als ich spüre, wie erst meine Knie, dann mein Oberkörper den kühlen Fliesenboden berühren und ich die Arme vor mir ausstrecke. Ich drehe das Gesicht und lege meine Wange auf den glatten Boden.

Das Geschirr hört auf, sich zu bewegen, und ehe ich mich versehe, kann ich spüren, wie er hinter mir kniet und seine Hände dazu benutzt, meine Beine leicht auseinander zu drücken. Er hebt meinen Hintern in die Luft, dann packt er meine Pobacken.

Ich stöhne, als ich seine dicke Schwanzspitze spüre, die sich in meine Muschi drückt. Er greift mich fest an den Hüften und stößt so tief in mich hinein, dass ich aufschreie.

Es könnte Minuten dauern oder Stunden. Ich weiß nur, dass er mich unermüdlich von hinten durchnimmt, und es ist das beste Gefühl, das ich jemals in meinem Leben hatte. Zusammengeschnürt in Leder, hilflos am Boden festgehalten und aufgespießt von der Erektion dieses geheimnisvollen Mannes weiß ich, dass es zwischen uns eine besondere Verbindung gibt.

Ein dritter Orgasmus fängt an, sich tief in mir zusammenzubrauen, und der Mann klingt mit seinem Grunzen und Ächzen wie ein Tier, während er mich so fest durchnimmt, dass meine Zähne klappern.

Ich explodiere erneut vor Lust, spüre, wie sich meine inneren Muskeln zusammenziehen, und er spürt es ebenfalls.

»Scheiße, ja!«, knurrt er lobend, als er tief in mich hineinstößt.

So wie er es an dem ersten Abend getan hat, brüllt er auch jetzt seine Befriedigung heraus, während er in mir abspritzt und seine Finger so tief in meine Gesäßmuskeln drückt, dass ich morgen blaue Flecke haben werde. Irgendetwas an seinem Höhepunkt ist so animalisch, dass es sich mit etwas tief in mir verbindet, das ich noch niemals offenbart habe.

Ich will das Tier aus diesem Mann herausholen. Es genießen.

Er sinkt auf mir zusammen, dabei drückt sein Oberkörper auf meinen Rücken. An diesem Punkt fällt mir auf, dass er noch immer vollständig bekleidet ist, während er seine Hüften weiterhin an mich drückt und vor Anstrengung leicht keucht.

Ich spüre, wie er sich bewegt, dann sind seine Lippen an meiner Wange. Er küsst mich nicht, aber ich fühle, wie seine Bartstoppeln beinahe schon zärtlich über meine Haut reiben.

»Ich möchte dir einen Vorschlag machen«, murmelt

er durch den Nebel der schwindenden Lust.

Ich keuche und fühle das verbleibende Zittern meines eigenen Orgasmus noch immer in mir pulsieren. »Und der lautet?«

»Lass mich dir eine Mitgliedschaft für dreißig Tage besorgen«, sagt er und ich kann nicht leugnen, dass in seiner Stimme etwas Verführerisches mitschwingt. »Gewähre mir Exklusivität für dreißig Tage. Steh mir zur Verfügung, wann immer ich es will.«

Und das ist es. Sein Angebot. Dreißig Tage lang hier im Wicked Horse exklusiv nur mit ihm zu vögeln. Wann immer er es will.

Darüber brauche ich nicht nachzudenken. Natürlich wird es schwer werden, weil ich lange arbeite und in Henderson wohne, aber das spielt keine Rolle. »Okay«, antworte ich rasch, bevor er es sich anders überlegen kann.

»Okay.« Er atmet mit einem scheinbar erleichterten Seufzer aus und bringt mich zum Lächeln.

»Ich bin übrigens Elena«, sage ich.

»Benjamin«, murmelt er.

# KAPITEL 7

# *Benjamin*

ICH VERLASSE DEN OP, ziehe mit einem schmatzenden Geräusch meine Handschuhe aus und werfe sie zusammen mit meiner Haube in den Krankenhausmülleimer. Ich wasche mir schnell die Hände und drehe den Kopf nach links und rechts, um die Knochen in meiner Halswirbelsäule zu lockern. Für gewöhnlich würde mich eine zwölfstündige Operation zur Entfernung eines akustischen Neuroms erschöpfen, aber obwohl ich körperlich eine leichte Müdigkeit verspüre, fühle ich mich seltsam frisch und verjüngt.

Das hat nichts mit der Operation zu tun, die ich soeben erfolgreich abgeschlossen habe, sondern vielmehr mit der Tatsache, dass ich Elena in etwa drei Stunden im Wicked Horse treffe.

Fünf Tage sind vergangen, seit ich sie das letzte Mal gesehen habe, und mein Verlangen nach ihr ist mit jedem Tag exponentiell gestiegen. Als ich ihr meinen Vorschlag der dreißigtägigen Mitgliedschaft und

Exklusivität zwischen uns unterbreitet habe, dachte ich, ich könnte sie jeden Abend haben. Diese Woche wurde wegen unserer Termine zu einem Riesendurcheinander. Wir haben beide lange Arbeitstage, die sich bis in den frühen Abend erstrecken. An einem Abend hatte Elena eine Familienfeier, bei der sie anwesend sein musste. Zwei weitere Abende musste ich Brandon beim Bereitschaftsdienst vertreten, weil er krank war. An einem anderen Abend hatte Elena eine Reifenpanne und es war einfach zu weit, um mit dem Ersatzreifen von Henderson nach Las Vegas zu fahren.

Ich bin im Moment erschöpft und weiß, sie würde es mir nicht übel nehmen, wenn ich absagen würde. Aber mein Verlangen nach ihr ist beinahe schon unerträglich schmerzhaft geworden und es ist mir egal, wenn ich in den Club kriechen muss … ich muss sie heute Abend haben, um die Tage, die wir verpasst haben, wieder auszugleichen – mehr als einmal, da bin ich mir sicher.

»Tolle Arbeit da drinnen«, sagt Melissa Corbin, als sie den OP verlässt. Sie war bei meiner heutigen Operation die zuständige Anästhesistin.

Ich hebe zur Bestätigung das Kinn und lächele ihr kurz zu. Bei diesem Anblick zieht sie die Augenbrauen hoch. Im vergangenen Jahr habe ich nicht sehr oft gelächelt und es stört mich, dass es sie schockiert.

Ich wende mich nach links, werfe die benutzten Papierhandtücher in den Müll, verlasse den Waschraum und greife mir meinen Gehstock, den ich neben der Tür gelassen habe, da ich ihn im OP nicht brauche. Manchmal operiere ich im Stehen, wieder andere Male sitze ich auf einem Stuhl, aber ich habe immer die Möglichkeit, mich an irgendetwas anzulehnen.

Ich habe den Waschraum kaum verlassen, als plötzlich mein Partner Brandon vor mir auftaucht. Er sieht grimmig aus. »Wir müssen reden.«

»Worüber?«, frage ich abwehrend, denn seien wir doch mal ehrlich … immer wenn Brandon in letzter Zeit versucht hat, mit mir zu sprechen, war der Grund, dass ich irgendetwas falsch gemacht habe.

»Die Familie von Peter Harlan hat dich und die Arztpraxis verklagt, zu der auch ich gehöre.«

»Scheiße«, murmele ich und kratze mich besorgt am Bart.

»Gehen wir in mein Büro«, schlägt Brandon vor und mir bleibt keine andere Wahl, als ihm zu folgen. Behandlungsfehler sind nichts, über das wir im Flur sprechen sollten.

Wie gehen durch das Krankenhaus und durch-schreiten einen unterirdischen Tunnel, der in ein benachbartes Bürogebäude führt. Darin sind zahlreiche Arztpraxen untergebracht, wir aber begeben uns in den dritten Stock, wo sich unsere Neurochirurgie-Praxis befindet. Den gesamten Weg, der etwa fünf Minuten dauert, legen wir schweigend zurück. Ich nutze die Zeit nicht, um mir zu überlegen, wie ich mich verteidigen werde, sondern denke vielmehr an Elena und wie ich diese ganze Sache vergessen werde, wenn ich mich heute Abend zu späterer Stunde erst in ihr befinde.

Bilder von ihr in diesem Geschirr erscheinen vor meinem inneren Auge. Mir läuft das Wasser im Mund zusammen, als ich mich an ihren Geschmack erinnere. Meine Lenden ziehen sich zusammen bei dem Gedanken an ihre Weichheit an mir, und als wir Brandos Büro erreichen, empfinde ich ein beinahe vollkommenes Gefühl der Freude darüber, sie heute Abend zu sehen.

Er deutet auf die Gästestühle und ich lasse mich auf einem nieder, dann lege ich meinen Stock auf den Oberschenkeln ab. Brandon setzt sich nicht an seinen Schreibtisch. Er lehnt sich lediglich mit verschränkten Armen dagegen.

»Mir sind während dieser Operation keinerlei Fehler unterlaufen«, sage ich beharrlich, weil er offensichtlich will, dass ich meine Vorgehensweise rechtfertige. »Du hast die Akten gesehen. Die Testergebnisse. Das Gehirn dieses Mannes konnte nicht mehr gerettet werden und ich werde nicht für etwas bezahlen, an dem ich keine Schuld trage.«

Brandon beugt sich leicht nach vorn und bringt sein Gesicht ein klein wenig näher an meins. »Es ist deine Schuld, Benjamin. Du hast diese Familie schlecht behandelt und es hat sie verärgert. Aus diesem Grund haben sie geklagt. Es ist deine Schuld, dass wir dieses Problem haben, ganz egal, wie die Operation verlaufen ist.«

Ich bin sauer, dass er sie verteidigt. Er steht nicht hinter mir, wie er es als mein Partner und bester Freund tun sollte, was mich nur noch wütender macht.

Ich erhebe mich von meinem Stuhl und stelle den Stock auf den Boden, um mich dagegen zu lehnen. »Nein, sie haben uns verklagt, weil sie sich schuldig fühlen, dass sie diesen besoffenen Hurensohn nicht kontrollieren konnten. Sie wussten, was er war. Sie haben nur zugesehen, während er wieder und wieder wegen Trunkenheit am Steuer angeklagt wurde. Sie haben es ihm ermöglicht, sich so zu verhalten. Seine Familie trägt genauso viel Schuld wie irgendjemand anderes.«

Die Wut verschwindet aus Brandons Gesicht und er seufzt laut und resigniert auf. »Das kannst du nicht wissen«, murmelt er.

»Ach nein? Du solltest wissen, wie viel Wahrheit darin stecken kann.«

Brandon schüttelt den Kopf. »Nicht alle sind wie Marcus Pettigrew. Du musst lernen, das außen vor zu lassen. Hör auf, alle zu verurteilen –«

»Oder was?«, frage ich herausfordernd.

Brandon richtet sich auf. Er ist genauso groß wie ich und wir blicken uns nun direkt in die Augen. »Oder wir können nicht mehr gemeinsam praktizieren. Du bringst meine Familie und mich in Gefahr. Und das kann ich einfach nicht zulassen.«

Seine Worte treffen mich hart. Mitten in die Brust, die sich vor Schuldbewusstsein zusammenzieht. Es ist genau das gleiche Gefühl, das ich hatte, als ich erfuhr, dass April und Cassidy bei dem Autounfall ums Leben gekommen waren. Ich habe solch ein unbändiges Schuldgefühl empfunden, weil ich überlebt hatte und sie nicht. Und hier bin ich nun und setze alles auf Spiel, was Brandon wichtig ist.

Und in gewisser Weise hat er recht. Ich neige dazu, alles anhand meiner Erfahrungen zu beurteilen, seit dieser betrunkene Fahrer Marcus Pettigrew die Mittellinie überquert und frontal mit unserem Wagen zusammengestoßen ist.

Und mir damit innerhalb eines Augenblicks alles nahm, was gut und schön und wichtig für mich gewesen ist.

Jetzt ist jeder Betrunkene genau wie er. Jeder Mensch mit Fehlern verdient mein Talent nicht. Ich besitze keine Milde, ich verurteile scharf.

Jetzt jedoch bricht alles auf mich ein.

»Es tut mir leid«, sage ich leise ... aufrichtig. »Du verdienst nichts hiervon.«

Brandon blinzelt überrascht und ihm fällt die Kinnlade herunter. »Du entschuldigst dich nie für irgendetwas. Zumindest nicht seit dem Unfall.«

Das stimmt. Seit dem Unfall habe ich mich von meiner Familie und meinen Freunden zurückgezogen und bin zu einem Arschloch geworden. Ich zucke leicht mit den Schultern. »Na ja, es tut mir *wirklich* leid, dass ich dir Probleme bereite. Ich werde das mit der

Ethikkommission klären. Du hast mein Wort. Und du weißt, dass an meiner Arbeit an diesem Mann nichts zu beanstanden war und es nichts gab, was ich hätte tun können, um ihn zu retten. Du weißt das, Brandon. Aber ich verspreche dir, dass ich es wiedergutmachen werde. Ich werde mich bei der Familie sogar für mein Verhalten entschuldigen. Diese Klage wird keinerlei Auswirkungen haben.«

Mein Freund – vielleicht mein ehemals bester Freund, da ich ihn in letzter Zeit nicht unbedingt gut behandelt habe – zieht skeptisch eine Augenbraue hoch. »Wer bist du und was hast du mit Benjamin gemacht?«

Ich lächele dünn. Ich weiß, dass er versucht, mir einige positive Gefühlsregungen zu entlocken, aber ein Teil meines Schmerzes ist zu groß, um vollständig zu mir durchzudringen. Ich kann ihm lediglich sagen: »Du weißt, dass ich nichts tue, um absichtlich irgendjemandem zu schaden.«

Brandon seufzt und nickt. »Ich weiß. Das bedeutet aber nicht, dass du den Menschen nicht trotzdem wehgetan hast.«

Dem kann ich nichts entgegenhalten. Ich habe es mir mit Brandon ziemlich verscherzt – mit meinen Eltern und meinem Bruder ebenfalls. Sie sind die Menschen auf der Welt, die mir am nächsten stehen. In meinen vollkommen durchgeknallten Gedanken macht es Sinn, sie auf Abstand zu halten, weil ich dann nicht leiden werde, wenn sie mich irgendwann verlassen. Sie sind klug genug, um zu wissen, dass ich mich deswegen zurückgezogen habe. Obwohl sie meine Bedürfnisse respektiert und mir den Raum gegeben haben, den ich im vergangenen Jahr eingefordert habe, haben sie wegen dieser Sache trotzdem gelitten.

Brandon hustet leicht und blickt mich entschlossen an. »Ich würde heute Abend gern die Klageschrift durchgehen, damit wir uns morgen mit unseren Anwälten treffen können. Einen Schlachtplan ausarbeiten. Lass uns zusammen essen gehen, um uns darüber zu unterhalten.«

Mich überkommt eine riesige Enttäuschung. Das Arschloch in mir – derjenige, der im vergangenen Jahr alle Gefühle außer meinen eigenen vollkommen abgelehnt hat – möchte ihn zur Hölle schicken. Ich habe eine heiße Verabredung mit einer Sirene in einem Sex-Club. Aber ich kämpfe auch mit der Schuld wegen der Probleme, die ich Brandon mit meiner überstürzten Handlungsweise verursacht habe.

Ich reibe mir frustriert den Nacken, nicke aber schließlich. »Lass mich schnell meine Sachen aus dem Büro holen. Wir treffen uns danach im Parkhaus.«

Brandon hebt das Kinn zur Bestätigung, bevor er sich umdreht, um einige Akten von seinem Schreibtisch zu nehmen.

Ich gehe in Richtung Tür, aber er hält mich auf. »Hey, Benjamin?«

Nachdem ich meinen Gehstock für mehr Halt auf

dem Boden abgestellt habe, drehe ich mich um und sehe ihn an.

»Vergiss nicht die Wohltätigkeitsveranstaltung für das Kinderkrankenhaus morgen Abend«, sagt er eindringlich. »Dr. Metzer wird durchs Programm führen.«

Dr. Metzer.

Der Vorsitzende der Ethikkommission. Der Mann, der über mein Schicksal entscheiden wird, wie ich mit Familie Harlan umgegangen bin.

Verdammt.

»Es wäre eine sehr große Hilfe, wenn du kommen würdest«, erklärt Brandon. »Verhalte dich kontaktfreudig. Und normal. Zeig ihm, dass du lediglich einen schlechten Tag hattest, anstatt ein schlechtes Jahr.«

Mir entfährt ein tiefes Knurren der Frustration und des Ärgers, hauptsächlich deshalb, weil er recht hat. Und ich schulde ihm etwas.

»Okay. Ich werde hingehen.«

»So ist es brav«, entgegnet Brandon grinsend.

Ich gehe in mein Büro, das sich nur zwei Türen neben Brandons befindet. Dort nehme ich meinen Rucksack, in dem ich meinen Laptop und andere elektronische Geräte habe. Ich nehme mein Mobiltelefon heraus und öffne die Wicked Horse Fantasy-App.

Mit Bedauern schreibe ich Elena eine Nachricht.

*Es tut mir leid, aber ich muss heute Abend aus beruflichen Gründen absagen.*

Nachdem ich sie gesendet habe, kommt mir eine neue Idee.

*Aber hättest du Interesse, mich morgen Abend zu einer Wohltätigkeitsveranstaltung zu begleiten?*

Mit ihr würde dieser Abend zumindest angenehmer werden. Ich unterhalte mich dieser Tage zwar nicht gern, trotzdem bin ich wirklich neugierig auf sie.

Danach könnten wir dann das Beste aus dem Abend machen und noch in den Club gehen.

# KAPITEL 8

## *Elena*

»DIESES KLEID STEHT dir fantastisch«, ruft Jorie und klatscht in die Hände.

Ich betrachte mich im Ganzkörperspiegel in Jories Schlafzimmer und muss ihr zustimmen. Ich sehe umwerfend aus. Es ist ein schulterfreies Cocktailkleid mit einem Glockenrock in Altrosa, das am Saum ein schwarzes Farbspritzer-Design aufweist. Es ist weitaus eleganter als alles andere, das ich jemals besessen habe oder mir leisten kann. Zum Glück ist meine beste Freundin mit einem Mann verheiratet, der eine modisch gekleidete Frau am Arm braucht, deswegen ist ihr Kleiderschrank voll mit wunderschönen Kleidern und oh … wir haben dieselbe Größe.

Als ich Jorie erzählte, dass ich »von einem Mann, den ich online kennengelernt habe« zu einer Wohltätigkeitsveranstaltung eingeladen wurde und ihre Hilfe brauche, war sie ganz aufgeregt. Sie schäumt wegen ihrer eigenen neu gefundenen Liebe so sehr über vor Glück, dass sie mir das Gleiche wünscht. Sie möchte, dass ich mein eigenes persönliches Glück finde, heirate und Kinder bekomme, die wir zusammen großziehen können. Jedes Mal wenn sie davon Wind bekommt, dass ich eventuell eine Verabredung oder Interesse an einem Mann haben könnte, dreht sie vollkommen durch.

Deswegen habe ich ihr auch immer noch nichts von Benjamin erzählt, was mir offensichtlich ein schlechtes Gewissen bereitet. Zumal Jorie tatsächlich schwanger ist. Nachdem sie es ihrem Mann gesagt hatte, war ich die einzige andere Person, mit der sie dieses Geheimnis geteilt hat. Sie sagte, dass sie auf keinen Fall bis zum Ende des ersten Trimesters warten würde, wie es so viele andere Leute tun, bevor sie ihre beste Freundin in das einzigartige und beste Erlebnis ihres Lebens einweiht.

Und trotzdem schaffe ich es immer noch nicht, ihr von dem geheimnisvollen Mann zu berichten, mit dem ich zwei überwältigende sexuelle Erfahrungen erlebt habe. Ein Teil von mir hat Angst, dass es mit ihm vorbei sein wird, wenn ich irgendjemandem davon erzähle. Ich kann es einfach nicht zulassen, dass ich mich etwas so Mächtigem ergebe – etwas, das möglicherweise stark genug wäre, mich auf grundlegende Weise zu verändern. Bis ich genau weiß, worum es sich handelt, habe ich beschlossen, mich leise und vorsichtig zu verhalten.

Ich lasse Jorie mein Make-up abrunden, während sie über ihre Schwangerschaft plaudert. Nächste Woche hat sie einen Termin bei ihrem Frauenarzt, wo formell ein

Schwangerschaftstest durchgeführt wird, damit sie mit ihrer Vorsorge anfangen kann.

Nachdem sie mit meinem Make-up fertig ist, mein Haar noch einmal aufgebauscht und mich für schön genug befunden hat, verlassen wir das Schlafzimmer und finden Walsh wartend im Wohnzimmer vor.

Er bietet mir den Arm an und sagt in einem übertrieben britischen Akzent: »Ich werde Sie nun nach unten begleiten, Milady.«

Ich rolle mit den Augen und lache, trotzdem hake ich mich bei ihm ein. Jorie schiebt ihren Arm auf der anderen Seite durch meinen hindurch und wir fahren mit dem Privataufzug ins Erdgeschoss, gehen durch die Eingangshalle und treten auf den Vegas-Strip hinaus.

Walsh geht jedoch weiter und steuert direkt auf eine schwarze Limousine zu, die vor dem Eingang parkt.

Ich bleibe wie angewurzelt stehen und starre den Chauffeur der Limousine an, der mir die Tür öffnet.

»Was ist das?«, frage ich.

»Ich stelle dir für heute Abend meine Limousine zur Verfügung«, entgegnet Walsh. »Und jetzt steig in den verdammten Wagen ein.«

»Aber bis zum Presario sind es nur ein paar Blocks«, sage ich und versuche, gegen seine Großzügigkeit Protest einzulegen.

Jorie stellt sich vor mich und nimmt mich fest in die Arme. »Steig schon in die Limousine ein. Walsh ist in Spendierlaune, weil er so glücklich ist, Daddy zu werden.«

Ich löse mich von Jorie, drehe mich zu Walsh um und stelle mich auf Zehenspitzen, um ihm einen Kuss auf die Wange zu geben. »Du bist ein Prinz. Danke!«

»Als wüsste ich das nicht schon«, antwortet er augenzwinkernd, bevor er mir beim Einsteigen hilft.

Es dauert nur wenige Minuten, die zwei Blocks zum Presario zu fahren, eins der neueren Casinos, in dem die Gala stattfindet. Ich sehe Benjamin, der am Eingang auf mich wartet. Er sieht fantastisch aus im Smoking, seinen Gehstock hat er direkt vor sich abgestellt, was ihn noch majestätischer und intellektueller wirken lässt, während er nach mir Ausschau hält. Ich hatte ihm gesagt, dass ich mich im Royale umziehen würde, und er erwartet, dass ich die kurze Distanz zu Fuß zurücklege.

Er lässt den Blick zu der Limousine schweifen, dann die Straße hinunter, bevor er wieder zum Wagen sieht, als die Tür geöffnet wird und ich aussteige. Seine Augen werden vor Überraschung riesengroß, doch dann kommt er auf mich zu, wobei sein Stock auf dem Bürgersteig auftippt. Es ist ein unfassbar warmer Juniabend, trotzdem sieht er ziemlich gelassen aus.

»Elena«, begrüßt er mich und hält mir den Arm hin. »Dein Kleid ist umwerfend.«

Dieses Kompliment lässt mir vor Freude die Röte ins Gesicht steigen. »Es gehört Jorie«, gestehe ich. »Ich kann mir diese Art von Kleidung nicht leisten, die man braucht, um an solchen Veranstaltungen teilzunehmen.

Zum Glück haben wir die gleiche Größe.«

»Irgendwie denke ich, dass es an ihr nicht so gut aussehen würde«, sagt er und macht mir ein weiteres weltmännisches Kompliment.

Noch einmal, es fühlt sich gut an, seine Bestätigung zu bekommen. Trotzdem würde ich lieber sein Grunzen und Stöhnen hören, da das mehr sagt als seine Worte. Ich fürchte, ich habe meine Prioritäten falsch gesetzt, aber es ist die Wahrheit.

Benjamin führt mich in das Casino und wir gehen zu einem der Aufzüge, mit dem wir zum Veranstaltungssaal gelangen.

»Worum handelt es sich bei dieser Gala?«, frage ich.

»Es ist eine Wohltätigkeitsveranstaltung für das Kinderkrankenhaus«, antwortet er.

»Gehst du zu vielen solcher Feierlichkeiten?«

Als wir bei den Aufzügen ankommen, drückt er mit dem Finger auf den Knopf. »Nicht in letzter Zeit. Ich scheine dafür keine Geduld mehr zu haben.«

»Warum gehst du dann zu dieser Veranstaltung?«

Er zieht eine Grimasse. »Sagen wir einfach, ich schulde meinem Partner noch einen Gefallen. Und danke, dass du mich als meine Verabredung begleitest.«

Ich zwinkere ihm zu und lächele schief. »Seien wir ehrlich … es war die Aussicht darauf, später noch mit dir ins Wicked Horse zu gehen, die mich hat zustimmen lassen.«

Seine Augen werden vor Erstaunen ganz groß und

seine Mundwinkel verziehen sich nach oben. »Wirklich?«

»Wirklich«, sage ich mit einem nachdrücklichen Kopfnicken. »Warum überrascht dich das?«

Er zuckt genau in dem Moment mit den Schultern, als die Aufzugtüren sich öffnen. Er führt mich hinein und wir gehen ganz nach hinten, weil nach uns noch weitere Leute eintreten. Er kommt noch etwas näher, dann schließen sich die Türen und wir fahren nach oben.

Benjamin beugt sich herunter und flüstert: »Die meisten Single-Frauen sind nicht auf diese Weise an Sex interessiert.«

In seinen Worten liegt etwas Wahrheit. Die meisten der Frauen im Wicked Horse befinden sich in festen Beziehungen. Sie kommen in Begleitung und tauschen sehr häufig die Partner. Ich habe sehr wenige Single-Frauen gesehen, die nur für den Sex dorthin gehen. Darüber hinaus ist es traurig, sagen zu müssen, dass sich nur wenige Frauen den Eintritt leisten können.

Ich lege den Kopf in den Nacken. Er beugt sich noch ein wenig näher zu mir, damit ich flüstern kann: »Sagen wir einfach, ich fand es … nicht gerade ermächtigend, in einer festen Beziehung zu sein.«

Wir erreichen unser Stockwerk und die Aufzugtüren öffnen sich. Benjamin führt mich durch die Menschen-menge und wir treten heraus. Ich hake mich bei ihm ein und wir schreiten den Flur entlang zu dem Ballsaal, in dem sich die Gäste miteinander unterhalten.

»Und trotzdem«, sagt er, als wir dort

entlangschlendern, »du gibst die gesamte Kontrolle an mich ab. Das scheint nicht gerade ermächtigend zu sein.«

Mein Lachen ist heiser, erheitert. »Im Gegenteil, Kontrolle abzugeben ist für mich der Höhepunkt der Ermächtigung. Ich meine zu wissen, dass ich den Mut dazu habe, das zu tun.«

Benjamin hält an und ich tue es ihm gleich. Er blickt mich fragend an. »Du überraschst mich immer wieder.«

»Ist das eine gute Sache?«, frage ich.

Er neigt den Kopf. »Es ist eine unheimlich gute Sache. Es ist das, was ich brauche.«

Benjamin nimmt meine Hand und wir betreten den Ballsaal. Leise Walzerklänge dringen in meine Ohren und der Geruch von köstlichen Speisen steigt mir in die Nase und lässt mir den Magen knurren. Benjamin nickt zu einer Gruppe von Leuten und sagt: »Komm mit. Dort drüben steht Dr. Metzer. Er ist der Veranstalter dieser Gala. Ich muss ihn begrüßen.«

»Klingt gut.«

Wir bahnen uns unseren Weg zu der Gruppe. An den überraschten Gesichtern der Menschen ist zu erkennen, dass sie mit Benjamins Anwesenheit nicht gerechnet haben. Ich denke wirklich, dass es ungewöhnlich für ihn ist, an dieser Art von Veranstaltung teilzunehmen.

Ich werde einem korpulenten älteren Mann vorgestellt – Dr. Metzer –, der mir höflich zunickt. Als Nächstes macht mich Benjamin mit einem sehr attraktiven Mann und dessen Frau bekannt, Brandon und Colleen Aimes.

»Brandon ist mein Partner in der Praxis«, erklärt Benjamin, als wir uns die Hände schütteln.

Brandon und Colleen machen einen erstaunten Eindruck, mich zu sehen, und ich frage mich warum. Hat Benjamin denn gar keine Verabredungen? Ist er schwul? Was, wenn er verheiratet ist … und ich nur ein Anhängsel bin, das er schamlos herumzeigt?

Alle diese Fragen werden beantwortet, als Colleen ihre Fassung wiederzuerlangen scheint und es aus ihr heraussprudelt: »Es freut mich so sehr, dich kennenzulernen, Elena. Es ist schön zu sehen, dass Benjamin zur Abwechslung einmal ausgeht.«

Das erleichtert mich und ich bin dankbar, dass es scheint, als hätte ich heute Abend noch jemand anderes, mit dem ich mich unterhalten kann.

»Also Elena«, sagt Brandon. »Was machst du beruflich?«

»Ich bin Frisörin«, sage ich und erwarte etwas Geringschätzung angesichts meines Unterschichtsstatus.

Stattdessen meldet sich Colleen zu Wort: »Hier in Las Vegas? Denn ich will mich verändern.«

Sie tätschelt ihren perfekt frisierten Bob und legt erwartungsvoll den Kopf schief.

»In Henderson«, antworte ich. »Mir gehört dort ein Laden, aber wenn es dir nichts ausmacht, den Weg auf dich zu nehmen, würde ich dich sehr gern beraten.«

»Selbstverständlich kann ich zu dir kommen«, flötet sie aufgeregt. »Wie haben du und Benjamin euch denn kennengelernt?«

Auf diese Frage war ich nicht vorbereitet. Rückblickend war es dumm, sie nicht zu erwarten. Ich erstarre und werfe Benjamin einen fragenden Blick zu, der mich wiederum nur teilnahmslos ansieht und bereit ist, jede Antwort zu akzeptieren, die ich geben werde.

»Über ein Online-Dating-Portal«, sage ich, als ich mich wieder Colleen zuwende.

Sie nickt heftig. »Das ist dieser Tage total angesagt, nicht wahr? Wische nach rechts. Oder doch nach links? Wie dem auch sei, ich freue mich wahnsinnig, dass Benjamin heute Abend ausgegangen ist. Oh, wir sollten uns einen Tisch sichern, damit wir zusammensitzen können, wenn die Auktion beginnt.«

»Warum besorgst du uns nicht einen Platz?«, schlägt Benjamin Colleen vor, als er mich am Arm nimmt und seine Absicht deutlich macht, mich wegzuführen. »Wir werden uns die Kunstgegenstände ansehen, die zur Auktion stehen, und uns etwas zu trinken besorgen. Wollt ihr etwas?«

»Nein danke«, sagt Brandon.

Benjamin nimmt das als Stichwort, um sich mit mir zu entfernen. »Entschuldige bitte«, murmelt er, als wir uns durch die Menge schlängeln. »Es ist mir nicht in den Sinn gekommen, eine Geschichte zu erfinden, wie wir uns kennengelernt haben.«

»Nun ja, was ich gesagt habe, stimmt schon irgendwie.«

Er hält an und dreht sich mit einem ernsthaften Gesichtsausdruck zu mir um. »Sieh mal … ich dachte, ich könnte dir für heute Nacht ein Hotelzimmer hier besorgen, damit du nicht die ganze Strecke zurück nach Henderson fahren musst.«

Ich sehe verwundert zu ihm auf, weil er so plötzlich das Thema gewechselt hat. »Das ist nett, aber unnötig. Ich kann bei Jorie und Walsh übernachten.«

Benjamin blickt etwas verlegen drein, als er in seine Tasche greift und eine Schlüsselkarte hervorholt. »Also, ich habe das Zimmer bereits gebucht.«

»Oh«, sage ich und werde tiefrot, als mir klar wird, dass sich ein Zimmer und ein Bett in unmittelbarer Nähe von uns befinden. »Was ist mit dem Wicked Horse?«

»Ich dachte, wir könnten vielleicht hierbleiben. Der Einfachheit halber.«

Im Wicked Horse gibt es zwar jede Menge Versuchung, und sexuelle Ausgelassenheit findet dort auf einem anderen Niveau statt, doch der Gedanke daran, eventuell eine ganze Nacht mit Benjamin zu verbringen, ist verlockend.

»Denkst du, was ich denke?«, frage ich.

In seinen Augen blitzt es auf. »Was genau denkst du denn?«

»Wir gehen genau jetzt auf unser Zimmer. Es sei

denn, du möchtest lieber hierbleiben und dich unterhalten.«

Benjamins Mund verzieht sich zu einem verheißungsvollen, sexy Grinsen. »Lass uns gehen.«

Für jemanden, der einen Stock zum Gehen benutzt, bewegt sich Benjamin mit überraschender Eleganz und Effizienz, als er mich aus dem Ballsaal führt. Einige Leute nicken ihm zur Begrüßung zu, als er an ihnen vorbeigeht, aber er schreitet mit solcher Entschlossenheit voran, dass er zweifellos nicht vorhat, anzuhalten und an einem Gespräch teilzunehmen.

Ich lasse ihn mich den ganzen Weg bis in den siebzehnten Stock hinaufführen.

# KAPITEL 9

## *Benjamin*

ICH WUSSTE, ICH würde es hassen, heute Abend hier zu erscheinen, aber ich musste es für Brandon tun. Ich verabscheue die mitleidigen Blicke, die mir die eine Hälfte zuwirft, und die vorwurfsvollen Gesichtsausdrücke, die ich von der anderen Hälfte erhalte, die der Meinung ist, ich hätte mich im vergangenen Jahr zu sehr wie ein Arschloch verhalten.

Nach dem Unfall waren es einmal nur mitleidige Blicke, aber eine Menge davon habe ich mit meiner Handlungsweise zunichtegemacht. Ich werde mich jedoch nicht entschuldigen. Ein Unfall mit einem einzigen Wagen, dessen Fahrer betrunken war, tötete meine Frau und meine Tochter. Entschuldigungen interessieren mich nun wirklich nicht mehr.

Mehr als einen Monat verbrachte ich mit einer Quetschverletzung an meinem linken Bein, einer kollabierten Lunge, einer gerissenen Milz und einem Haarriss am linken Handgelenk im Krankenhaus. Dann zwei weitere Wochen in einer Reha-Klinik, wegen meines Beins. Und dem folgten zwei weitere Wochen der ambulanten Behandlung, bevor ich wieder arbeiten konnte.

Wie durch ein Wunder war die Fraktur an meinem linken Handgelenk nicht kompliziert und heilte schnell. Ich überstand den Unfall ohne Gehirnschaden und meine Hände sind immer noch in der Lage, komplexe Mikrochirurgie durchzuführen. Dafür hätte ich dankbar sein sollen, war es aber nicht.

Ich war sauer auf die ganze Welt. Auf den Betrunkenen, der mein Leben zerstört hat, auf Gott, weil er es zugelassen hat, und auf meine Freunde und Familie, die immer noch die Frechheit besaßen, mich dazu zu bringen, mich um sie zu sorgen, obwohl sie mich damit dem Risiko eines noch größeren Schmerzes aussetzten.

Und mich heute Abend an diesen Ort zu wagen — mit einer schönen Frau an meinem Arm und Geld, das ich bei einer Auktion für einen guten Zweck verschleudern kann –, wo ich versuche, so zu tun, als wäre mein Leben normal und als würden diese Dinge mir Freude bereiten … nun ja, es ist alles Mist. Das bin ich nicht mehr.

Es ist nicht so, als hätte Elena etwas gegen den raschen Abgang gehabt, den ich soeben hingelegt habe. Sie hat mir erzählt, dass es ihr sowieso nur um den Sex geht. Es ist nicht so, als hätte sie mit mir, Brandon und Colleen den Abend verbringen, sich nett unterhalten und überteuerte Vorspeisen knabbern wollen.

Ja … es war gut, zu verschwinden, und sogar noch besser, dass ich daran gedacht habe, ein Zimmer für Elena zu buchen. Es war tatsächlich dafür gedacht, damit sie heute Abend nicht mehr nach Henderson zurückfahren muss, aber jetzt wird es sich als sehr nützlich erweisen.

Denn mir wurde soeben deutlich bewusst, dass Elena mir eine Flucht vor dem Schmerz meines normalen Lebens bietet. Das wurde nie offensichtlicher als in dem Moment, als ich vor einigen Minuten bei Metzers selbstzufriedenem Grinsen und Colleens hoffnungslosem Sinn für Romantik, ich würde noch einmal die Liebe finden, wütend wurde und ich Elena bloß hier rauszerren und mich in ihr verlieren wollte. Vermutlich hätte ich sie sogar direkt im Aufzug gevögelt, wären wir alleine gewesen.

Wie es aussieht, ist der Flur, der uns zu unserem Zimmer führt, nicht so kurz, dass ich nicht ein wenig Vorfreude genießen könnte. Ich halte ihre Hand ganz fest, sollte sie aus irgendeinem Grund abhauen wollen, und bohre meinen Gehstock mit jedem meiner Schritte tief in den weichen Teppich hinein.

Als ich an unserem Zimmer ankomme, kann ich mein Verlangen nicht länger zurückhalten. Ich drehe sie schwungvoll herum und drücke sie gegen die Tür. Anstatt sie zu öffnen, presse ich sie dagegen und bedecke ihren Mund mit meinem.

Elena erschrickt und ich ziehe mich kurz zurück. Ihre Augen sind vor Überraschung ganz groß, aber tief in diesen schokoladenfarbenen Kreisen existiert auch etwas, das zu mir spricht.

Die absolute Freude über meinen Angriff.

Ich stöhne, nehme ihr Gesicht in die Hände und küsse sie noch einmal. Elena krallt sich in die Aufschläge meines Smokings und hält mich fest. Ihr Mund ist so verdammt weich, ihre Lippen voll und ihre Zunge fordernd.

Ohne nachzudenken, greife ich nach dem Halsausschnitt ihres Kleides und ziehe es an einer Seite herunter, um eine üppige Brust mit einer aufrecht stehenden Brustwarze zu entblößen. Ich hebe sie an, drücke sie nach oben und neige den Kopf.

Elena lässt den Kopf nach hinten gegen die Tür fallen, als ich ihren süßen Nippel in meinen Mund sauge, um ihn zu malträtieren. Sie drückt ihre Hüften an mich, schiebt die Finger in mein Haar und packt fest zu.

Als sie sich windet, verstärkt sich ihr Griff an meinem Kopf. »Benjamin.«

Ich ignoriere sie.

»Es kommt jemand«, flüstert sie. Auch das ignoriere ich. Es ist mir scheißegal.

Elena packt sich mein Haar und zieht fest daran, um meine Aufmerksamkeit zu erlangen. Als ich den Kopf hebe, grinst sie mich leicht tadelnd an. Sie nickt den Flur hinunter und ich schaue ihr nach. Ein älteres Ehepaar, möglicherweise um die sechzig Jahre alt, kommt mit gesenktem Blick in unsere Richtung. Es ist offensichtlich, dass die beiden bereits etwas mitbekommen haben.

Mir ist das Ganze nicht im Geringsten peinlich und ich bezweifele ebenfalls, dass Elena sich schämt. Wir beide haben im Wicked Horse bereits vor anderen Leuten Sex gehabt und der Exhibitionismus ist Teil dessen, was uns erregt. Aber ich möchte ebenfalls nicht, dass wir aus diesem Hotel geworfen werden.

Ich mache mir nicht die Mühe, ihr das Kleid wieder zu richten, sondern ziehe einfach nur die Karte aus der Tasche und stecke sie in den Schlitz. Nachdem die Tür entriegelt wurde, drücke ich sie nach innen und Elena hindurch. Als ich ein letztes Mal zu dem älteren Paar schaue, sehe ich, dass die Frau ihren Blick immer noch abgewendet hat, ihr Mann mich jedoch verschmitzt angrinst.

Ich lasse die Tür vor ihrer Nase zufallen.

Ich nehme Elena am Arm und führe sie in das Zimmer. Sie erschrickt, als ich sie etwas grob herumdrehe, mein Verlangen nach ihr ist einfach zu offensichtlich. Aus ihren Augen schießen Funken der Lust und Willigkeit.

Genau das, was ich jetzt brauche.

Nachdem ich meinen Stock aufs Bett geworfen habe, lege ich ihr die Hand in den Nacken. Ich ziehe sie für einen weiteren heftigen Kuss an mich, dann fahre ich mit den Fingern zu ihrer Schulter hinab.

Mit leichtem Druck nach unten sage ich zu ihr: »Geh auf die Knie.«

Oh Gott, mein Herz springt mir beinahe aus der Brust, als sie mich auf eine Art anlächelt, aus der ich lese: »Es wäre mir ein Vergnügen.«

Noch bevor ihre Knie den Boden berühren, nestele ich bereits an meinem Reißverschluss. Mein Schwanz ist steif und bedürftig. Ich muss meine Hose bis zur Hüfte hinunterschieben, um ihn zu befreien, und mein Blick wandert an seiner Dicke entlang zu Elenas Gesicht, die von ihrer knienden Position geduldig zu mir aufblickt.

Ich streichele mich einmal, dann reibe ich meine Schwanzspitze über ihre Unterlippe. Sie öffnet den Mund und streckt ihre Zunge heraus, um mich sanft zu berühren. Das lässt mir beinahe die Beine wegknicken und hat nichts mit meinem schwächeren linken Bein zu tun. Es ist ausschließlich ihre Macht und wie sie sie derzeit einsetzt.

Elena hebt die Hände. Mit einer packt sie meinen Hintern, die andere schlägt meine fort, sodass sie meinen Schwanz greifen kann. Sie umschließt ihn fest und öffnet den Mund, um ihn zu empfangen.

Diese verdammte Hitze, Feuchte … es ist so unheimlich eng, als sie mich einsaugt. Ich beiße die Zähne zusammen, schließe die Augen und genieße dieses Gefühl für einen kurzen Moment.

Nur einen Moment.

Ich muss ihr zusehen.

Ich öffne die Augen und neige den Kopf, um auf ihr engelsgleiches Gesicht zu blicken, während ich in ihren Mund hinein- und wieder hinausgleite. Sie höhlt die Wangen aus, während sie mich mit der Zunge an der Unterseite leckt und saugt und dabei meinen Schwanz wichst.

Scheiße, sie ist ein Profi. Das ist etwas, an dem April nie Freude hatte.

Ich schließe die Augen wieder und entschuldige mich im Stillen, dass ich in dieser Situation überhaupt an April denke. Wenn ich mit einer anderen Frau zusammen bin. Dass ich es wagen würde, sie zu vergleichen.

Mir dreht sich der Magen um und ich versuche instinktiv, mich zurückzuziehen.

Das lässt Elena jedoch nicht zu. Mit ihrer Hand umschließt sie meinen Schaft noch fester, dann saugt sie mich noch tiefer ein. Ihr entfährt ein kleines, trotziges Knurren, weil ich versucht habe, ihr das hier zu nehmen.

»Scheiße«, murmele ich, vollkommen zerrissen zwischen der vorzüglichen Lust, die sie mir bereitet, und meiner Auffassung, es nicht zu verdienen. Das hier sollte nicht Teil meines Lebens sein. Ich bin nicht würdig, irgendetwas zu haben, das mir solch ein gutes Gefühl gibt.

Elena verändert die Position, geht auf Knien ein klein wenig höher und mir entfährt ein überraschtes Bellen, als sie meinen Schwanz so tief in sich aufnimmt, dass ich mir ziemlich sicher bin, von der Enge ihrer

Kehle eingeschlossen zu werden. Ich stecke so verdammt tief in ihr, dass ihre Nase gegen meinen Bauch drückt. Sie schluckt, die Muskeln bewegen sich an meiner Schwanzspitze und meine Hoden fangen an, vor Verlangen zu schmerzen.

Sie zieht sich zurück, gibt langsam wieder den Blick auf meinen Schwanz frei, der aus ihrem Mund erscheint, und erneut bin ich hingerissen, während ich zusehe. Sie berührt mit den Händen meine Hüften, schiebt sie nach hinten zu meinem Arsch und drückt die Finger in meine Gesäßmuskeln.

Ich ahne nichts, als sie mich fest an sich zieht. Ihr Mund und ihre Kehle öffnen sich für mich und mein Schwanz verschwindet wieder vollständig in ihr.

Mir wird schwindelig von diesem unglaublichen Gefühl und es wird nicht mehr lange dauern, bis ich komme. Damit könnte ich mich abfinden.

Sie spreizt die Finger und bohrt sie in meine Muskeln, bevor sie sie in den Stoff meiner Boxershorts schiebt, sie herunterzieht und mich befreit. Mein Schwanz gleitet aus ihrem Mund und sie beugt sich nach unten, um meine Hoden mit den Lippen zu berühren.

Oh Gott.

Sie leckt sie, nimmt sie in den Mund und saugt vorsichtig daran, während ich in diesem Moment eine Glaubenskrise durchlebe. Ich bin mir nicht sicher, jemals einen so guten Blowjob bekommen zu haben.

Ihr entfährt ein tiefer frustrierter Laut, vielleicht

braucht sie mehr. Wieder zerrt sie mit den Händen an meiner Hose, dann hat sie meinen Schwanz erneut im Mund. Sie umfasst meine Hüften und nutzt die Hebelwirkung, um ihn in ihren Mund zu drücken. Als sie schluckt, ziehen sich ihre Muskeln um ihn herum zusammen.

Sie streicht mit den Händen zärtlich über meine Beine nach vorn und nimmt dabei meine Kleidung mit. Gekonnt zieht sie mich aus und es ist beinahe wie ein einstudierter Tanz – so verdammt gut ist sie darin.

Mein Herz kommt eine Sekunde lang ins Stottern, als sie mit den Fingerspitzen den oberen Teil der Narbe auf meinem Oberschenkel berührt. Sie zögert nicht, erkundet meinen Körper lediglich in aller Ruhe, während sie mich mit ihrem Mund fickt.

Ich ignoriere ihre neugierigen Finger, die über die innere Breite der Narbe fahren. Ganz sanft spürt sie den Unebenheiten und Erhebungen nach, doch sie zögert keine Sekunde, während mein Schwanz in ihren Mund hinein- und wieder hinausgleitet und mit jedem Stoß in ihre Kehle eindringt.

Und wie ich stoße.

Meine Hüften bewegen sich wie von allein und ich kann mich nicht beherrschen.

Ich ergreife ihr Gesicht und fange an, in sie hinein zu hämmern. Sie starrt mich aus großen, vertrauensvollen Augen an, während sie mit den Fingern weiter über meine Narbe streicht, dann über die Vorderseite meines

Oberschenkels, bis sie das gezackte Ende direkt über meiner Kniescheibe erreicht.

Mein Atem wird unregelmäßig, weil ich mich nicht nur darauf konzentriere, wie sie sich anfühlt, sondern auch auf die Art und Weise, wie sie sich von mir benutzen lässt und mir unbeschränkten Zugang zu ihrer Kehle gewährt.

Elena wandert mit den Händen zur Hinterseite meiner Oberschenkel. Sie verändert die Position abermals, nimmt mich tiefer in sich auf.

»Ich komme gleich«, murmele ich, mehr zu mir selbst denn als Vorwarnung für sie. Ich weiß ohne Zweifel, Elena würde nicht wollen, dass ich ihn herausziehe.

Als wollte sie meine Theorie bestätigen, schluckt sie mich tiefer hinunter als zuvor und stöhnt laut auf. Ich spüre die Vibrationen an meinem gesamten Schwanz und es ist mein Ruin.

Ich verstärke den Griff an ihrem Gesicht, schiebe die Hüften nach vorn und bringe sie dazu, ein wenig zu würgen, doch dann halte ich ganz still, während ich ihr in die Kehle abspritze. Sie schluckt immer wieder, trinkt mich und ich schwöre, ich komme noch ein zweites Mal, als mich eine weitere brutale Lustwelle trifft.

Es scheint immer weiter zu gehen und meine Sicht wird einen Moment schlechter, bevor alles plötzlich heller wird. Während der gesamten Zeit blicke ich Elena in die Augen und sie starrt mich mit solcher Intensität an, dass ich mir sicher bin, noch einen dritten Ekstase-Schauer zu erleben.

»Scheiße«, murmele ich, was so ziemlich das einzige Wort zu sein scheint, das ich derzeit fähig bin zu äußern, als ich meine Hüften zurückdrücke und meinen Schwanz aus ihrem Mund ziehe. Sie hebt die Hand, wischt sich vorsichtig über Lippen und Kinn und setzt sich dann auf ihre Unterschenkel, um mich triumphierend anzulächeln.

Sie sieht überwältigend aus. Ihre Lippen sind rot und geschwollen, die Brust hängt ihr immer noch aus dem Kleid und ihre Augen glitzern, denn diese Nummer hat sie genauso scharf gemacht wie mich.

Ich bin mir ziemlich sicher, dass ich meinen Schwanz nicht lange überreden muss, noch einmal steif zu werden, damit ich sie vögeln kann.

Elena hebt die Hand, streckt sie aus und berührt noch einmal meine Narbe. Ich erstarre, denn solch ein mutiges Vorgehen hatte ich nicht erwartet, jetzt, nachdem der Nebel der Lust sich etwas verzogen hat. Sie betrachtet sie und zieht mit den Fingerspitzen noch einmal ihre Länge nach, während meine Hose sich nun an meinen Knien befindet.

»Was ist passiert?«, fragt sie und blickt auf, um mich anzuschauen.

»Autounfall«, murmele ich und greife nach unten, um mir die Hose hochzuziehen.

»Nicht«, sagt sie leise und versucht, mich mit ihren

Händen aufzuhalten. »Du bist schön und ich möchte mehr von dir sehen.«

Wir beginnen einen Anstarr-Wettbewerb, bei dem ich meine Hose und ihre sanften Hände an mir festhalte.

»Ich meine«, fährt sie mit bettelnder Stimme fort, »du hast mich nackt gesehen und, nun ja, ich möchte dich auch sehen.«

Ich schlucke an der Trockenheit in meinem Hals vorbei, aber es kommen keine Worte heraus. Ich habe keine Ahnung, was ich sagen soll, denn was sie von mir verlangt, ist sehr intim.

Es ist nicht so, als hätte ich meinen Körper im Wicked Horse nicht gezeigt, denn das habe ich. Ich habe mich mitten im Orgienzimmer ausgezogen und mich genusssüchtig vergnügt.

Aber bei allen Gelegenheiten, die vor der Zeit mit Elena stattgefunden haben, habe ich mich nicht darum geschert, was irgendjemand über mich denkt. Es war mir egal, ob meine Narbe sie erregt oder abgestoßen hat, und ganz sicher habe ich mir über ihre Bedürfnisse keine Gedanken gemacht. Bevor ich Elena traf, ging es mir einzig und allein um meine Befriedigung.

Mit ihr ist es anders. Ich habe Gefühl darin gefunden, mich ihr zu ergeben. Als sie das erste Mal kam, war ich vollkommen in der Emotion verloren und habe erkannt, dass es eine Macht ist, die mir ein gutes Gefühl bereitet.

Sie ist sich meines Zögerns bewusst. Ich erkenne es

an ihrem Gesicht, zusammen mit einer Stärke, die mir ein klein wenig Angst macht.

Mit einem entschlossenen Blick steht sie vom Boden auf und geht auf mich zu. Sie zieht ihre Hand aus meiner heraus, streicht leicht über meinen Oberschenkel nach oben und greift meinen erschlafften Schwanz. Er sollte keinerlei Leben in sich haben, aber sobald sie ihre Finger darum schließt, beginnt er zu pulsieren.

Sie legt den Kopf in den Nacken und leckt sich über die Unterlippe. »Ziehen wir uns aus, Benjamin, dann können wir den Körper des anderen erkunden. Ich verspreche dir, du darfst mit meinem tun, was immer du willst.«

In meinen Augen lodert das Feuer auf und sie nickt mit einem schelmischen Grinsen.

»Alles«, wiederholt sie. »Er gehört dir.«

Sie beginnt, mit den Fingern an meinen Hemd-knöpfen zu nesteln und sie zu öffnen. Während der gesamten Zeit wende ich den Blick nicht ein Mal von ihr ab. In ihren Augen sehe ich eine Stärke, an der ich festhalte. Für den Moment werde ich Elena genau das geben, was sie will. Ich werde mich mit ihr ausziehen und mir dann nehmen, was sie mir anbietet.

Und es ist schon verdammt lange her, seit ich mich auf eine Sache so sehr gefreut habe.

# KAPITEL 10

## *Elena*

DER WECKER MEINES Telefons fängt an zu klingeln und ich lasse meine Hand schnell hervorschießen, um ihn auszuschalten. Nachdem ich mir den Schlaf aus den Augen gerieben habe, drehe ich mich auf die andere Seite, um zu sehen, ob sich Benjamin immer noch mit mir im Bett befindet.

Ich habe irgendwie erwartet, dass er nicht mehr da ist, aber zu meiner Überraschung liegt er neben mir. In der morgendlichen Dunkelheit kann ich bloß den Umriss seines nackten Körpers erkennen. Er schläft auf dem Rücken, eine Hand liegt über dem Kopf, die andere ruht auf seinem Oberkörper. Er hat ein Bein ausgestreckt, das andere angewinkelt und atmet tief ein und aus.

Trotz der grotesken Narbe an seinem linken Oberschenkel hat er einen unheimlich schönen Körper.

Er sagte, sie stamme von einem Autounfall, und ich habe nicht weiter nachgefragt. Ab dem Moment, in dem er versucht hat, sich von mir zurückzuziehen und sich seine Augen verdunkelten, als ich ihn fragte, was passiert war, war es offensichtlich für mich, dass es ihm unangenehm war.

Aber das haben wir hinter uns gelassen. Es war mir egal, woher diese Narbe stammt, und sie ändert auch nichts daran, dass ich mich von ihm angezogen fühle. Mir war wichtig, dass er mir die gleiche Intimität zugestand, wie ich es getan hatte. Ich wollte ihn nackt sehen und er gewährte mir diesen Wunsch. Er ließ es zu, dass ich ihn auszog, bis er ganz nackt war. Er sah wunderbar aus, wie er dastand und mir gestattete, ihn mit den Händen überall zu berühren. Er hielt es jedoch nicht lange aus, denn je mehr ich ihn anfasste, umso erregter wurde er. Schon bald lag meine Kleidung neben seiner auf dem Boden und er beugte mich über einen der Stühle, wo er mir das Gehirn rausvögelte.

Ich strecke mich, hebe die Arme hoch über den Kopf und drücke die Beine so weit durch, bis meine Zehenspitzen nach vorn zeigen. Ich fühle mich gut, obwohl ich ziemlich oft durchgenommen wurde. Nach diesem Blowjob hat Benjamin es dreimal mit mir getrieben. Drei fantastische, intensive Male, in denen ich es zuließ, dass er mich benutzte, wie immer es ihm beliebt. Ich bin erschöpft und trotzdem beschwingt. Obwohl ich nicht viel geschlafen habe, fühle ich mich wunderbar.

Irgendetwas hat sich gestern Nacht zwischen

Benjamin und mir verändert. Irgendetwas scheint sich nach diesem Blowjob in ihm geöffnet zu haben. Gut, ich weiß, dass ich ziemlich talentiert bin, wenn es um Oralsex geht, aber mit ihm war es anders. Was ich mit meinem Mund getan habe war intimer. Benjamin – so wie er nun mal ist – hat es geschafft, mich dazu zu bringen, meine eigenen Grenzen zu überschreiten. Noch nie hatte ich einen Mann tiefer in mir und dennoch wünschte ich, ich hätte ihn noch tiefer in mich aufnehmen können. Es ist einfach unerklärlich.

Danach ... nachdem wir uns ausgezogen hatten ... waren wir beide unersättlich. Wir konnten nicht genug voneinander bekommen. Wir haben gevögelt, sind eingeschlafen, aufgewacht, haben uns gestreichelt und wieder miteinander gevögelt. Um ehrlich zu sein, kommt es mir fast wie ein Traum vor.

Und trotz des Gefühls der Wundheit zwischen meinen Beinen, dem Schlafmangel und dem langen Arbeitstag, der vor mir liegt ... will ich ihn noch einmal.

Jetzt sofort.

Ich rutsche ein wenig näher und lege ihm vorsichtig die Hand auf die Brust, die sich unter seinen tiefen Atemzügen bewegt. Noch nie habe ich zu einem Menschen eine solche sexuelle Verbindung gespürt. Trotz all der perversen Dinge, die ich schon getan habe, und der Grenzen, die ich mich gezwungen habe zu überschreiten, habe ich mich mit einem menschlichen Wesen noch nie so sehr im Einklang gefühlt.

Ich streichele mit dem Daumen über sein Brustbein. Es fühlt sich an, als wäre jede Berührung genau dort, wo sie sein soll, und er gibt mir genau das, was ich brauche, wann ich es brauche. Sogar der Schmerz, den er mir manchmal zufügt, befriedigt ein Verlangen, von dem ich nicht wusste, dass es in mir existiert.

Ich wandere mit der Hand seinen Oberkörper hinunter und streiche über seinen Bauch. Es ist offensichtlich, dass er trainiert. Ich kann die Linien seiner Körperform und die mageren Muskeln erkennen. In der vergangenen Nacht war mir eine Narbe über seinen Rippen aufgefallen und ich frage mich, ob sie von demselben Autounfall stammt.

Die Narbe an seinem Bein sieht schlimm aus. Ich kann mir nicht vorstellen, wie schmerzhaft solch eine Verletzung gewesen sein muss. Er hat Muskelmasse und Haut verloren und es war nicht einfach hinzusehen. Aber ich habe es getan.

Bei jeder Gelegenheit, die sich mir bot.

Und ich habe sie immer wieder berührt, um ihm zu zeigen, dass sie ein Teil von ihm ist, den ich akzeptiere. Von dem ich angezogen werde. Der meine Aufmerksamkeit verdient.

Ich schiebe meine Hand über seinen Bauch zu der dünnen Haarlinie, die zu seinem schlaffen Schwanz führt, der wegen seiner Länge und des Umfangs selbst im Ruhezustand beeindruckend ist. Wenn er steif ist, ist er unheimlich schön. Lang und dick mit einer Vene, die an der Unterseite entlangläuft. Er dehnt mich, aber er passt ebenfalls perfekt in mich hinein.

Ich habe noch etwas Zeit, bevor ich gehen muss. Mein erster Termin ist erst um zehn Uhr. Und wie ich schon sagte ... ich will Benjamin noch einmal.

Ich ergreife seinen Schwanz und beginne, ihn sanft und zärtlich zu streicheln. Innerhalb weniger Sekunden reagiert er. Er wird langsam dicker und länger. Ich komme näher, stütze mich auf dem Ellbogen ab und lecke mit meiner Zunge über die gesamte Länge.

Benjamin bewegt sich und in seiner Brust macht sich ein tiefes Knurren bemerkbar. Ich nehme ihn in den Mund und lasse meine Zunge sanft um seine Schwanzspitze kreisen.

»Was machst du da?«, fragt Benjamin schroff. Seine Stimme ist schlaftrunken und wiegt schwer vor Lust.

Ich blicke ihn an. »Ich besorge es dir.«

Benjamin hebt den Kopf vom Kissen an. Er lacht leise ... ein seltsamer, schöner Laut, der aus solch einem ruhigen, ernsten Mann herauskommen kann.

Er sagt nichts, aber das braucht er auch nicht. Er streicht mit der Hand über die Hinterseite meines Oberschenkels, über meinen Po und dann drückt er die Finger von hinten in mich hinein.

Oh, wow. Das fühlt sich verdammt gut an. Von seiner Berührung werde ich sofort feucht. Auch wenn ich ein wenig wund bin, überwiegt die Lust doch um Längen.

Benjamins Schwanz ist in meiner Hand nun vollständig steif und ich wichse ihn ein paarmal kräftig. Jedes Mal wenn Benjamin mich nimmt, ist er derjenige, der die Kontrolle hat. Ich hatte bisher noch keine Macht. Nicht einmal bei diesem Blowjob, denn als es hart auf hart kam, hat er mit voller Wucht mein Gesicht gefickt und ich habe ihn einfach nur machen lassen.

Das ist okay. Es ist, was ich will.

Aber mit diesem sexy Mann, der noch halb verschlafen ist und auf dem Rücken liegt, kann ich nicht widerstehen, die Gelegenheit beim Schopf zu packen und mir zu nehmen, was ich will.

Ich richte mich auf, schwinge ein Bein über seinen Schoß und setze mich rittlings auf ihn. Eine Hand drücke ich in die Matratze, mit der anderen nehme ich seinen Schwanz und führe ihn an meine Öffnung. Dann hebe ich den Kopf, damit ich Benjamin ansehen kann. Er starrt mich mit brennenden Augen an. Er ergreift meine Hüften und zischt durch die Zähne, als ich mich auf ihn absenke.

So viel Schönheit liegt in der Art und Weise, wie ich ihn reite. Sein Gesichtsausdruck verwandelt sich, wird sanfter, dann legt er den Kopf auf das Kissen und schließt die Augen. Mit den Händen hält er meine Hüften fest, doch er lässt mich das Tempo vorgeben. Ich gleite hoch und runter und achte auf jedes noch so kleine Detail, das sich in seinem Gesicht verändert.

Benjamin lässt mich mit einer Hand los und reibt

mit seinem Daumen über meine Klitoris. Von der zusätzlichen Stimulation durchfährt mich ein Schauer. Übervoll mit seinem wunderbaren Schwanz in mir und seinem Daumen an meiner Knospe kann ich den unvermeidbaren Lustrausch nicht aufhalten, nach dem ich suche. Ich fange an, mich schneller zu bewegen, und mir gelingt es nicht, das kleine Wimmern zu unterdrücken, das mir entfährt. Benjamin grunzt und ächzt, weil er sich bemüht, seinen eigenen Orgasmus zurückzuhalten. Er beißt sich auf die Unterlippe und sein Gesicht sieht wundervoll schmerzverzerrt aus, weil er die Erleichterung so dringend benötigt.

Ich werfe mich auf seinen Schwanz und mit ein klein wenig mehr Druck seines Daumens an meiner Klitoris stößt er mich den Abgrund hinab und ich schreie meinen Höhepunkt heraus. Das löst Benjamins Orgasmus aus und er packt mich fest, um mich unten zu halten, während seine Hüften in einem explosionsartigen Höhepunkt nach oben schießen.

Ich sinke erschöpft auf seine Brust und versuche, wieder zu Atem zu kommen. Obwohl ich noch immer spüre, wie die Lustwellen mich durchschütteln, will ich ihn noch einmal.

Das macht ihn gefährlich für mich. Wie eine süchtig machende Droge.

Und trotzdem habe ich keine Angst.

Benjamin wischt mir mit den Fingern über die Stirn und streicht mir das Haar aus dem Gesicht. Ich verdrehe den Hals, um ihn anzusehen, und er hebt den Kopf von seinem Kissen, damit wir uns in die Augen blicken können.

»Bleib bei mir«, sagt er zärtlich.

»Bei dir bleiben?«

»Den ganzen Tag. Die ganze Nacht. Hier in diesem Zimmer. Wir werden es wie die Tiere miteinander treiben, Zimmerservice bestellen und es dann weiter treiben.«

Stöhnend lege ich den Kopf auf seiner Brust ab. Dann drücke ich die Arme seitlich fest an ihn und es entgeht mir nicht, dass er diese Umarmung nicht erwidert. Ich denke, das bedeutet nur, dass Benjamin nicht viel vom Kuscheln hält, aber es ist mir auch nicht wichtig. Hierbei geht es um Sex und um nichts anderes.

Ich hebe den Kopf und werde von Reue erfüllt. »Ich wünschte, ich könnte es tun. Aber ich habe den ganzen Tag voll mit Terminen zum Haareschneiden.«

Er schenkt mir ein enttäuschtes Lächeln, nickt dann aber verständnisvoll. »Natürlich.«

Das Lächeln, mit dem ich seine Antwort erwidere, ist schief. »Wenn es hilft … ich wäre lieber hier bei dir.«

Er zieht einen seiner Mundwinkel in die Höhe. »Das hilft. Hast du Lust, heute Abend ins Wicked Horse zu gehen?«

Jetzt hat er meine Aufmerksamkeit geweckt. Es wäre fantastisch, den Abend so zu beenden. »Woran hast du gedacht?«

Er lächelt mich listig an und schüttelt den Kopf. »Du wirst es herausfinden, wenn ich möchte, dass du es herausfindest.«

Mann, das ist sexy. Und jetzt will ich ihn wirklich noch einmal.

Aber leider muss ich jetzt zusehen, dass ich hier rauskomme. Vor mir liegt eine lange Fahrt zurück nach Henderson, um zu duschen, zu frühstücken und dann zu arbeiten. Seufzend drücke ich meine Lippen an Benjamins Hals und steige dann von ihm ab, bevor ich in Versuchung gerate, wieder etwas Neues zu beginnen.

## KAPITEL 11

# *Benjamin*

ES IST DONNERSTAGABEND. Nach Schäferstündchen an vier aufeinanderfolgenden Tagen im Wicked Horse sagt Elena für heute Abend ab.

Seit wir gemeinsam im Hotel übernachtet haben, waren wir jeden Abend gemeinsam im Club. Das war ein Schritt, den zu gehen ich mir niemals mit einer Frau hätte vorstellen können. Die ganze Nacht zusammen in demselben Bett zu schlafen ist so persönlich und intim, und in jener Nacht hätte ich vermutlich zweimal darüber nachgedacht, wenn Schlaf nicht das Letzte gewesen wäre, was wir im Sinn hatten. Wir haben wieder und wieder miteinander geschlafen, nicht in der Lage, uns zu sättigen.

Für Elena ist es schwierig, jeden Abend ins Wicked Horse zu kommen. Sie hat pro Strecke eine Fahrtzeit von mehr als einer halben Stunde, darüber hinaus arbeitet sie acht bis zehn Stunden pro Tag.

Aus diesem Grund war ich ihr auch nicht böse, als sie

mir vor einiger Zeit eine Nachricht schrieb, während ich mich in einem Patientengespräch befand. Wir beschlossen beide, die Fantasy-App nicht mehr zu nutzen, um miteinander zu kommunizieren. SMS zu schreiben ist viel einfacher.

Zugegeben, ich war ein wenig zurückhaltend, als sie nach meiner Telefonnummer fragte, damit wir Nachrichten austauschen können. Ich hatte Angst, sie würde mich ständig anrufen wollen oder etwas in die Tatsache hineininterpretierten, dass wir Nummern ausgetauscht haben. Aber das ist nicht passiert. Sie hat mit mir seitdem lediglich immer wieder über die Vereinbarung von Treffen gesprochen.

Der Austausch von Telefonnummern war nicht die einzige Sache, die sich verändert hat. Während der letzten vier Male, die wir uns im Wicked Horse getroffen haben, begannen wir im Gesellschaftszimmer, um einige Drinks zu uns zu nehmen. Es ist nicht so, dass wir sie bräuchten, um runterzukommen und zu entspannen. Aber an dem ersten Abend, an dem wir uns nach der Nacht im Hotel trafen, war mir nach einem guten Scotch. Ich hatte vorgeschlagen, etwas zu trinken, und aus einem wurden zwei.

Es war unbeschwert. Elena hat mich mit Geschichten über ihre Kunden unterhalten – ohne jemals Namen zu nennen – und mir von ihrer Familie erzählt. Sie ist das jüngste von sechs Kindern und stammt aus einer ausgelassenen Sippe, in der sich alle sehr nahestehen. An einem Abend, als sie gerade an einem Glas Wein nippte, warnte sie mich, dass ihre Mutter eine Latina und ihr Vater halb Grieche, halb Niederländer sei und sich das manchmal in verrückter Weise auf ihr Gemüt auswirke. Sie sagte, es könne passieren, dass ihre Stimmung innerhalb einer Nanosekunde von weinerlich in stocksauer umschlägt.

»Es ist eine gute Sache, dass wir uns so gut verstehen«, hat sie hinzugefügt. »Ich denke, du brauchst dich nicht darum zu sorgen, mich wütend zu machen.«

Und sie hat recht.

Wir verstehen uns wirklich gut. Das zeigt sich darin, dass wir uns weiterhin jeden Abend treffen, um etwas zu trinken, bevor wir uns in die Tiefen des Clubs begeben, um unsere Lust auszuleben. Die Unterhaltung war locker und angenehm.

Seit Monaten habe ich keine unbeschwerten Gespräche mehr geführt. Nicht mehr, seit der Unfall passiert ist. Warum es ausgerechnet mit dieser Frau so ist, ist mir schleierhaft. Es gibt keinen Zweifel daran, dass mich auf sexueller Ebene etwas ganz Besonderes mit Elena verbindet. Sie hat sich in dieser Hinsicht als die perfekte Frau für mich herausgestellt. Aber die Tatsache, dass wir uns weiterhin miteinander unterhalten, ohne dass ich mich gefangen oder schuldig fühle, muss etwas bedeuten.

Ich bin mir nur nicht sicher was – oder ob ich dem Glauben schenken soll, dass dieses Phänomen von ihr herrührt.

Aber heute Abend hat sie sich entschuldigt, weil sie erschöpft ist. Das stelle ich in keiner Weise infrage. Sie hat sogar zugegeben, dass die Fahrt sie anstrengt, weil sie gestern Abend auf dem Nachhauseweg beinahe eingeschlafen wäre. In ihrer Nachricht schrieb sie: *Ich muss heute Nacht nur ein wenig Schlaf nachholen. Morgen können wir dann weitermachen.*

Für heute bin ich mit meinen Patienten fertig. Ich habe Notizen zu diktieren und muss meine Aufzeichnungen im Harlan-Fall durchgehen, da die Anhörung vor der Ethikkommission für nächste Woche angesetzt ist.

Ich sollte Elena schreiben, um sie wissen zu lassen, dass alles in Ordnung ist und ich mich darauf freue, sie morgen Abend zu sehen.

Es ist für mich sehr beunruhigend, dass ich stattdessen ihre Nummer heraussuche und sie anrufe.

Elena antwortet nach dem zweiten Klingeln. »Na, das ist ja eine Überraschung.«

Ja, in der Tat. Das ist es.

»Ich wollte dir nur sagen, dass ich sehr gut verstehe, warum du für heute Abend abgesagt hast. Ich hoffe, du kannst deinen Schlaf nachholen, damit wir uns morgen treffen können.«

Sie seufzt erleichtert auf, was durch das Telefon laut und deutlich zu hören ist. »Danke für dein Verständnis.«

»Ich meine«, sage ich mit neckender Stimme, »es ist

ja nicht so, als hätte ich dafür gesorgt, dass heute Abend noch zwei andere Männer mit uns im Wicked Horse sein würden. Drei Kerle und du. Das hätte explosiv werden können.«

Elena ist einen Moment lang still, bevor sie neugierig wissen will: »Hast du das tatsächlich getan?«

»Nein«, antworte ich und frage dann zögernd: »Aber möchtest du, dass ich es arrangiere?«

Sie und ich haben nicht einmal darüber gesprochen, unsere sexuellen Fantasien mit einer weiteren Person auszuleben. Im Club passiert das ständig. Auch ich habe dort zuvor bereits Gruppensex gehabt. Würde ich wetten, dann wäre ich mir sicher, dass Elena das ebenfalls getan hat.

»Eigentlich«, beeilt sie sich zu sagen, »nein. Das interessiert mich nicht wirklich.«

Bei der Erleichterung, die mich überkommt, wird mir klar, warum ich dieses Thema noch niemals zuvor angesprochen habe. Denn wie es aussieht, würde ich sie auf gar keinen Fall jemals mit irgendjemand anderem teilen. Zuzulassen, dass sie von einem anderen Mann berührt wird, widerspricht vollkommen meiner Natur.

»Du könntest hierherkommen … zu mir?«, schlägt sie vor.

»Zu dir nach Hause?«

»Ja … ich meine, ich habe keine Sex-Maschinen, mit denen wir spielen können, aber ich besitze andere Dinge. Und ich denke, wir haben bewiesen, dass wir den

Blümchensex ebenfalls ganz gut beherrschen.«

Jetzt bin ich es, an dessen Ende es still ist. Sie hat mich vollkommen unvorbereitet erwischt. Ich muss darüber tatsächlich kurz nachdenken.

Ich würde sie niemals zu mir einladen, weil in meinem Haus Geister und Schwächen stecken. Aber bei ihr zu Hause ist es etwas anderes, denke ich. Es ist genauso wie an dem Abend, an dem wir im Hotel zusammen waren, oder? Auch wenn unser eigentlicher Plan vorgesehen hatte, dass wir uns im Wicked Horse treffen, heißt es ja noch nicht, dass wir uns in irgendeiner Form der festen Beziehung befinden, wenn wir es außerhalb des Clubs miteinander tun. Mit Ausnahme der Abende ist es uns bisher gelungen, in allen anderen Bereichen unseres Lebens einen gesunden Abstand zueinander zu wahren.

»Es ist nicht schlimm, wenn du nicht willst«, beeilt sie sich mir zu versichern und füllt mit diesen Worten die Stille. »Es war nur ein Vorschlag.«

»Nein«, sage ich rasch, »es ist nicht so, als wollte ich nicht. Ich denke nur gerade über meinen morgigen Arbeitsplan nach. Ich habe um sieben Uhr meine erste Operation.«

Sie klingt enttäuscht, als sie antwortet: »Oh, das ist viel zu früh. Und ich würde dich viel zu lange wach halten, wenn du hierherkommen würdest.«

»Wie wäre es, wenn wir einfach ganz früh ins Bett gehen?«, schlage ich vor. »Ich könnte in einer halben

Stunde losfahren und direkt zu dir kommen. Aber ich werde nicht über Nacht bleiben. Ich kann dir nicht vertrauen, dass du mich schlafen lässt.«

Elena lacht erfreut. Ich liebe diesen tiefen, rauchigen Klang. Mehr als alles andere gefällt es mir aber, dass ich es war, der ihr diesen Laut entlockt hat.

»Okay«, sagt sie, immer noch kichernd. »Du kannst zu mir kommen. Und du wirst ganz bestimmt ausreichend Schlaf bekommen. Sobald wir fertig gevögelt haben, werde ich dich aus meinem Bett werfen.«

»Kann ich auf dem Weg etwas zu essen kaufen?«, frage ich.

»Erdbeeren, Schokolade und Sprühsahne. Zwei Dosen.«

»Wird erledigt«, sage ich.

♦

»DAS WAR INTENSIV«, sagt Elena genüsslich, bevor sie sich von mir wegrollt, um sich eine Erdbeere aus der Schüssel zu nehmen, die auf ihrem Nachttisch steht. Sie beißt einmal ab, dann streckt sie den Arm aus und lässt die andere Hälfte der Frucht in meinen Mund fallen.

Wir liegen beide nackt auf ihrem Bett, nachdem wir nach dem sensationellen Sex, den wir soeben hatten, erst vor Kurzem unseren Verstand und normales Atmen wiedererlangt haben.

Und sie hat recht … Das war intensiv.

Als sie mich vor einer Weile in ihr Schlafzimmer

führte, fand ich dort zahlreiche verschiedene Sexspielzeuge vor, die sie mir hingelegt hatte. Ich nahm mir eine Flasche mit Gleitmittel und einen ihrer größeren Analstöpsel. Vor Ehrfurcht und Aufregung wurden ihre Augen ganz groß.

Ich nahm mir Zeit, ihren Arsch vorzubereiten. Nachdem ich das Monster eingeführt hatte und es fest in ihr steckte, vögelte ich sie langsam von hinten, wohl wissend, dass jeder Stoß Druck auf den Stöpsel ausübt. Ich verlor den Überblick darüber, wie oft sie kam.

»Du hast sehr geschickte Finger«, sagt sie, als sie sich auf die Seite rollt, den Kopf mit der Hand aufstützt und mich ansieht.

Ich lache. »Deswegen bin ich ein guter Hirnchirurg, denke ich mal.«

»Was für eine Operation hast du morgen?«

»Eine Kraniotomie zur Resektion eines vermuteten Glioblastoms«, sage ich düster.

»Das klingt ernst«, antwortet sie leise.

Ich drehe mich auf die Seite, um sie anzuschauen. »Das ist es. Hierbei handelt es sich um die aggressivste Form von Hirnkrebs.«

Ihr Gesichtsausdruck wird traurig.

»Ich verstehe so etwas nicht. Es ist so sinnlos, weißt du? Oftmals frage ich mich, warum Gott den Menschen so etwas antut, aber ich weiß, dass sein Plan größer als alles ist, was ich hoffen kann zu verstehen.«

Ja, ich weiß auch alles über sinnlose Dinge. Ich

antworte nicht auf die Bemerkung über Gott, weil er für mich schon vor langer Zeit aufgehört hat zu existieren. Um ehrlich zu sein, glaube ich, dass es Schwachsinn ist, wenn Menschen glauben, dass Gott einen größeren Plan hat, weil es niemals etwas Gutes ist, unschuldigen Menschen das Leben zu nehmen.

Elena beugt sich zu mir und gibt mir einen Kuss auf die Schulter, was ich unheimlich süß finde. Aber dann fängt sie an, mich mit beiden Händen wegzudrücken, und versucht, mich gewaltsam über die Matratze zu schieben.

»Okay, raus aus meinem Bett. Du hast mir gute Orgasmen beschert, hast – soweit ich das beurteilen kann – selbst einen großartigen Höhepunkt gehabt, hast mit meinem Hintern gespielt, was ich nicht einfach so jedem erlaube, und du hast morgen früh eine Operation. Also geh … sieh zu, dass du hier rauskommst.«

Ich war zwar noch nicht bereit zu gehen, aber sie hat recht. Wenn ich mich jetzt nicht auf den Weg mache, werde ich die ganze Nacht hierbleiben. Wir würden uns noch ein wenig unterhalten, dann wieder miteinander schlafen. Möglicherweise wegnicken. Aufwachen. Und erneut Sex haben.

Wenn ich jetzt nicht gehe, werde ich nie gehen.

Ich rolle mich vom Bett und hebe meine Kleidung vom Boden auf. Nachdem ich einer leeren Dose Sprühsahne einen Tritt versetzt habe, blicke ich über die Schulter zurück. Dort liegt sie so unverfroren perfekt, sexy und frisch. Ihr Lächeln ist zuckersüß, obwohl sie im Bett eine Teufelin ist.

Ich will nicht gehen. Ich will zurück ins Bett kriechen, Erdbeeren essen und reden.

Die ganze Nacht Sex haben.

Aber ich zwinge mich zum Gehen.

Denn die Tatsache, dass ich nicht gehen will, birgt für mich jede Menge Probleme.

# KAPITEL 12

## *Elena*

»OKAY ... ICH muss dir etwas sagen.«

»Was denn?«, will Jorie wissen.

»Ich habe jemanden kennengelernt und ich hätte gern deinen Rat, aber zuerst will ich alles über deinen Arzttermin hören.«

Jorie rollt mit den Augen. »Nein. Erzähl mir erst von deiner Sache.«

Ich schüttle nachdrücklich den Kopf. »Nein, es ist nicht so wichtig. Ich habe es nur zu Beginn dieses Mittagessens erwähnt, damit ich nicht nachher wieder zu feige bin und beschließe, es dir nicht zu erzählen. Deshalb gestehe ich es jetzt, was dafür sorgt, dass du mich später zur Rede stellen kannst.«

Jorie lacht. »Du bist so seltsam.«

Ich grinse und nicke begeistert. »Nicht wahr? Aber so funktioniert es für uns beide.«

Ihr lautes Lachen kommt tief aus dem Bauch. »Absolut.«

Der Kellner kommt, stellt zwei Gläser mit Eiswasser vor uns ab und legt zwei in Papier verpackte Strohhalme daneben. Wir kommen häufig in dieses Lokal, deswegen weiß er bereits, dass wir jetzt bestellen wollen. Ich nehme immer den Salat mit Hähnchenbrust und Jorie entweder ein Schinken-Käse-Sandwich oder einen gemischten Salat.

Sie überrascht mich und den Kellner jedoch, als sie verkündet: »Ich nehme den extra großen Cheeseburger und als Beilage Pommes.«

Als unsere Bedienung außer Sichtweite ist, beuge ich mich über den Tisch und flüstere: »Du weißt schon, dass du deine Schwangerschaft nicht als Entschuldigung nehmen kannst, um zu essen, was immer du willst, nicht wahr?«

Ich bekomme ein übertriebenes Augenrollen. »Ja, das weiß ich, Mutter. Aber heute Morgen war mir zu übel, um zu essen, und jetzt bin ich am Verhungern.«

»Morgenübelkeit?«, frage ich besorgt.

Sie zuckt mit den Schultern. »Wer weiß? Nur weil es Morgenübelkeit heißt, bedeutet das noch nicht, dass es auch morgens passiert. Aber es kann etwa ab der sechsten Woche auftreten, und genau dort befinde ich mich in der Schwangerschaft, also denke ich mal, dass es das war. Und das ist scheiße. Du weißt doch, was für eine Heulsuse ich bin, wenn mir schlecht ist.«

»Du armes Häschen«, bemitleide ich sie mit einer Hätschelstimme. »Irgendwelche anderen Symptome?«

Es ist faszinierend, dass Jorie schwanger ist, weil ich noch nie eine Freundin hatte, die so etwas erlebt hat. Weil ich aus einer Großfamilie stamme und mit vielen Kindern aufgewachsen bin, dachte ich immer, ich würde selbst einmal eine große Familie haben. Drei, vier, vielleicht fünf Kinder. Aber da ich wegen der Anstrengung demoralisiert bin, der es bedarf, eine Beziehung zu führen, die zwar nicht notwendig ist, aber wichtig sein kann, wenn man Kinder hat, ist dieser Traum in weite Ferne gerückt.

»Meine Brüste tun ein wenig weh«, sagt Jorie und rührt mit dem Strohhalm in ihrem Eiswasser herum. »Ich muss Walsh immer wieder daran erinnern, sie vorsichtig zu berühren.«

»Hau ihm einfach fest auf den Kopf. Nachdem du das ein paarmal gemacht hast, wird er es nicht mehr vergessen.«

Wir lachen beide, dann erzählt Jorie mir alles, was sie bei ihrem Arztbesuch in dieser Woche erfahren hat. Ich bin fasziniert, als sie mir erklärt, dass ihr Baby jetzt erbsengroß ist, am Ende des ersten Trimesters aber bereits zur Größe eines Pfirsichs herangewachsen sein wird. Es sich bildlich vorzustellen hilft ungemein.

»Habt ihr schon über Namen für das Baby gesprochen?«, frage ich.

Ich habe ja meine eigene persönliche Meinung zu diesem Thema, aber ich nehme an, dass sie nicht daran interessiert sind zu hören, sie sollten ihr Kind – ganz egal, ob es ein Junge oder ein Mädchen wird – nach seiner Patentante Elena benennen.

»Wir diskutieren über Namen, seit ich meine Pille in Paris in den Müll geworfen habe«, antwortet Jorie grinsend. »Auf einen Jungennamen haben wir uns beide schon geeinigt. Josiah Aaron.«

Ich ziehe die Augenbrauen hoch. »Das ist ein wenig biblisch.«

»Komisch, nicht wahr? Aber wir haben einfach angefangen, die Namen zu nennen, die uns gerade in den Sinn gekommen sind. Seltsamerweise klang es für uns beide passend.«

Ich zucke mit den Schultern. »Was auch immer ihr gut findet. Aber ich bin trotzdem der Meinung, dass ihr dem Namen Elena sorgfältige Beachtung schenken solltet.«

»Als Name für einen Jungen?«, fragt Jorie mit gerunzelter Stirn.

Ich gebe ihr darauf keine Antwort, sondern wische ihre Skepsis mit einer Handbewegung fort.

»Und wenn es ein Mädchen wird?« Ich blicke sie durchdringend an und fordere sie beinahe schon heraus, den Namen Elena zu nennen.

Sie weiß genau, was ich hören will, und ignoriert mich geflissentlich. »Walsh möchte es Daenerys nennen.«

Ich blinzele Jorie an. Blinzele noch einmal. Und dann noch ein paarmal.

Sie blickt mich einfach nur an.

»Warte ... aus *Game of Thrones*?«, frage ich ungläubig.

Jorie verzieht gequält das Gesicht. »Genau.«

Ich drücke das Kinn nach hinten und schüttele den Kopf. »Ich hoffe, das hast du ihm untersagt.«

Sie kichert laut, dann beugt sie sich über den Tisch zu mir. »Er denkt, dass es süß ist. Wir könnten sie Dany nennen. Er möchte, dass ihr Kinderbett aussieht wie ein Drache.«

»Dein Mann hat sie ja nicht mehr alle«, sage ich ungläubig. »Welchen Namen hättest du gern, wenn es ein Mädchen wird?«

Jetzt ist der Zeitpunkt, um unsere Verbindung als beste Freundinnen zu besiegeln.

»Arya.«

Ich runzele die Stirn. Nicht Elena? Nicht einmal irgendetwas Vernünftiges?

»Schon wieder aus *Game of Thrones*?«, frage ich.

»Jupp.«

»Ihr seid beide viel zu seltsam für mich.«

Jorie kichert und ich lache, wir hatten beide unseren Spaß. Es ist mir wirklich vollkommen egal, welchen Namen sie dem Baby gibt, solange es gesund und glücklich ist.

Nachdem sie einen Schluck von ihrem Wasser getrunken hat, macht Jorie eine kreisende Geste. »Okay, Schluss mit Babynamen. Erzähl mir von deiner Sache. Was ist los?«

Ich stochere mit dem Strohhalm in meinem Wasser herum und beobachte, wie die Eiswürfel darin herum wippen. Wo soll ich anfangen? Was soll ich ihr nur sagen, ohne zu viel preiszugeben?

»Du schindest Zeit«, sagt sie ungeduldig.

Ich werfe den Strohhalm in das Glas und blicke sie an. Dann atme ich einmal tief durch, lehne mich auf meinem Stuhl zurück und sage: »Okay, gut ... ich bin irgendwie mit jemandem zusammen.«

Wie erwartet bekomme ich damit Jories Aufmerksamkeit. Sie richtet sich auf ihrem Stuhl auf, setzt sich kerzengerade hin und ihre Augen funkeln vor Neugier. »Mit wem?«

Ich winke mit der Hand ab. »Niemand, den du kennst.«

Das ist zumindest ein bisschen wahr. Sie kannte Benjamin nicht, als sie ihn bei ihrer Geburtstagsparty sah, und ich bezweifele, dass sie ihn jetzt kennt.

»Aber das ist nicht wichtig«, fahre ich fort, bevor sie mich nach Einzelheiten ausquetschen kann, die ich jetzt noch nicht erzählen will, ganz besonders weil er ein Freund von Walsh ist. »Schau mal, die Sache ist die ... also, er hat irgendwie mein Interesse geweckt.«

Jorie beugt sich nach vorn, legt die Ellbogen auf den Tisch und stützt ihr Kinn in der Handfläche auf. Dann sagt sie dramatisch affektiert: »Oh, erzähl schon.«

Da ist er, ihr verträumter, hoffnungsvoller Gesichtsausdruck.

»Also, es ist der Mann, den ich über diese Fantasy-App vom Wicked Horse kennengelernt habe. Erinnerst du dich?«

Sie zuckt überrascht zusammen. »Heißwachs-Typ?«

»Ja, und nun ja … wir treffen uns seitdem ziemlich regelmäßig. Meistens im Club, aber gestern Abend ist er zu mir nach Hause gekommen.«

Jetzt ist Jorie wirklich ganz Ohr, denn sie kennt mich gut. Sofort zieht sie die Augenbrauen hoch. »Du hast zugelassen, dass ein Mann dich zu Hause besucht? Dich, die allbekannte ›Ich-mache-das-nur-für-den-lockeren-Sex-und-ich-bin-eine-starke-unabhängige-Frau-die-niemanden-braucht-hört-mich-brüllen‹-Person?«

Kopfschüttelnd versuche ich zu erklären. »So ist es nicht. Er bittet mich um nichts. Er zerrt nicht an mir. Eigentlich glaube ich, dass er gar nichts von mir braucht, nicht einmal Sex. Ich meine, er will ihn … aber ich denke nicht, dass er ihn braucht. Aus irgendeinem Grund ist das sehr befreiend.«

Jories Gesicht verändert sich. Sie sieht aus, als hätte jemand eine Glühbirne in ihr angeknipst. Sie hatte ein Aha-Erlebnis, deswegen habe ich beschlossen, ihr ein wenig über Benjamin zu erzählen. Ich wusste, dass sie irgendwann einen Ratschlag für mich hätte. »Und deswegen magst du ihn. Weil er keine Anzeichen von Co-Abhängigkeit zeigt. Er hält dich ein wenig auf Distanz, nicht wahr? Und jetzt fasziniert dich dieser Mann noch mehr.«

Ich nicke, denn ich wusste, sie würde mich verstehen, weil sie mich kennt. »Aber ich werde auf die Hiobsbotschaft warten. Darauf, dass er sein wahres Gesicht zeigt. Ein Teil von mir fragt sich, ob er mich weichkochen will, mich dazu bringen, meinen Abwehrmechanismus zu deaktivieren, und dann *bumm*, bevor ich mich versehe, sitzt er auch schon in meinem Fernsehsessel, isst meine Lebensmittel und erzählt mir, er hat seinen Job verloren, wird aber bald schon einen neuen finden.«

Okay, ich bin mir sicher, dass Benjamin das niemals tun würde. Er ist ein Neurochirurg, um Himmels willen, aber trotzdem … Es gibt so viele Wege, eine Frau zu manipulieren, außer lediglich auf ihre Kosten zu leben.

»Wo liegt dann das Problem?«, fragt Jorie und die Verwirrung ist ihr deutlich anzuhören. »Ich meine, du weißt, nach welchen Vorzeichen du Ausschau halten musst. Du kennst die Versager. Normalerweise hat es immer viel mit ihrem sozioökonomischen Hintergrund zu tun. Die Leute, die ins Wicked Horse gehen, haben Geld. Ich bin mir sicher, dass dieser Typ, mit dem du dich triffst, Geld hat. Du weißt, dass er nicht versuchen wird, dich auf diese Weise auszunutzen.«

»Ich weiß«, gebe ich zu. »Aber es geht nicht immer nur ums Geld. Es geht um die Anziehungskraft, die sie auf mich haben, und den Druck, für ihr Glück verantwortlich zu sein. Bei Männern ist das manchmal mit Geld und dem leiblichen Wohl verbunden. Ein anderes Mal kann es sich in emotionaler Manipulation niederschlagen. Und ja, auch wenn ich denke, dass dieser Mann mich deswegen braucht, bedeutet es nicht, dass ich nicht ausgenutzt werde.«

Jorie beugt sich mit ernstem Gesichtsausdruck nach vorn. »Dir ist schon klar, dass nicht alle Männer so sind, oder? Dass es da draußen einige wirklich nette Kerle gibt? So entmutigt kannst du doch nicht sein.«

Das ist ein gutes Argument. Seufzend bin ich gezwungen, es zuzugeben. »Ja, das weiß ich, Jorie. Und ich versuche, nicht entmutigt zu sein. Aber es bedeutet nicht, dass ich keine Angst habe.«

»Weil du diesen Kerl magst?«

»Ich bin mir nicht sicher. Ich meine, allem Anschein nach haben wir ja wirklich nur Sex miteinander. Großartigen, phänomenalen, überwältigenden, surrealen Sex. Und das ist alles, was ich mir jemals gewünscht habe, und dennoch … Ich muss glauben, dass der Sex deswegen so gut ist, weil eine emotionale Verbindung besteht. Aber wie kann das sein? Wir tun nichts anderes, als miteinander zu schlafen.«

»Aber stimmt das denn? Ihr trefft euch, habt Sex und geht danach eures Weges?«

Ich zucke unsicher mit den Schultern. »Ich meine, so hat es angefangen. In letzter Zeit haben wir uns aber mehr unterhalten. Wir trinken sogar etwas, bevor wir … äh … du weißt schon, unser Ding durchziehen.«

»Mach dir nicht zu viele Gedanken«, rät sie mir.

»Ohne lange nachzudenken, was ist das zwischen euch beiden, das dir das Gefühl gibt, es könnte mehr als nur Sex sein?«

Ich wünschte, ich wüsste es. Wenn ich mir unsere Gespräche noch einmal durch den Kopf gehen lasse, scheint nichts offensichtlich zu sein. Aber dann fällt mir plötzlich etwas ein. Es hat mit Worten nichts zu tun.

»Ich glaube, es ist die Art und Weise, wie er mich ansieht. Als wäre ich eine Retterin oder so etwas. Als würde ich ihn dazu bringen, noch einmal das zu überdenken, was er bislang für die Wahrheit gehalten hat.«

Jorie lehnt sich zurück, verschränkt die Arme vor der Brust und nickt. »Da siehst du es. Manchmal geht es nicht darum, was *gesagt* wird, sondern was *nicht* gesagt wird.«

»*So etwas* war ich noch niemals für irgendjemanden. Ich meine, nicht wirklich.«

»Es klingt wunderbar. Aufregend. Spannend.«

»Furcht einflößend«, füge ich zu ihrer Litanei der positiven Begriffe hinzu.

»Vielleicht«, sagt sie lächelnd. »Aber hat dich das jemals davon abgehalten, etwas zu tun?«

»Eigentlich nicht.«

»Dann reite auf dieser Welle«, schlägt sie entschieden vor, dann wird sie zweideutig. »Reite ihn. Warte ab, wo es hinführt.«

*Aber ich werde auf gar keinen Fall irgendwelche Erwartungen haben*, denke ich.

Denn meiner Erfahrung nach tendiere ich dazu, einen bestimmten Typ anzuziehen, auch wenn Jorie mich dazu gebracht hat zuzugeben, dass nicht alle Männer gleich sind. Ich werde mir keine Hoffnungen darauf machen, dass Benjamin anders ist.

## KAPITEL 13

# *Benjamin*

DER AUFENTHALTSRAUM DER Ärzte im Krankenhaus ist schmucklos. Es gibt eine kleine Küche, die aus einem Kühlschrank, einem Herd, einer Mikrowelle und einer langen Arbeitsplatte mit einer Spüle besteht. Auf der Arbeitsfläche befindet sich ebenfalls eine Kaffeemaschine. Das hier ist der Ort, an dem die Ärzte etwas Privatsphäre haben können, während sie eine Kleinigkeit essen oder eine schnelle Mahlzeit zu sich nehmen, anstatt in der Krankenhaus-Cafeteria zu sitzen. Weil viele Ärzte sich gern mit anderen unterhalten, gehen sie oft in die Cafeteria, und dieser Raum bleibt in der Regel ungenutzt.

Ich habe mir zwei Protein-Shakes genehmigt, die ich heute früh mitgebracht hatte, und mir bleiben noch etwa zwanzig Minuten bis zu meiner nächsten Operation. Den Großteil dieser Zeit verbringe ich scrollend an meinem Telefon und denke an Elena.

Sie gestern Abend zu Hause zu besuchen hat Spaß

gemacht und davon hatte ich in letzter Zeit nicht gerade viel.

Seien wir mal ehrlich … der Sex war das Beste daran. Aber wir haben ebenfalls Witze gemacht und gelacht, während wir mit den Erdbeeren und der Sahne spielten. Es war lustig, gemütlich, ungezwungen und klebrig.

Und ich wollte nicht gehen, verdammt! Ich wollte mehr Zeit mit ihr verbringen. Ich bin mir nicht sicher, ob der Sex der Grund dafür war oder der Spaß oder vielleicht sogar beides. Aber es hat mich sehr viel Überwindung gekostet, ihr Haus zu verlassen.

Der Punkt ist, dass ich wieder anfange, etwas zu fühlen. Es ist zwar unheimlich beängstigend, aber ich muss zugeben, dass es mir gefällt.

Ich muss zugeben, dass es mir gefehlt hat.

Jeder Moment, den ich mit Elena verbringe, fühlt sich an, als würde ich mit ihr durch einen Tunnel schreiten. Am Ende dieses Tunnels ist Licht. Jedes Mal wenn wir vögeln, lachen, uns küssen, einander ansehen … wird das Licht heller und heller. Die Momente mit ihr bringen mich ihm immer näher.

Nachdem ich heute Morgen aufgewacht und aus der Dusche gekommen war, las ich meine SMS und war angenehm überrascht, eine von ihr vorzufinden.

*Ich fühle mich so frisch und ausgeschlafen nach letzter Nacht. Heute Abend werde ich im WH sowas von bereit für dich sein.*

Das Lächeln, das sich auf meinem Gesicht

ausbreitete, war nicht aufzuhalten. Die Freude, die in mir sprudelte, weil ich wusste, dass ich in weniger als einem halben Tag wieder in ihrer Gegenwart sein würde.

*Ich kann es kaum erwarten*, schrieb ich zurück.

Ich legte mein Telefon weg, um mich umzuziehen, doch sie antwortete mir sofort. Es hat mich weder verärgert noch fühlte es sich so an, als würde sie mir die Zeit stehlen. Ich nahm das Telefon wieder auf, gespannt zu lesen, was sie wohl zu sagen hatte. *Ich dachte, wir können heute Abend vielleicht eine oder zwei andere Frauen zu uns einladen.*

Bei ihrem Vorschlag zuckte ich zusammen, trotzdem musste ich einen Moment darüber nachdenken. Seien wir mal ehrlich … ich kenne keinen Mann, der solch ein Angebot ausschlagen würde.

Und trotzdem schrieb ich nach einem kurzen Moment zurück: *Kein Interesse.*

Nicht einmal ein winziges, fiel mir auf.

Es hat einige Gelegenheiten im Wicked Horse gegeben, bei denen ich zwei Frauen gleichzeitig hatte. Es hat Spaß gemacht. Ich habe meine Befriedigung bekommen.

Aber jetzt interessiert mich das nicht. Ich will nur Elena. Ich weiß nicht, ob das für immer so bleiben wird, denn es wäre nicht klug, in meiner Situation solch eine Wette einzugehen. Aber für den Moment ist es eben so.

Sie schrieb: *Gute Antwort. Bis heute Abend.*

Ja, bis heute Abend. Meiner Meinung nach ist es

lange überfällig, dass wir beide uns ein wenig Exhibitionismus hingeben. Obwohl alles, was wir in letzter Zeit im Club getan haben, in der privaten Umgebung des Apartments stattgefunden hat, denke ich an etwas Größeres. Vielleicht könnten wir eine der neuen Sex-Maschinen ausprobieren, die Jerico im Silo aufgestellt hat. Oder ich könnte sie im Gesellschaftszimmer zum Höhepunkt fingern. Sex dort ist nicht tabu, auch wenn es für gewöhnlich nicht passiert. Es würden uns garantiert viele Leute zuschauen. Ich kann mit Sicherheit behaupten, dass es meinem Ego gefällt, wenn alle zusehen und wissen, dass Elena mir gehört ... wenn auch nur für eine kurze Zeit.

Zwei mir flüchtig bekannte Ärzte betreten den Aufenthaltsraum. Orthopäden, glaube ich. Ein Mann und eine Frau, die unbeschwert miteinander plaudern.

Mit nur einem beiläufigen Blick kann ich an ihren Gesichtsausdrücken erkennen, dass mein Ruf, ein Arschloch zu sein, mir bereits vorausgeeilt ist. Die beiden versuchen, jeglichen Augenkontakt zu vermeiden, schaffen es aber nicht, bevor ich sie entgegenkommend anlächele. Sie blinzeln, ihnen fällt die Kinnlade herunter, dann wenden sie sich hastig von mir ab.

Ich lache leise und amüsiere mich ein wenig darüber, wie verwirrend ein Lächeln sein kann.

Die beiden Ärzte nehmen ihr Essen aus dem Kühlschrank und gehen dann auf die andere Seite des Raumes, um weit entfernt von mir Platz zu nehmen. Der

Aufenthaltsraum ist jedoch immer noch klein genug, sodass ich sie hören kann, als sie anfangen, sich zu unterhalten.

Ich scrolle weiter auf meinem Telefon herum und lausche, weil ich nichts Besseres zu tun habe. Ich muss meine Gedanken an Elena beiseiteschieben, andernfalls werde ich mit einer Erektion durch die Krankenhausflure schreiten.

Der Arzt beginnt, sich zu beschweren, doch ich höre nur mit halbem Ohr zu. Es geht um seine Ex-Frau.

Was auch immer.

»Ich hatte bereits alles geplant«, sagt er zu der Ärztin. »Ich wollte ihn zum Angeln mitnehmen. Ich habe mir dieses Wochenende schon vor Ewigkeiten freigenommen und sie hatte zugestimmt. Und jetzt sagt sie, ich kann ihn nicht abholen, weil es nicht mein reguläres Wochenende ist.«

So viel Drama. Ich rolle mit den Augen und rufe die Wetter-App auf, um mir die Vorhersage für die nächsten Tage anzusehen. Ich habe darüber nachgedacht, mein Boot aus dem Lager zu holen, um eine Fahrt auf dem See zu unternehmen. Vielleicht lade ich sogar Elena ein mitzukommen.

»Das tut mir so leid«, sagt die Ärztin mitfühlend. »Dass sie es dir von allen Wochenenden ausgerechnet an diesem antut.«

»Nicht wahr?«, fragt der Arzt nach Bestätigung suchend. »Vatertag sollte grundsätzlich mir zustehen, meinst du nicht?«

Mein gesamter Körper versteift sich und ich blicke zu den Ärzten hinüber. Vatertag?

Das wusste ich nicht. Ich hatte keinen Grund dazu. Ich achte nicht mehr auf irgendwelche Feiertage. Ich schaue mir nur meinen Operations- und meinen Patientenplan an und das war's.

Vatertag.

Mit Cassidy habe ich nur fünf gefeiert. Letztes Jahr war ich immer noch damit beschäftigt gewesen, mich von der Welt abzuschotten, war in ambulanter Behandlung und habe gearbeitet bis zum Umfallen. Ich habe nicht einmal gewusst, was um mich herum passiert. Rückblickend bin ich mir ziemlich sicher, dass die meisten Menschen dafür gesorgt haben, mir aus dem Weg zu gehen, um es nicht zu erwähnen.

Wenn diese beiden Arschlöcher nicht reingekommen wären, hätte ich vermutlich auch an diesem Wochenende nichts davon gewusst.

Ich bin nicht auf die überwältigende Traurigkeit vorbereitet, die mich mit einem Mal überkommt. Zum größten Teil ist es mir gelungen, Cassidy aus meinem Kopf zu verbannen, und ich komme mit der Wiederkehr der Erinnerung an sie nicht sehr gut zurecht. Der bloße Gedanke an die Dinge, die ich nie wieder mit ihr erleben werde, erdrückt mich. Ich hatte sie und April in meine »Vergangenheit« geschoben, wo ich sie sicher aufbewahre und aus der Ferne betrachte. Ich musste akzeptieren, dass ich mit Cassidy fünf und mit April neun großartige Jahre verbracht habe, diese Zeit jetzt jedoch vorüber ist.

Es ist verdammt noch mal vorbei und ich werde nie wieder Cassidys Hände auf meinem Gesicht spüren und hören, wie sie flüstert: »Daddy, ich liebe dich bis zum Mond und zurück«, oder erleben, wie sie an einem Sonntagmorgen zu mir und April ins Bett gekrabbelt kommt, um zu kuscheln und Zeichentrickserien zu schauen, oder ihr dabei helfen, ihre kleinen Kratzer mit Pflastern zu versehen, weil ich ein Arzt bin und Mommy nicht, und –

Der Schmerz trifft mich und dringt wie Feuer in jedes Molekül meines Körpers ein. Es ist schlimmer als in dem Moment, als meine Mutter mir sagte, dass April und Cassidy gestorben sind. Damals befand ich mich zumindest unter dem Einfluss von starken Betäubungsmitteln, um meine körperlichen Schmerzen zu lindern. Das machte es etwas einfacher, mit den niederschmetternden Nachrichten umzugehen.

Doch dieser Schmerz jetzt ist erdrückend und ich fühle mich, als würde ich ertrinken. Es ist sogar noch schlimmer als das Gefühl, das ich empfunden habe, als der Richter Pettigrew zu einer Gefängnisstrafe verurteilte, weil er meine Familie umgebracht hat. Er hat nicht ein Fünkchen Reue gezeigt. Ich habe ihn töten wollen, aber ich konnte nicht. Es hat so sehr wehgetan, dass ich niemals wieder solch einen Schmerz erleben wollte.

Aber jetzt? Wenn ich darüber nachdenke, dass ich am

Vatertag ganz allein bin und Cassidy tot ist, fühlt es sich an, als würde ich gerade sterben. So schrecklich ist der Schmerz.

»Scheiße«, murmele ich und stehe rasch vom Tisch auf. Der Plastikstuhl, auf dem ich gesessen habe, kippt nach hinten um. Die anderen beiden Ärzte blicken besorgt drein, sagen aber kein Wort.

Ich stolpere an ihrem Tisch vorbei und verlasse den Aufenthaltsraum. Ich weiß nicht einmal, wohin ich gehe. Ich schwanke wie ein Betrunkener und torkele von Wand zu Wand. Plötzlich fällt mir auf, dass ich meinen Gehstock im Aufenthaltsraum vergessen habe.

Scheiß drauf.

Ich erreiche eine Herrentoilette, drücke die Tür auf und schleppe mich zum Waschbecken. Nachdem ich das kalte Wasser angestellt habe, schaufele ich mir zahlreiche Hände voll davon ins Gesicht und bemerke, dass ich nach Atem ringe.

Ich bin in Panik.

Ich weiß nicht, wie ich mit diesem Schmerz umgehen soll.

»Verdammte Scheiße!«, brülle ich und starre mein Spiegelbild an. Ein verrückter Mann schaut mich an. »Reiß dich verdammt noch mal zusammen, Benjamin.«

Ich kneife die Augen fest zusammen und atme ein paarmal tief ein und wieder aus. Ich zwinge mich dazu, dieses Gefühl der Panik zu überwinden, alles zu verlieren, was mir im Leben wichtig ist.

Warum passiert es? Warum jetzt?

Ich atme noch einmal tief ein und halte die Luft in meiner Lunge, bis mir vor Anstrengung die Augen tränen, dann lasse ich sie langsam wieder entweichen. Als ich mich zwinge, noch einmal in den Spiegel zu blicken, ist die Antwort offensichtlich.

Es passiert wegen Elena. Sie hat mich geöffnet.

Hat mich dazu gebracht, nach meinen Möglichkeiten zu greifen.

Sie hatte sich ihren Weg in mein Leben gebahnt und ich habe gedacht, sie könnte vielleicht die Retterin sein, die Gott zu mir ausgesandt hat.

Ein freudloses Lachen bricht aus mir heraus. Ich bedenke mein Spiegelbild mit einem tadelnden Kopfschütteln.

»Sie ist keine Retterin«, sage ich zu mir selbst. »Denn es gibt keinen Gott.«

# KAPITEL 14

## *Elena*

ICH KANN NICHT sagen, ob ich mir Sorgen um Benjamin machen oder sauer auf ihn sein soll. Vorgestern waren wir im Wicked Horse verabredet, aber er ist nicht erschienen.

Hat nicht angerufen.

Hat keine SMS geschickt.

Selbstverständlich habe ich mich bei ihm gemeldet. Ich fühlte mich wie eine Idiotin, als ich an der Bar im Gesellschaftszimmer auf ihn wartete und die Annäherungsversuche anderer Männer zurückwies, während ich an einem Glas Wein nippte. Ich schrieb ihm eine Nachricht und als er darauf nicht antwortete, rief ich ihn an. Ich erreichte seine Mailbox.

Benjamin ist ein pünktlicher Mensch und nachdem er, ohne ein Wort zu sagen, nach zwanzig Minuten immer noch nicht erschienen war, hatte ich gewusst, dass er nicht kommen würde. Ich trank nicht einmal meinen Wein aus, sondern warf lediglich einen Fünfdollarschein

Trinkgeld auf den Tresen und ging. Es kam mir nicht einmal in den Sinn, zu bleiben und mich mit jemand anderem zu vergnügen, weil Benjamin und ich uns darauf geeinigt hatten, nur miteinander Sex zu haben. An diesem Punkt machte ich mir mehr Sorgen als alles andere.

Selbstverständlich habe ich mir das Schlimmste ausgemalt. Autounfall, Raubüberfall oder Hirnaneurysma. Soweit ich wusste, konnte er irgendwo tot liegen und ich würde nicht einmal wissen, was passiert war. Wir standen uns nicht nahe genug, als dass ich einfach in meinen Wagen springen und zu seinem Haus fahren könnte, um nach ihm zu sehen. Ich hatte keine Ahnung, wo er wohnt.

Also fuhr ich nach Hause, trank noch ein Glas Wein und ging ins Bett. Die gesamte Nacht schlief ich furchtbar, wälzte mich herum und fragte mich, was mit Benjamin geschehen war.

Am Freitag schlug meine Sorge in Wut um. Ich musste den ganzen Tag arbeiten und grübelte darüber nach, wie er es hatte wagen können, mich auf so unverschämte Weise zu versetzen. Aufgrund der Dinge, die wir miteinander getan hatten, schuldete er mir zumindest eine einfache Erklärung wie: »Es hat Spaß gemacht, Elena, aber jetzt wird es Zeit, getrennte Wege zu gehen.« Ohne diese Worte hatte er mich in einem Zustand der Sorge zurückgelassen. Und das machte mich nur noch wütender. Am Sonntagmorgen machte ich mir dann wieder Sorgen. Ich dachte ernsthaft darüber nach und es machte einfach keinen Sinn, dass er die Sache einfach so beendet. Ich habe manchmal zwar nicht die beste Menschenkenntnis, wenn es um Männer geht, aber ich habe mir nicht nur eingebildet, dass zwischen uns eine tiefere Verbindung herrscht. Da war etwas, das ich noch nie mit einem anderen Mann empfunden habe. Man kann es Chemie oder sexuelle Anziehung nennen, aber es war etwas so Einzigartiges, dass ich es nicht einfach so abtun kann.

Ich schminke mich zu Ende – lege etwas Puder und Lipgloss auf – und streiche mein Kleid glatt. Ich bin eigentlich schon auf dem Weg, um mit meinen Eltern in die Kirche zu gehen, habe aber noch ein paar Minuten Zeit.

Ich nehme mein Telefon und rufe Jorie an, weil es Zeit wird, meine beste Freundin um das zu bitten, was sie am besten kann – gute Ratschläge geben.

»Was gibt's?«, antwortet sie nach dem zweiten Klingeln. Sie und Walsh gehen nicht in die Kirche, deswegen habe ich ein schlechtes Gewissen, dass ich sie eventuell bei ihrem faulen Sonntagmorgen stören könnte.

»Ich brauche deine Hilfe«, sage ich, während ich durch das Haus gehe, das Licht und den Fernseher ausschalte. »Also, Walshs Hilfe, um genauer zu sein.«

»Walshs?«, fragt sie überrascht.

Schuldgefühle überkommen mich und ich weiß, dass

es Zeit ist, die Karten offen auf den Tisch zu legen. »Erinnerst du dich an den Kerl, mit dem ich mich getroffen habe?«

»Heißwachs-Typ«, antwortet sie wissentlich.

»Ja, also … sein Name ist Benjamin. Du kannst ihn jetzt so nennen, anstatt ›Heißwachs-Typ‹. Aber wie dem auch sei, er ist der Mann von deiner Geburtstagsparty.«

»Ich bin verwirrt.« Und ich wusste, dass ich einiges zu erklären haben würde, trotzdem versuche ich, sie so viel wie möglich selbst herausfinden zu lassen. »Ich dachte, du hast ihn im Wicked Horse getroffen.«

»Das habe ich, aber zufällig war er auch bei deiner Party.«

»Und warum hast du mir davon nichts erzählt?«, fordert sie aufgebracht, auch wenn ich weiß, dass sie nicht wütend ist. Sie ist nur ein wenig angefressen, dass ich ihr etwas vorenthalten habe.

Seufzend klemme ich mir das Telefon zwischen Schulter und Ohr, um den Inhalt meiner Handtasche durchzusehen und sicherzugehen, dass ich nichts weiter brauche. »Es tut mir leid. Ich wollte ihn einfach ein wenig für mich behalten. Er ist ein klein wenig geheimnisvoll, intensiv und nun ja, anders als alle Männer, die ich bisher kannte.«

»Du hättest es mir sagen können«, schnaubt sie.

»Ich sage es dir jetzt. Ich brauche deine Hilfe, denn ich mache mir Sorgen. Er ist irgendwie von der Bildfläche verschwunden. Freitagabend hat er mich versetzt und seitdem habe ich nichts mehr von ihm gehört.«

»Und du hast versucht, ihn anzurufen?«

Ich rolle mit den Augen, aber weil ich weiß, dass sie es nicht sehen kann, stelle ich sicher, dass sie es an meiner Stimme hören kann. »Natürlich habe ich ihn angerufen. Mehrere Male. Ich habe ihm auch SMS geschrieben, aber er hat mir nicht geantwortet. Ich habe mich gefragt, ob Walsh irgendetwas weiß, das er mir erzählen könnte. Ich habe keine Ahnung, wie eng die beiden miteinander befreundet sind, aber ich dachte, dass er zumindest ein guter Freund sein muss, weil er bei deiner Party war. Ich stochere im Dunkeln und kann es einfach nicht so stehen lassen.«

»Elena«, sagt Jorie leise und senkt die Stimme um eine Oktave, »bist du dir sicher, dass du nicht auf eine sensationelle Arschloch-Art abserviert wurdest?«

Das ist eine berechtigte Sorge. Als meine beste Freundin würde ich erwarten, dass sie diese Dinge in Betracht zieht und sichergeht, dass ich das ebenfalls tue. »Normalerweise würde ich dir recht geben. Aber in diesem Fall sagt mir mein Bauchgefühl etwas anderes. Ich muss es einfach wissen.«

»Also gut.« Ihre Stimme ist entschlossen und sie steht ganz auf meiner Seite. »Lass mich ihn holen.«

Einige Momente ist es still. Ich nutze die Zeit, um meinen Schlüssel zu nehmen und zur Tür zu gehen.

Ich bin gerade dabei abzuschließen, da höre ich sie

wieder. »Ich habe den Lautsprecher angeschaltet, Walsh ist hier bei mir. Ich habe ihm kurz erklärt, worum es geht.«

»Du bist also mit Benjamin Hewitt zusammen, was?«, sagt Walsh und mir gefällt der Klang seiner Stimme überhaupt nicht. Zuerst dachte ich, er würde mich aufziehen, aber er klingt besorgt.

»Ich bin mir nicht sicher, ob *zusammen sein* der richtige Ausdruck ist«, antworte ich zögerlich. »Es handelt sich um eine Wicked Horse-Nummer, aber wir beide hatten eine echte Verbindung. Ich mache mir Sorgen, weil er einfach so wie vom Erdboden verschwunden ist. Ich hoffe, du kannst mir weiterhelfen.«

»Du weißt von dem Unfall, oder?«, fragt Walsh.

Bei dieser merkwürdigen Frage runzele ich die Stirn. »Der, bei dem er sich das Bein verletzt hat?«

»Es war ein wenig mehr als nur das«, entgegnet er mit trauriger Stimme und mein Magen zieht sich zusammen. »Seine Frau und seine Tochter sind dabei ums Leben gekommen. Er wurde schwer verletzt. Hat sehr lange im Krankenhaus gelegen.«

»Was?«, presse ich hervor und angesichts dieser Enthüllung wird mir plötzlich ganz schwindelig. Ich hatte keine Ahnung und fühle mich, als hätte mir die Realität soeben mit einem kalten, nassen Waschlappen ins Gesicht geschlagen.

»Ein betrunkener Fahrer kam von der Spur ab und stieß frontal mit ihrem Wagen zusammen.«

»Er hatte eine Frau und eine Tochter?«, murmele ich kaum hörbar.

»Es hat ihm mental stark zugesetzt. Ich meine, er ist nicht mehr der Typ, den ich einmal kannte. Ganz ehrlich, hätte ich gewusst, dass du etwas mit ihm angefangen hast, hätte ich dir davon abgeraten.«

Seine Stimme klingt vorwurfsvoll. Ich stelle mir vor, dass er Jorie einen tadelnden Seitenblick zuwirft, weil sie es für sich behalten hat, aber er hat ja keine Ahnung, dass sie nichts davon wusste. Ich werde das später aufklären.

Walsh ist jedoch noch nicht fertig. »Er ist kein netter Mann, Elena. Ich kann nicht behaupten, wir wären vor seinem Unfall die besten Freunde gewesen, aber wir haben uns ab und zu getroffen. Wir haben zusammen Golf gespielt. Auch öfter mal Poker. Dieser Unfall hat ihn vollkommen verändert. Er hat sich von seiner Umwelt komplett abgeschottet.«

Diese Information ist überwältigend, entmutigt mich aber nicht. Wenn überhaupt verspüre ich ein noch dringenderes Verlangen danach sicherzugehen, dass er in Ordnung ist. »Weißt du, wo er wohnt?«

Seine Stimme ist entschuldigend. »Das weiß ich nicht.«

»Ist schon okay«, antworte ich düster, als ich zu meinem Wagen gehe.

»Was wirst du jetzt tun?«, will Jorie wissen und aus dieser Frage kann ich gleichermaßen Neugier und Sorge heraushören. Sie kennt mich gut genug, um zu wissen, dass ich nicht nichts unternehmen werde.

»Ich werde ihn nach der Kirche noch einmal anrufen«, antworte ich seufzend. »Wahrscheinlich heute Abend ins Wicked Horse fahren, um zu sehen, ob er dort auftaucht.«

»Sei nur vorsichtig«, rät Walsh.

»Warte!«, ruft Jorie leicht panisch. »Ist dieser Kerl gefährlich oder so was? Wenn ja, kannst du nicht ins Wicked Horse fahren, um dich mit ihm zu treffen. Das wäre dumm. Du musst es vermutlich einfach so hinnehmen.«

Ich höre Walsh lachen und stelle mir vor, wie er seinen Arm um Jorie legt. »Entspann dich Mama-Bär. Ich habe zu Elena nicht gesagt, sie solle vorsichtig sein, weil Benjamin gefährlich ist. Ich meine bloß, dass er sehr viel Ballast mit sich herumschleppt. Will sie wirklich in all das hineingezogen werden?«

Die Antwort darauf ist ein klares Nein. Ich will nicht in all das hineingezogen werden. Das ist die Geschichte meines Lebens, wenn es um Männer geht. Am Ende kümmere ich mich um sie, helfe ihnen dabei, einen Weg zu finden, wie sie ihre Dämonen besiegen können. Ich habe es satt, diejenige zu sein, die kaputte Männer wieder hinbiegt, und trotzdem … ich kann nicht lügen … fühle ich mich zu diesem Mann immer noch hingezogen.

Ich wünschte, ich könnte genau sagen, was das hier ist. Warum fühle ich mich so stark von jemandem angezogen, der so viel Negatives mit sich herumzutragen scheint?

Ich kann lediglich versuchen, Jorie und Walsh zu beruhigen. »Ich werde vorsichtig sein, versprochen. Ich will mich wirklich nur vergewissern, dass mit ihm alles in Ordnung ist.«

Und wenn ich erst herausgefunden habe, dass er okay ist, werde ich eine Bestätigung brauchen, dass ich die Verbindung nicht missinterpretiert habe, von der ich dachte, dass wir sie haben. Es ist kein Problem, wenn er es beenden will, weil er emotional noch nicht bereit ist, aber ich muss wissen, dass ich mir nicht irgendetwas eingebildet habe.

## KAPITEL 15

# Benjamin

ES IST VATERTAG und ich kann mich nirgendwo verstecken.

Ich habe den Tag damit begonnen, mit meinem Boot zum See zu fahren. Dort wimmelte es nur so von Familien – überall Kinder – und mir wurde sofort klar, dass das ein riesiger Fehler war. Ich habe mir gar nicht erst die Mühe gemacht, mein Boot zu Wasser zu lassen.

Nachdem ich den See verlassen hatte, beschloss ich, wandern zu gehen, weil ich dachte, ich könnte vielleicht Glück haben und von einer Klapperschlange gebissen und so von meinem Elend erlöst werden. Es war mir noch niemals zuvor aufgefallen, aber Wandern scheint ein toller und beliebter Zeitvertreib für die Familie zu sein. Ich wurde also auch dort an all das erinnert, was ich nicht mehr habe, und bin gar nicht erst aus dem Wagen ausgestiegen.

Ich bin davongefahren und landete in irgendeinem Strip-Club. Hier sitze ich nun also und sehe den Frauen beim Tanzen zu. Doch es hilft nicht, mich von den Gedanken an meine Tochter abzulenken. Sehr viel Alkohol, wippende Titten und wackelnde Ärsche so weit das Auge reicht, und ich kann bloß daran denken, wie viel Angst Cassidy im Moment des Zusammenstoßes gehabt haben muss. Sie war nicht sofort tot, wie es April glücklicherweise ergangen war. Cassidy hat gelitten, bevor sie starb. Es ist unerträglich, darüber nachzudenken, und ich brauche etwas anderes, um meinen Verstand zu beschäftigen.

Als ich mich auf den Weg mache, bin ich sturzbetrunken, trotzdem schwirrt mir immer noch im Kopf herum, was ich alles verloren habe. Es gibt jedoch eine Sache, die ich *niemals* tun werde, und das ist, betrunken Auto zu fahren. Deswegen lasse ich mein Auto am Strip-Club stehen und nehme mir ein Taxi zum Wicked Horse.

Dort angekommen setze ich mich auf einem Barhocker im Silo nieder, wo für gewöhnlich der perverseste Sex stattfindet. Niemand hier erweckt jedoch mein Interesse. Nichts, was ich bislang gesehen habe, hat mich in irgendeiner Art inspiriert. Mein Schwanz hat nicht einmal ein klein wenig gezuckt.

Zumindest denke ich nicht an Cassidy … nicht viel. Ich nehme an, dass es an der Kombination meiner Trunkenheit und den zahlreichen verschiedenen sexuellen Akten liegt, die um mich herum passieren und mich auf andere Gedanken bringen.

Als ich eine große Hand auf meiner Schulter spüre, drehe ich mich um und sehe Jerico Jameson, den Besitzer des Wicked Horse, der zu meiner Rechten auf einem Stuhl Platz nimmt. Ich hebe mein Kinn zur Begrüßung und kauere mich dann schützend über meinem Drink zusammen, in der Hoffnung, er sieht an meiner Körpersprache, dass mir nicht der Sinn nach einem Gespräch steht.

»Wenn du nach Elena suchst, sie kommt sonntags nicht hierher. Sie verbringt den Tag mit ihrer Familie«, sagt Jerico nüchtern.

Ich drehe den Kopf erneut in seine Richtung, ein wenig überrascht, dass er sie überhaupt erwähnt hat.

»Du scheinst über deine Kunden ja sehr gut Bescheid zu wissen«, beobachte ich und mir fällt auf, dass an meinem Lallen das Ausmaß meiner Trunkenheit zu erkennen ist. Es ist das erste Mal, dass ich heute Abend mit jemand anderem als dem Barkeeper spreche, um mir etwas zu trinken zu bestellen.

Jerico zuckt mit den Schultern. »Nicht über alle. Aber Elena ist besonders.«

Ich kann mir nicht helfen, ich werfe ihm einen bösen Blick zu. Seine Stimme war zu vertraut, als er ihren Namen ausgesprochen hat, und es gefällt mir nicht.

Jerico lacht und hält in gespielter Aufgabe die Hände hoch. »Ich wollte damit nur sagen, dass sie die beste Freundin der Frau einer meiner ehemaligen Kunden ist, der nach wie vor ein guter Freund von mir ist.«

»Walsh Brooks«, murmele ich.

Jerico nickt, dann gestikuliert er zu dem Barkeeper, hält zwei Finger hoch und zeigt erst auf sich, dann auf mich. Er wendet sich mir zu. »Kennst du ihn?«

»Wir haben früher miteinander Golf gespielt«, sage ich kurz angebunden, während ich mein Getränk in einem Zug leere, um mich auf das nächste vorzubereiten, das Jerico mir soeben bestellt hat. »Wie dem auch sei, ich bin nicht hier, um nach Elena zu suchen. Das mit uns hat nicht funktioniert.«

Allein schon diese Worte auszusprechen weckt die Sehnsucht in mir. Ich habe sie vielleicht aus meinem Leben verbannt, aber das bedeutet nicht, dass ich sie nicht immer noch begehre.

»Das überrascht mich«, murmelt Jerico. »Ihr zwei wart das Gesprächsthema Nummer eins im Club. Eure Chemie war sensationell. Sogar ich habe euch einige Male zusammen beobachtet. Ihr beide hattet etwas Besonderes.«

Seine Worte treffen mich hart. Er braucht mir nicht zu sagen, dass zwischen uns etwas Besonderes existiert hat. Ich habe es verdammt noch mal gespürt.

Ich weigere mich jedoch, es anzuerkennen. »Nicht wirklich. Sie war bloß ein guter Fick.«

Ein Schmerz trifft mich mitten in die Brust – ein sicheres Zeichen für die Reue, die ich verspüre, es überhaupt gesagt zu haben. Sie war so viel mehr als ein guter Fick und das ist auch genau der Grund, warum ich

Abstand von ihr nehmen musste. Sie hat mich dazu gebracht, zu viel zu empfinden, und dafür bin ich einfach nicht bereit.

Der Barkeeper serviert unsere Getränke. Als ich nach meinem greife, sagt Jerico nachdrücklich: »Nach diesem hier ist heute Abend Schluss für dich. Du weißt, wir haben ein Zwei-Getränke-Limit.«

»Bin schon betrunken«, murmele ich, aber dann hebe ich mein Glas und sage: »Aber danke.«

»Wenn du mir diese Bemerkung gestattest«, sagt Jerico und stützt sich mit dem Ellbogen auf dem Tresen ab, »du siehst aus wie ein Mann, dem ziemlich viel auf der Seele lastet.«

Weil ich es hasse, wie gut er mich durchschaut, werfe ich ihm einen scharfen Blick zu, schaue jedoch genauso schnell wieder weg, damit er nicht merkt, wie sehr er damit den Nagel auf den Kopf getroffen hat.

Er lässt sich davon nicht abschrecken. »Ich will mich nicht in deine Angelegenheiten einmischen. Ich sage nur … ich weiß, wie jemand aussieht, der hierherkommt, um sich in Muschis oder Schwänzen zu verlieren oder was auch immer es ist, das dir Befriedigung verschafft. Trotzdem hast du heute Abend an nichts Interesse. Warum bist du dann überhaupt hier?«

Ich schaue mich im Silo um. Es findet der übliche versaute Sex statt. In einem Raum ist ein Dreier zugange, in einem anderen wird eine Frau ausgepeitscht. In wieder einem anderen Raum befinden sich zwei Männer in der

Neunundsechziger-Stellung.

Ich wende Jerico wieder meine Aufmerksamkeit zu und kann ihm wegen seiner Neugier nicht einmal böse sein. Im Gegenteil, der Alkohol scheint mein Verlangen nach Trauer und Privatsphäre vollkommen abgetötet zu haben. »Heute ist Vatertag und ich versuche zu vergessen, dass meine fünfjährige Tochter tot ist. Ich war schon an verschiedenen Plätzen, um sie zu vergessen, und dachte mir, dass ich an einem Ort wie diesem wohl die besten Chancen hätte. Es scheint zu funktionieren.«

Jericos Gesichtsausdruck wird weich. »Es tut mir aufrichtig leid, Benjamin. Das wusste ich nicht.«

Ich zucke mit den Schultern. »Nur wenige wissen es. Es ist ja nicht so, als würde ich damit hausieren gehen.«

Heute früh hatte ich mich kurz gefragt, ob ich Cassidys Grab besuchen sollte. Ich hatte gedacht, ich sollte den Vatertag mit ihr verbringen, aber ich konnte mich nicht überwinden, es zu tun. Ich wollte nicht, dass dieser Feiertag zum Präzedenzfall wird. Wer weiß … vielleicht ist das hier ja mein Präzedenzfall? Mich in einen Sex-Club zu begeben und mit Alkohol zu betäuben, um den Schmerz abzutöten.

»Hat es geklappt?« Jerico nippt an seinem Drink und sieht mich durchdringend an. »Lenkt dich das, was hier drinnen vor sich geht, von deiner Tochter ab?«

»Ein wenig«, gestehe ich. Ich hebe mein Glas und trinke einen großen Schluck von dem Bourbon, den Jerico mir spendiert hat. Er brennt nicht einmal mehr, als er mir die Kehle hinunterfließt.

»Ist das der Grund, warum du angefangen hast hierherzukommen? Um dich von allem, was passiert ist, abzuschotten?«

Mein Lachen ist freud- und tonlos. »Eigentlich ist genau das Gegenteil der Fall. Ich war so gut darin, mich zu weigern, an die beiden zu denken, während ich mich von jeglichen Erinnerungen an sie abgeschottet habe, dass ich für alles andere unempfänglich geworden bin.«

Jerico zuckt überrascht zusammen. »Die beiden?«

»Meine Frau ist ebenfalls gestorben. Ein betrunkener Fahrer hat unseren Wagen gerammt.«

»Oh mein Gott«, murmelt Jerico, dann nimmt er einen großen Schluck seines eigenen Getränks. Mir ist klar, wie jämmerlich es klingt.

Aber der Alkohol und Jericos hartnäckige Fragen haben mir die Zunge gelockert. »Ich habe Monate gebraucht, um sie zu begraben … zumindest die Erinnerungen an sie. Es war zu schmerzhaft, um überhaupt daran zu denken. Aber ich bin darin so gut geworden, dass ich überhaupt nichts mehr gefühlt habe. Ich dachte, dass ich zumindest körperliche Lust empfinden würde, wenn ich hierherkomme. Das war zumindest schon mal etwas.«

Jericos Gesichtsausdruck verändert sich, als sei ihm soeben ein Licht aufgegangen. »Dann hast du Elena Costieri getroffen und alles war vorbei. Du konntest den Schmerz nicht mehr begraben.«

Mir gefällt nicht, welche bedeutende Rolle er Elena zuschreibt. Es macht meine Schuldgefühle wegen dem, was ich getan habe, nur noch größer. Ich verschließe die Augen vor der Wahrheit, als ich sage: »So war es zuerst gar nicht.«

»Aber daraus ist etwas geworden«, erwidert Jerico weise. In seinen Worten liegt eine einfühlsame Wahrheit. Ich kann nicht einmal wütend darauf sein, dass er vor mir versucht, den Psychologen zu spielen.

»Sie hat mich geöffnet«, gebe ich widerwillig zu. »Sie hat mich verletzlich gemacht.«

Jerico nickt, als hätte er diese traurige Geschichte schon einmal gehört. Aber in Wahrheit fällt es ihm nicht schwer, sich ein Bild von meiner Geschichte zu machen. »Lass mich raten … auf einmal ist Vatertag, Elena hat dich geöffnet und der Schmerz hat dich doppelt hart getroffen?«

»Du hast ja keine Ahnung«, murmele ich, trinke den letzten Rest meines Getränks aus und schiebe das leere Glas an den Rand des Tresens. Der Barkeeper würdigt mich keines Blickes; er weiß, dass er mir nichts mehr servieren darf. »Am Donnerstag saß ich im Krankenhaus und hörte zufällig eine Unterhaltung über Vatertag. Ich wusste nicht einmal, dass es Vatertag sein würde. Und ja … dadurch kommen wieder all die Dinge ans Licht, die ich in Schwerstarbeit versucht habe, von mir wegzuschieben.«

»Und?« Jerico blickt mich einfach nur an.

»Und was?«

»Was hat Elena mit all dem zu tun?«, fragt er.

Ich runzele die Stirn. »Na ja, es ist ihre Schuld, oder? Sie ist jemand, von dem ich mich nicht fernhalten kann. Ich hätte es besser wissen und mich gar nicht erst auf jemanden wie sie einlassen sollen. Aber damit ist jetzt Schluss.«

»Hast sie einfach abserviert, was?« Die Verachtung in Jericos Stimme ist deutlich zu hören, was bedeutet, dass er sie mag.

»So in der Art«, murmele ich schuldbewusst.

Jerico setzt sich aufrecht hin, schlägt mit der flachen Hand auf den Tresen und bedenkt mich mit einem durchdringenden Blick. »Das war ein beschissener Zug von dir, Benjamin. Mir ist egal, welches emotionale Trauma du erlitten hast.«

»Ja, ich weiß. Aber es ist das Beste. Aus uns wäre sowieso niemals etwas geworden.«

»Ich denke, das wirst du nun nicht mehr erfahren«, antwortet Jerico und an der Art, wie er es sagt, ist etwas Unheilvolles. Als wäre mein letztes Fünkchen Hoffnung soeben erloschen. Selbst wenn ich bis zu diesem Moment nicht bemerkt hätte, dass mir noch etwas Hoffnung geblieben wäre.

»Ich denke nicht«, murmele ich nachdenklich.

»Darf ich dir eine Frage stellen?«, will Jerico höflich wissen.

»Frag schon«, antworte ich langsam. Meine Zunge ist

so geschwollen, dass es mir beinahe schon schwerfällt, diese Worte auszusprechen.

»Der Schmerz, den du am Donnerstag gefühlt hast ... im Krankenhaus, als du das Gespräch über Vatertag mitbekommen hast? Ich schätze, es hat dich ziemlich hart getroffen, wenn du in Folge dessen die Sache mit Elena einfach so beendet hast.«

»So schlimm habe ich mich schon lange nicht mehr gefühlt.«

»Sag mir ehrlich ... fühlst du dich jetzt gerade in diesem Augenblick schlecht? Ich meine, abgesehen davon, dass du sturzbesoffen bist und der Alkohol dich runterzieht, aber wenn du den Schmerz vergleichst ... wie fühlt es sich an?«

»Es ist nicht so schlimm«, gebe ich zu. »Ich hatte einige Tage, um alles zu verarbeiten. Worauf willst du hinaus?«

Jerico beugt sich zu mir und sieht mir tief in die Augen. »Ich will darauf hinaus, dass du es zwischen Donnerstag und jetzt geschafft hast, damit umzugehen. Du bewältigst es. Du trinkst zwar, aber du bewältigst den Schmerz. Trauer ist notwendig, aber der Schmerz vergeht immer irgendwann. Das Schlimmste hast du bereits hinter dir, Benjamin. Und das hat nichts damit zu tun, dass du Elena aus deinem Leben verbannt hast.«

Ich blinzele ihn einfach nur an, während ich in meiner Trunkenheit versuche zu verstehen, was er mir mitteilen will.

Es kommt mir so vor, als könnte er sehen, dass ich ihm nicht folgen kann, deswegen vereinfacht er es für mein betrunkenes Trottelgehirn. »Gib etwas Gutes nicht aus den Händen, nur weil ein Risiko besteht.«

Ich starre ihn an, wohlwissend, dass er in einer Welt des gesunden Menschenverstandes und vernünftigen Denkens recht hat. Jeder kluge und nüchterne Mensch würde so denken.

Jerico erwartet von mir keine Antwort. Er klopft mir leicht auf die Schulter, nickt mir zu und geht.

Ich lasse den Blick über die verglasten Zimmer wandern, in dem der Dreier immer noch bei der Sache ist. Ich betrachte mir die Schönheit und Sinnlichkeit dieses Aktes. Ein Mann liegt auf dem Rücken, eine Frau reitet ihn und ein weiterer Mann steht hinter ihr, der sie in den Arsch fickt.

Zum Glück denke ich nicht mehr an Cassidy, April oder Elena … und das ist zumindest etwas.

## KAPITEL 16

# *Elena*

A<small>N EINEM</small> M<small>ONTAG</small> habe ich nun wirklich Besseres zu tun. Der Salon ist geschlossen und für gewöhnlich ist dies der Tag, um Buchhaltung und Inventur zu machen sowie persönliche Dinge zu erledigen. Dass ich mich stattdessen in Benjamins Arztpraxis aufhalte, ist höchstwahrscheinlich komplette Zeitverschwendung.

Ich kann aber einfach nicht anders. Ich bin wirklich beunruhigt – wenn auch ebenfalls sehr wütend –, aber hauptsächlich mache ich mir mehr Sorgen als alles andere. Jetzt, wo mir seine furchtbare Geschichte bekannt ist … seine Frau und seine Tochter sind tot … kann ich nicht anders, als mir um sein Wohlergehen Gedanken zu machen.

Nachdem ich mit Walsh und Jorie gesprochen hatte, kannte mein Bedürfnis nach weiteren Informationen kein Halten mehr. Ich suchte mir die Nachricht von Benjamins Autounfall bei Google heraus. Es scheint, als wären sie eines Abends mit dem Auto unterwegs gewesen, als ein betrunkener Fahrer, der in der Vergangenheit bereits zwei Verfahren wegen Trunkenheit am Steuer gehabt hatte, von der Spur abkam und frontal mit ihnen zusammenstieß. Seine Frau April wurde bei dem Aufprall sofort getötet. Ihre fünfjährige Tochter Cassidy erlitt eine so schwere Kopfverletzung – die Ironie dessen, was Benjamin beruflich macht, kann bei dieser Sache nun wirklich niemandem verborgen bleiben –, dass ihre lebenserhaltenden Maßnahmen nach nur vierundzwanzig Stunden eingestellt wurden.

In dem Artikel stand nicht viel darüber, wie schwer Benjamins Verletzungen waren, aber ich vermute, dass sie weitaus schlimmer waren als das, was mit seinem Bein passiert ist.

Ich kenne nicht die genauen Gründe, aber es ist offensichtlich, dass dieser Unfall und der Tod seiner Familie sehr viel damit zu tun haben, warum er, ohne ein Wort zu sagen, den Kontakt zu mir abgebrochen hat. Und weil mir mein Bauchgefühl sagt – eigentlich habe ich es sogar in meinem Herzen gespürt –, dass wir eine starke Verbindung zueinander hatten, kann ich es einfach nicht so stehen lassen. Ich muss herausfinden, warum er sich von mir trennte, *als* er es tat, und ich muss sichergehen, dass es ihm gut geht. Während der kurzen Zeit, in der wir uns getroffen haben, ist er mir wichtig geworden. Es spielt keine Rolle, dass es in unserer

Beziehung ausschließlich um sexuelle Befriedigung geht, die Vertrautheit, die wir miteinander geteilt haben, und jetzt auch seine Geschichte zu kennen, hat leider dazu geführt, dass mein Herz involviert wurde.

Es gibt keinen Zweifel, dass das, was ich tue, als stalkerisch angesehen werden könnte. Ich bin heute früh zu seinem Arbeitsplatz gefahren und selbstbewusst an den Empfangstresen herangetreten. Sein Büro befindet sich im dritten Stock eines riesigen verglasten Ärztehauses direkt neben dem Krankenhaus. Die Inneneinrichtung ist nobel, überall sind teure Möbel und Kunstgegenstände zu sehen. Es ist kein Geheimnis, dass Neurochirurgie von allen medizinischen Berufen am oberen Ende der Gehaltsliste steht. Und trotzdem spricht mich gar nichts an der Tatsache an, dass er reich ist.

Leider schob die Rezeptionistin meinen Bemühungen sofort einen Riegel vor.

»Ja, ich würde gern mit Dr. Hewitt sprechen«, teilte ich ihr selbstbewusst mit.

»Haben Sie einen Termin?«, fragte sie freundlich lächelnd.

Ich schüttelte den Kopf. »Nein. Aber ich bin eine Freundin von ihm.«

Das freundliche Lächeln verschwand aus ihrem Gesicht. Es besteht kein Zweifel, dass die Vorschriften besagen, Menschen müssen einen Termin haben, um wertvolle Minuten mit einem Neurochirurgen bekommen zu können. »Es tut mir leid, aber wenn Sie keinen

Termin haben, können Sie nicht mit ihm sprechen.«

Das hatte ich bereits erwartet. Sie versprach zwar, eine Nachricht für ihn anzunehmen, ich bezweifelte jedoch stark, dass sie bei ihm ankommen würde. Ich hatte ebenfalls den Verdacht, dass er sie ignorieren würde, aber es ist wichtig, ihn persönlich zu erwischen, um ernsthafte Antworten auf meine Fragen zu erhalten.

Ich gab jedoch nicht auf. Ich verließ lediglich den Empfangsbereich, hänge nun aber schon seit beinahe zwei Stunden im Flur herum. Ich hoffe, Benjamin abfangen zu können, wenn er eine Pause macht.

Ich lehne mich an die Wand, stütze mich mit einem Fuß daran ab, scrolle auf meinem Telefon herum und schlage die Zeit tot. In regelmäßigen Abständen drücke ich mich von der Wand ab und gehe im Flur auf und ab. Einmal riskiere ich eine Toilettenpause, eile aber schnell wieder zurück auf meinen Posten, um Benjamin nicht zu verpassen.

Mein Telefon gibt ein Ping-Geräusch von sich und als ich darauf blicke, sehe ich eine Nachricht von Jorie. *Was machst du heute?*

Einen Moment lang denke ich darüber nach, ihr eine ausweichende Antwort zu geben. Aber weil sie und Walsh wegen meiner Beziehung zu Benjamin sehr besorgt um mich sind, beschließe ich, ihr die volle Wahrheit zu sagen. *Ich stalke Benjamin in seinem Büro.*

Ihre Antwort ist ein Emoji mit weit aufgerissenen, ungläubigen Augen.

Ich schreibe ihr zurück, um zu erklären. *Ich will nur sichergehen, dass es ihm gut geht, weil er mich weder zurückruft noch auf meine SMS reagiert.*

Bei Jorie kann ich mich immer darauf verlassen, dass sie mir die ungeschminkte Wahrheit sagt. Dass sie mir ehrliche Ratschläge gibt. Sie ist die Person, die mich wissen lässt, wenn ich mich dumm oder lächerlich verhalte. Ein wenig erwarte ich das sogar, deswegen bin ich überrascht, als sie einfach nur antwortet: *Viel Glück! Ruf mich an, wenn du mit ihm gesprochen hast.*

Das gibt mir in Bezug auf meine Entscheidung, hierhergekommen zu sein, ein sehr viel besseres Gefühl. Ich habe mich ein wenig hinterfragt und versucht, mich davon zu überzeugen, dass man einige Leute vielleicht besser in Ruhe lassen sollte. Leider bin ich von Natur aus ein mitfühlender Mensch und werde so lange schlaflose Nächte haben, bis ich mich davon überzeugen kann, dass es Benjamin gut geht.

»Elena?« Eine Männerstimme ertönt – offensichtlich nicht die von Benjamin – und ich fahre mit dem Kopf herum, um zu sehen, wie sein Partner Brandon Aimes auf mich zukommt. Er trägt blaue OP-Kleidung und hat sich einige braune Aktenmappen unter den Arm geklemmt. Ich bin überrascht, dass er sich an meinen Namen erinnert. »Was tust du denn hier?«

Sein Ton ist freundlich, sein Gesichtsausdruck jedoch misstrauisch. Ich frage mich, ob Benjamin ihm irgendetwas darüber erzählt hat, wie er mich vergangene

Woche versetzt hat.

Ich hebe das Kinn und sage ohne Umschweife: »Benjamin und ich hatten letzten Freitag eine Verabredung, zu der er nicht erschienen ist. Er antwortet weder auf meine Anrufe noch SMS und ich mache mir große Sorgen um ihn. Ich will nur sichergehen, dass mit ihm alles in Ordnung ist.«

»Er ist gar nicht hier«, antwortet Brandon, als er vor mir zum Stehen kommt.

Ich ziehe eine Augenbraue hoch. »Die Rezeptionistin hat den Eindruck erweckt, als sei er im Gebäude. Sie fragte, ob ich einen Termin hätte.«

»Sie ist dazu verpflichtet, das zu sagen. Sie ist ebenfalls dazu verpflichtet, niemals preiszugeben, wo die Ärzte sich aufhalten. Sie hätte versucht, dir einen Termin bei einem unserer anderen Ärzte zu geben.«

Ich denke, das macht Sinn.

Brandon blickt sich um, dann dreht er sich wieder zu mir. Er scheint nicht genau zu wissen, ob er mir überhaupt etwas sagen soll, doch irgendwann seufzt er und gesteht: »Sieh mal ... er hat Freitag gegen Mittag die Klinik verlassen und wollte eine Operation absagen, die er angesetzt hatte. Ich konnte für ihn einspringen, aber es war vollkommen untypisch für ihn, so etwas zu tun. Heute hat er sich erneut abgemeldet, mir aber versichert, dass er morgen wieder da sein würde.«

Ich weiß nicht, was ich davon halten soll. Schlagartig wird mir klar, dass ich Benjamin einfach nicht gut genug kenne, um einschätzen zu können, ob sein Verhalten ungewöhnlich ist oder Anlass zur Sorge bereitet.

»Also dann«, sage ich zögernd, »ich wollte wirklich nur nachsehen, ob er in Ordnung ist. Da du von ihm gehört hast, kann ich wohl beruhigt sein. Danke.«

Ich bin trotz dieser Information extrem unbefriedigt, habe aber nicht das Gefühl, irgendetwas anderes tun zu können, als zu gehen. Mein Ziel war es sicherzugehen, dass Benjamin körperlich okay ist. Brandon hat von ihm gehört und es scheint, dass Benjamin nichts fehlt. Ich lächele ihn an, drehe mich auf dem Absatz um und gehe zu den Aufzügen.

Kaum bin ich drei Schritte gegangen, da ruft er mir hinterher: »Elena ... warte mal eine Minute.«

Ich drehe mich um und blicke ihn an.

»Ich bin mir nicht sicher, dass es ihm gut geht«, gesteht Brandon und ich gehe einige Schritte auf ihn zu. »Er wird mich hierfür vermutlich umbringen und ich habe keine Ahnung, ob du normal oder eine verrückte Stalkerin bist, aber das Risiko gehe ich ein.«

Brandon zieht einen Rezeptblock und einen Kugelschreiber aus seiner Vordertasche. Er kritzelt etwas auf das Papier, reißt es ab und gibt es mir.

Nachdem ich es genommen habe, betrachte ich mir die Notiz. Benjamins Adresse.

Ich blinzele überrascht, fühle mich aber sofort erleichtert, weil ich ihn nun persönlich aufsuchen kann.

»Ich bin keine verrückte Stalkerin«, versichere ich

ihm. »Ich verspreche es. Ich will nur … ich denke, zwischen uns bestand eine Verbindung und er hat Angst bekommen oder so etwas. Ich muss nur sichergehen, dass er in Ordnung ist, nachsehen, ob da wirklich etwas ist.«

Brandon betrachtet mich einen Moment lang, dann nickt er. »Ich habe es gesehen.«

»Wie bitte?«

»Die Verbindung. So kurz es auch war, er hat es mir an dem Abend gezeigt, als er dich uns bei der Gala vorgestellt hat. Ich konnte erkennen, dass da etwas war. Es hat mich gefreut.«

Ich blicke zu Boden und trete von einem Fuß auf den anderen, bevor ich wieder zu Benjamins Praxispartner aufsehe. »Ich habe gerade erst herausgefunden, was passiert ist. Der Unfall. Und dass seine Frau und seine Tochter ums Leben gekommen sind. Bei der Gala wusste ich nichts davon. Also … ich werde das Gefühl nicht los, dass all das etwas damit zu tun hat, warum er mich am Freitag versetzt hat. Ich verstehe einfach nur nicht, warum es jetzt passiert.«

»Auf dieses Thema reagiert er gereizt«, sagt Brandon wertfrei.

»Gereizt?«

Brandon lacht kurz. »Gut, eigentlich ist er ein Arschloch. Nach dem Unfall ist er ein anderer Mann geworden. Er hat alle Menschen aus seinem Leben verbannt, die ihm jemals etwas bedeutet haben. Mich, seine Eltern, seinen Bruder. Er spricht kaum mehr mit uns. Sein Leben besteht nur noch aus Arbeit und Schlaf. Viel mehr gibt es da nicht. Darum hat es mich gefreut zu sehen, dass er mit dir zu der Gala erschienen ist. Es hat mir Hoffnung gegeben.«

Als ich das höre, bin ich bis ins Mark erschüttert. Es bedeutet, dass Benjamin ziemlich weit davon entfernt ist, ein normaler Mensch zu sein. Es lässt mich an der Verbindung zweifeln, von der ich dachte, sie gespürt zu haben. »Wir vögeln bloß miteinander.«

Bei meinen vulgären Worten wird Brandon rot im Gesicht und er zieht die Augenbrauen hoch. »Wie bitte?«

»Ich habe ihn im Wicked Horse getroffen. Es ist nur Sex. Das, was wir miteinander haben, ist nicht mehr als das.«

Brandon runzelt die Stirn. »Das Wicked Horse? Was ist das?«

Ich erkläre ihm ganz genau, worum es sich handelt. Ein Sex-Club, in dem sich Menschen ihren dunkelsten Fantasien hingeben können. Brandon errötet noch mehr. Jetzt steht ihm der Zweifel an mir deutlich ins Gesicht geschrieben. Ich kann sehen, dass er es bereut, mir Benjamins Adresse ausgehändigt zu haben.

Ich habe das Bedürfnis, mich zu erklären. »Ich glaube, er ist dorthin gegangen, um etwas zu spüren. Und die Verbindung, die du zwischen uns gesehen hast ... ich habe das Bedürfnis, ehrlich zu sein, dass diese Sache zwischen uns rein sexueller Natur ist. Aber ... da *war* eine Verbindung. So etwas habe ich noch niemals zuvor gespürt. Du sagtest, du hättest es gesehen, und ich weiß, dass es echt war. Wir hatten etwas, aber ich weiß nicht, was es war.«

Der innere Konflikt ist Brandon deutlich anzusehen. Es ist offensichtlich, dass er geglaubt haben muss, wir hätten irgendeine Art emotionale Verbindung miteinander, und ich habe ihn soeben eines Besseren belehrt, indem ich klarstellte, dass es rein sexuell war. Ich glaube, es könnte mich wieder in die Kategorie einer potenziellen verrückten Stalkerin befördern.

Aus diesem Grund überraschen mich seine nächsten Worte auch vollkommen. »Er war nicht immer ein Arschloch. Vor dem Unfall war er ein guter Mann. Glücklich, fröhlich, fürsorglich, offenherzig. Er verehrte seine Patienten. Hatte eine unglaublich enge Beziehung zu seinen Eltern und seinem Bruder. Er war mein bester Freund. Es gab nichts, das er mir nicht erzählt hätte. Es würde mich überglücklich machen, wenn er dorthin zurückkehren würde. Und ganz egal, ob das zwischen euch nur Sex war, vielleicht bist du die Person, die ihn wieder auf den richtigen Weg bringen könnte.«

Ich schüttele den Kopf und weiche einen Schritt zurück. »Oh, das glaube ich nicht. Ich wollte nur sichergehen, dass er in Ordnung ist.«

»Besuche ihn«, weist er mich an. »Sorge dafür, dass es ihm gut geht. Und wenn sich daraus etwas entwickelt … wunderbar. Wenn nicht, nun ja, dann weißt du es zumindest.«

Es tut meinem Herzen weh zu hören, wie mürrisch Brandons Stimme ist. Das sagt mir, dass er wirklich keine großen Hoffnungen hegt, ich könnte tatsächlich diejenige sein, der es gelingt, Benjamin zurückzuholen. Er klammert sich an jeden Strohhalm.

Aber ich nicke Brandon zu, bevor ich den Zettel mit der Adresse in meine Gesäßtasche schiebe. Es ist das Mindeste, was ich tun kann.

## KAPITEL 17

# *Benjamin*

DIE ZWEI FLASCHEN Schnaps, die sich in einer braunen Papiertüte auf meinem Beifahrersitz befinden, stoßen aneinander, als ich nach rechts in meine Straße einbiege. Als ich vor einer halben Stunde mein Haus verließ, wollte ich zum Supermarkt fahren, um ein paar Lebensmittel einzukaufen. Ich habe es bis zum Spirituosenladen geschafft, wo ich beschloss, mein Abendessen flüssig zu mir zu nehmen. Angesichts der Mengen an Alkohol, die ich gestern Abend getrunken habe, ist das überraschend.

Wie es aussieht, war ein richtiges Besäufnis genau das, was ich gebraucht hatte. Als ich aus dem Club heraus- und in ein Taxi hineinfiel, das mich nach Hause brachte, dachte ich weder an Cassidy noch an April, Elena oder irgendetwas anderes. In meinem Kopf herrschte eine stille, betrunkene Seligkeit.

Ich habe für morgen keine Operationen angesetzt, deswegen habe ich auch keinerlei Bedenken, mich heute

Abend noch einmal zu besaufen. An diesem Punkt denke ich, dass es eher dazu gedacht ist, um die Gedanken an Elena fernzuhalten, da ich den Vatertag bereits erfolgreich hinter mich gebracht habe, aber was soll's.

Zum Glück war Elena gestern nicht im Wicked Horse. Jerico hat mich mit seinem persönlichen Wissen über ihre Anwesenheit in seinem Sex-Club überrascht. Sie geht sonntags nie dorthin, weil sie diesen Tag mit ihrer Familie verbringt. Und warum sollte sie das auch nicht tun? Elena ist sehr familienorientiert. Noch ein Grund, warum wir nicht zusammengehören.

Ich bin mir nicht sicher, was ich getan hätte, wenn sie gestern Abend aufgetaucht wäre. Hätte ich danebengestanden und dabei zugesehen, wie sie es mit jemand anderem treibt? Ich hätte kein Recht gehabt, es ihr zu untersagen. Trotzdem habe ich das Gefühl, ich hätte ihr vermutlich eine Szene gemacht. Nicht nur wegen des Alkohols … sondern wegen eines Empfindens tief in mir, das mir sagt, sie ist immer noch mein. Ohne darüber nachzudenken, weiß ich, dass ich ausflippen würde, wenn ein anderer Mann sie ansehen, geschweige denn anfassen würde.

Leider ist das keine akzeptable Art, sich zu fühlen – und fair ist es ebenfalls nicht.

Das bedeutet, ich muss dem Club fernbleiben. Ihr bleiben immer noch zwei Wochen der dreißigtägigen Mitgliedschaft, die ich für sie erworben habe. Mein Plan sieht vor, dass ich bis zum Ablauf ihrer Mitgliedschaft nicht mehr in den Club gehe, um dann zu hoffen, dass ich ihr dort in Zukunft nie wieder begegnen werde.

Also, das stimmt nicht ganz. Jeder Teil von mir möchte ihr noch einmal begegnen. Noch einmal mit ihr zusammen sein. Noch einmal in ihr sein.

Wieder und immer wieder.

Aber der Preis ist viel zu hoch. Die Verletzlichkeit und die Art, wie sie mich vollkommen nackt auszieht, birgt ein zu großes Schmerzrisiko. Es ist bereits zu viel, mich an den Verlust zu erinnern, den ich erlitten habe, und ich will gar nicht erst über einen Verlust nachdenken, den ich erleiden könnte, sollte ich mich bedingungslos auf sie einlassen.

Diese Gedanken beschäftigen mich so sehr, dass ich kaum den Wagen bemerke, der in meiner Einfahrt steht, als ich mich langsam meinem Haus nähere. Es handelt sich um ein unauffälliges, graues Auto, das ich sofort als Elenas erkenne. Am Ende jedes Abends mit ihr im Club habe ich sie zu diesem Fahrzeug begleitet.

Einmal, als ich ihr einen Abschiedskuss gab, wurde es richtig heiß zwischen uns. Es endete damit, dass ich ihr den Rock hochschob, sie über die Motorhaube beugte und fest von hinten durchnahm. Zum Glück hat uns während unseres Intermezzos nur ein Paar gesehen. Die beiden waren Club-Mitglieder, deswegen war es auch überhaupt nicht peinlich gewesen, als sie an uns vorbeigingen, obwohl sie den Blick nicht von unseren zuckenden Körpern abwenden konnten.

Der Gedanke an diesen Abend – an dem ich mir ungestüm und sorgenfrei genommen habe, was ich wollte – lässt meinen Schwanz zucken. Leider wird er nur noch aufgeregter, als sie aus ihrem Wagen steigt. Rasch versteift er sich hinter dem Reißverschluss meiner Jeans und mein Atem wird unregelmäßig, als ich sie mir betrachte.

Ich fahre mein Auto neben ihres und betrachte sie schamlos von oben bis unten. In einer an den Oberschenkeln zerrissenen Jeans und einer schulterfreien weißen Bluse sieht sie unfassbar schön aus. Sie hat ihre Haare zu einem Pferdeschwanz gebunden und macht einen frischen, unschuldigen Eindruck.

Warum ist sie hier? Woher weiß sie überhaupt, wo ich wohne?

Und warum zum Teufel spüre ich ein Gefühl der überbordenden Freude in mir aufsteigen, wo ich mich doch ausdrücklich und ohne Ausflüchte dazu entschieden habe, dass sie einfach nicht gut für mich ist?

Entschlossen steige ich aus und gehe vorn um meinen Wagen herum, damit ich ihr offen gegenübertreten kann.

»Es tut mir leid, dass ich hier einfach so auftauche«, beeilt sie sich zu sagen, als wir voreinander stehen. Ihr Gesichtsausdruck ist misstrauisch und sogar ein wenig ängstlich.

Seltsamerweise verspüre ich keinerlei Wut darüber, dass sie eventuell eine Verrückte sein könnte, die mir nachstellt. Schließlich siegt jedoch meine Neugier. »Wie hast du herausgefunden, wo ich wohne?«

Ich meine, es ist sicherlich nicht schwierig. Grundsteuereintrag und so.

Deswegen bin ich auch überrascht, als sie entgegnet: »Dein Praxispartner Dr. Aimes. Ich bin heute zu deinem Büro gefahren, weil ich mir Sorgen um dich gemacht habe. Er hat mir verraten, wo du wohnst.«

Ich werde ihn umbringen. Nicht weil er sich in meine Privatangelegenheiten eingemischt hat, sondern weil er sie wieder in mein Leben gebracht hat. Weil er mich mit etwas in Versuchung führt, von dem ich bereits entschieden habe, dass es nicht gut für mich ist.

Elena verschränkt die Arme, reckt das Kinn in die Höhe und funkelt mich böse an. »Warum reagierst du nicht mehr auf meine Nachrichten?«

Ich bin auf ihre simple Frage nicht vorbereitet. Ich hatte erwartet, dass sie mich zunächst mit Anschuldigungen überhäufen würde, aber mir scheint, sie will einfach nur eine ehrliche Antwort.

»Es tut mir leid«, sage ich aufrichtig. »Ich hätte es beenden sollen.«

Flammen lodern aus ihren Augen und sie beißt die Zähne fest zusammen. »Erklären«, korrigiert sie mich mit eiskalter Stimme. »Du hättest dich erklären sollen.«

»Es ist kompliziert«, sage ich und mir ist schmerzhaft bewusst, wie lahm diese Entschuldigung klingen muss.

Elena breitet die Arme aus und sagt mit

sarkastischem Unterton: »Ja, ich habe schon herausgefunden, dass du ein komplizierter Typ bist. Ich wusste es von Anfang an, Benjamin. Das ist keine Entschuldigung.«

»Ich weiß nicht, was ich sagen soll.« Selbstverständlich hat sie recht. Es gab keine gute Erklärung dafür, warum ich sie versetzt habe. Aber wenn ich dem Leben treu bleiben will, das ich seit dem Unfall führe, schulde ich ihr keine Erklärung.

Es ist vorbei. Sie hätte den Hinweis verstehen sollen.

Trotzdem habe ich das Gefühl, mich bei ihr entschuldigen zu müssen. »Es tut mir schrecklich leid. Aber es funktioniert einfach nicht und ich hoffe, du kannst das akzeptieren.«

Ich fange an, mich an ihr vorbeizuschieben, obwohl mir einfällt, dass sich mein wertvoller Schnaps noch auf dem Vordersitz befindet, aber ich muss mich sofort von ihr entfernen, und dieser Wunsch ist viel dringender als mein Bedürfnis danach, zu trinken anzufangen.

»Ich weiß, was deiner Frau und deiner Tochter zugestoßen ist«, sagt sie und ich erstarre.

Der Schmerz fährt durch mich hindurch und ich bin wie gelähmt. Meine Kehle bewegt sich, doch ich bringe keinen Laut heraus. Ich kann mich nicht einmal umdrehen, um sie anzusehen.

»Und es tut mir so unfassbar leid, Benjamin.« Ich höre nicht, wie sie sich bewegt, aber ich spüre sie direkt hinter mir, bevor sie mich mit ihrer weichen Hand am

Rücken berührt. »Ich kann mir nicht einmal vorstellen, so etwas durchzumachen oder wie es sich anfühlt.«

Ich heiße den Wutschwall willkommen, den ihre Worte in mir hervorrufen, und drehe mich abrupt zu ihr um. »Und was dann? Dachtest du, es würde vielleicht meine Beweggründe erklären?«

Sie ist nicht im Geringsten eingeschüchtert. Sie hebt bloß ihr Kinn ein wenig höher. »Tut es das?«

Ein weiterer Wutschwall überkommt mich, dieses Mal glühend heiß und mit der Dringlichkeit, sie dazu zu bringen, mich zu verstehen. Blitzschnell strecke ich den Arm aus und packe sie am Handgelenk. Ich wende mich in Richtung meiner Haustür und zerre sie hinter mir her. »Komm mit!«

Ich schleife sie bis zu meinem Haus, ohne das Tempo zu verlangsamen, auch wenn sie laufen muss, um mit mir Schritt zu halten. Nachdem ich die Tür aufgeschlossen habe, ziehe ich sie hinter mir hinein und lasse sie erst los, als wir drinnen sind.

»Schau dich um«, befehle ich ihr und deute auf das Innere meines Hauses.

Sie lässt den Blick durch mein Wohnzimmer schweifen, wo sie sich die Finsternis und die abgedeckten Möbel betrachtet. Die kahlen Wände. Die leeren Regale. Die abgedunkelte Küche, auf deren Arbeitsfläche sich nichts befindet.

Ich lege ihr die Hand auf den Rücken und schiebe sie durch mein Haus und den Flur entlang, wo ich auf eine verschlossene Tür zeige. »Das ist das Zimmer meiner Tochter. Seit ich aus dem Krankenhaus entlassen wurde, habe ich diese Tür nicht mehr geöffnet.«

Sie gibt einen kleinen gequälten Laut von sich, aber ich ignoriere das und treibe sie weiter vorwärts. Ich zeige auf das große Schlafzimmer. »Dieses Zimmer habe ich mir mit April geteilt. Ich habe es einige Male betreten, hauptsächlich, um meine Sachen herauszuholen.«

Ich streiche mit der Hand ihren Rücken hinauf, packe sie im Nacken und drehe ihren Körper zum Gästezimmer. Nachdem ich die Tür geöffnet habe, deute ich ins Innere. »Das ist jetzt meine Existenz. Sie ist simpel. In diesen vier Wänden hänge ich meiner Vergangenheit nicht nach.«

Ich hoffe, meine Antwort macht alles deutlich. Sie sollte unmissverständlich sein. Ich bin ein Mann, der nichts Wichtiges im Leben besitzt. Etwas anderes als das, was ich derzeit habe, brauche ich nicht.

Ich drehe mich ein wenig, neige den Kopf und betrachte sie mir. Ihr Gesicht ist seltsam nichtssagend, als verstehe sie nichts von dem, was ich ihr soeben gezeigt habe.

Sie legt den Kopf schief. »Aber warum hast du den Kontakt zu mir abgebrochen? Nichts von dem, was du getan oder mir gezeigt hast, erklärt das. Wir hatten eine Verbindung, Benjamin. Ich weiß es. Und diese Verbindung zwischen uns ist trotz deiner Existenz hier entstanden.«

Meine Wut löst sich beinahe sofort in Luft auf und ich seufze laut und schwer. Ich fahre mir mit der Hand durchs Haar und gebe zu: »Ja, wir hatten tatsächlich eine Verbindung. Seit langer Zeit ist mir das nicht mehr passiert.«

»Warum?«, fordert sie. »Warum hast du einfach beschlossen, dass es vorbei ist?«

Ich zucke mit den Schultern, jedoch nicht, weil ich die Antwort nicht weiß. Ich will ihr einfach nicht meine Schwächen gestehen. »Weil es eben vorbei war. Es hätte sich nicht weiterentwickeln können.«

Ich weiß nicht, ob ich lachen soll, als Elena tatsächlich mit dem Fuß aufstampft, die Hände in die Hüften stemmt und knurrt: »Dummes Zeug! Du hast gesagt, du hängst der Vergangenheit nicht nach und trotzdem lebst du in diesem Geisterhaus.« Ich ertappe mich dabei, wie ich bei ihrem Wutausbruch ein unerwünschtes Lächeln unterdrücken muss, was mich nur noch ärgerlicher stimmt.

»Wage es ja nicht, mich zu verurteilen!«, fahre ich sie an.

»Das tue ich nicht«, entgegnet sie. »Ich bemitleide dich. Wenn du nur einen Schritt tun würdest, um deine Ängste hinter dir zu lassen, könntest du wieder glücklich sein.«

Jetzt kann mein Wutgebrüll durch nichts mehr gestoppt werden. »Ich will nicht wieder glücklich sein! Kapierst du es denn nicht? Ich verdiene es nicht. April und Cassidy haben nicht mehr die Möglichkeit dazu, warum sollte ich es dann sein?«

Elenas Gesicht wird ganz weich und ich hasse ihren mitleidigen Blick. »Mit ihrem Glück liegst du falsch. Sie sind beide im Himmel. Glücklich und friedlich. Vermutlich sind sie aber traurig über das, was du dir selbst antust.«

Ich schnaube verächtlich. »Was weißt du schon davon?«

Sie sieht ungläubig aus, als ergäbe meine Frage keinen Sinn.

»Ich gehe in die Kirche«, antwortet sie mit ruhigem Selbstbewusstsein. »Ich glaube an Gott und daran, dass wir alle nach unserem Tod belohnt werden.«

Ich mache eine abwertende Handbewegung. »Das ist eine Farce. Es gibt keinen Gott. Und wenn es ihn gibt, dann ist er nicht der Gott der Liebe, den ihr alle verehrt. Wenn er es wäre, hätte er meiner Familie das niemals angetan.«

»Das hätte er, wenn du eine andere Aufgabe hättest«, sagt sie leise, doch ihre Stimme klingt überzeugt. »Wenn die beiden nicht dein Endziel waren. Vielleicht hatten sie ihre Aufgabe erfüllt. Vielleicht verdienten sie das Licht und den Frieden und die Freude. Diese Welt ist nicht einfach, Benjamin, das weißt du sehr genau. April und Cassidy müssen nicht mehr leiden.«

Mir reicht es. Ich muss mir diesen Scheiß nicht länger anhören. Ich werde eiskalt und zeige den Flur entlang. »Du solltest jetzt gehen. Ich bin müde und muss morgen früh aufstehen.«

Sie versucht ein letztes Mal, eine Reaktion von mir zu bekommen. Ihre Stimme klingt verzweifelt. »Das war es dann also? Du wirst nicht mehr darüber reden?«

»Du musst jetzt gehen«, wiederhole ich.

Es bereitet mir echte Schmerzen, als ich die Trauer in ihren Augen erkenne und eine Art Reue darüber, mich jemals kennengelernt zu haben. In diesem Moment wird mir klar, dass ich ihr wirklich wehgetan habe, und das war nie meine Absicht.

»Hast du etwas dagegen, wenn ich den Rest der Mitgliedschaft im Wicked Horse nutze?«, fragt sie und ich kann in diesem Anliegen nicht ein Fünkchen Vergeltung ihrerseits erkennen. Ich glaube, sie fragt mich nicht, um mich umzustimmen oder mich zu verletzen, sondern damit sie wieder nach vorn blicken und sich auf ihr eigenes Leben konzentrieren kann.

Ich beiße die Zähne zusammen, doch es gelingt mir hervorzupressen: »Natürlich habe ich nichts dagegen. Amüsier dich.«

Sie hebt das Kinn, ein deutliches Zeichen, dass sie entschlossen ist, das Ende unserer Vereinbarung zu akzeptieren. »Das werde ich. Danke.«

So höflich. Und so endet die Sache mit uns.

Sie dreht sich um, geht meinen Flur entlang, durch die Küche, ins Wohnzimmer und aus meiner Haustür nach draußen.

# KAPITEL 18

## *Elena*

»DAS IST EINE Schnapsidee, Elena.«
Jories Worte hallen immer noch in meinem Kopf wider, obwohl sie sie bereits vor mehr als einer Stunde zu mir gesagt hat. Es war ein kurzes Telefonat, in dem ich ihr erzählte, dass ich auf dem Weg ins Wicked Horse bin. Ich konnte mir geradezu vorstellen, wie sie entgeistert die Lippen schürzt und leicht tadelnd den Kopf schüttelt.

Es gefällt ihr nicht, dass ich den Sex-Club dazu benutze, um über Benjamin hinwegzukommen, oder dass ich das Bedürfnis verspüre, einen Mann auf solch eine Art zu vergessen.

»Du hast ihm nichts bedeutet Elena, warum sollte er dir also so wichtig sein?«, hatte sie gefragt.

Ich wünschte, ich könnte ihr eine Antwort darauf geben. Ich wünschte, ich könnte erklären, wie hart es mich getroffen hat, dass er die Sache mit uns beendet hat.

Die Ironie darüber, dass wir beide Opfer von etwas wurden, das wir zu vermeiden versuchten, liegt mir schwer im Magen. Wir hatten uns beide von wahrer Intimität abgeschottet. Für uns bedeutete es eine Erlösung. Gefühle kamen darin nicht vor. Es war der Grund, warum wir überhaupt erst ins Wicked Horse gegangen waren.

Aber wir beide hatten eine Wirkung auf den jeweils anderen. Ich vermute, dass Benjamin anfing, sich gehen zu lassen, sich seinen Gefühlen öffnete und bei diesen Empfindungen Angst bekam. Ich hatte mich ebenfalls geöffnet und war willens zu glauben, dass nicht alle Männer gleich sind. Ich hatte zwar Angst, war aber trotzdem bereit weiterzumachen.

Und genau darin liegt der Unterschied. Benjamin ist einfach nicht bereit, das Gleiche zu tun.

Und es tut weh.

Sehr sogar.

Die einzige Sache, die mir einfällt, um über ihn hinwegzukommen und nicht Trübsal zu blasen, besteht darin, mich wieder in den Sattel zu setzen.

Oder ... auf einen Schwanz, um es derber aus-zudrücken.

Es wird Zeit, dass die alte Elena wieder zum Vorschein kommt, sich fleischlichen Gelüsten hingibt und ihr Herz sicher wegsperrt.

Obwohl Jorie mich dazu gedrängt hat, einige Tage zu warten, erschließt sich mir nicht, welchen Unterschied es machen würde. Ich werde mich weder morgen noch übermorgen anders fühlen. Ich werde damit weitermachen, die Vergnügungen zu nutzen, die im Wicked Horse angeboten werden, wie ich es auch mit der Mitgliedschaft getan habe, die sie mir zum Geburtstag geschenkt hat. In meinem Kopf gibt es keinen vernünftigen Grund, warum ich warten sollte.

Ja, ich werde mir Benjamin aus dem Verstand vögeln. Und ich habe deswegen keinerlei Skrupel. Es ist ja nicht so, als würde es ihn verletzen. Schließlich ist er derjenige, der die Sache zwischen uns beendet hat.

Er sagte, zwischen uns könnte sich nichts mehr entwickeln, also ist es Zeit für mich, meine Fühler neu auszustrecken.

Ich stolziere durch den Club, selbstbewusst darüber, wie ich aussehe. Nachdem ich Benjamins Haus verlassen und er mir seine Erlaubnis gegeben hatte, den Club zu nutzen, bin ich einkaufen gegangen und habe mir ein sexy neues Kleid gegönnt. Dann bin ich nach Hause gefahren und habe mich den ganzen Nachmittag lang verwöhnt, ein heißes Bad genommen und mir Finger- und Fußnägel lackiert.

Ich ließ mir Zeit, machte mir wunderbare, sexy Wellen ins Haar und legte danach fachmännisch mein Make-up auf, um meine Augen, Wangenknochen und Lippen zu betonen.

Ich sehe absolut scharf aus und das weiß ich, deswegen stolziere ich auch.

Das Kleid, das ich mir gekauft habe, ist mintgrün und hat einen leichten silbernen Schimmer. Es wird im Nacken gebunden, hat einen tiefen Ausschnitt und ein figurbetontes Mieder und bedeckt gerade mal meine Pobacken. Ein Paar silberne Sandalen mit acht Zentimeter hohen Absätzen komplettiert mein Outfit. Heute Abend werde ich auf jeden Fall Sex haben. Daran besteht kein Zweifel.

Ich begebe mich ins Silo und weigere mich, dem leichten Schuldgefühl Beachtung zu schenken, das sich irgendwo tief in meinem Magen bemerkbar macht. Ich habe mir das Silo ausgesucht, weil es mich am meisten erregt, und ich weiß, dass es nicht lange dauern wird, dort jemanden zu finden. Im Silo geht es nicht um Sinnlichkeit oder langsames Scharfmachen. Es ist der Ort, an dem die Liebhaber von Hardcore-Sex, schnellen Nummern und schmutziger Perversion auf ihre Kosten kommen. Ich schiebe das Schuldgefühl beiseite, weil es unfair ist, dass Benjamin mich dazu bringt, so zu empfinden. Ich hasse das. An diesem Punkt sind wir einander rein gar nichts schuldig. Keine Loyalität, keine Verpflichtungen. Und ganz sicher keine Fürsorge, Angst, kein Verlangen und auch keine Lust.

Heute Abend werde ich ihn aus meinem System löschen – und dabei hoffentlich sensationelle multiple Orgasmen erleben.

Für einen Montagabend ist es voll im Silo. Es gibt so viele hübsche Männer und Frauen zum Spielen. So viele

Spielzeuge, die benutzt werden wollen. Jories Bruder Micah stellt einige der Sexspielzeuge her, die hier präsentiert werden, was beweist, dass es viele Dinge gibt, die ein Diplom-Ingenieur machen kann.

Während ich mich durch die Masse dränge, nicke ich einigen Leuten zu, die ich kenne. In der Mitte des Raumes befindet sich eine ovale Bar, an deren Ende ich Platz nehme, damit ich mir ansehen kann, was in den verglasten Räumen vor sich geht. Als ich mich mit dem Hintern auf dem Stuhl niederlasse, rutscht mein Kleid so weit nach oben, dass mein Arsch raushängt, aber das tut meinem Selbstvertrauen keinen Abbruch. Wenn überhaupt, gibt mir die Art und Weise, wie mein Körper zur Schau gestellt wird, das Gefühl, noch attraktiver zu sein, und das Wissen, dass mich heute Abend jemand haben will, bewirkt das Gleiche.

Ich bestelle einen Dirty Martini und lasse den Blick durch das Silo wandern. Einige Männer, mit denen ich in der Vergangenheit zusammen war, sind heute auch hier. Wenn ich wollte, wäre gutes Potenzial für eine Wiederholungsnummer anwesend. Das würde das ganze Gerede ersparen. Der Mann auf der anderen Seite der Bar ist sehr geschickt darin, meinen G-Punkt mit den Fingern zu stimulieren und mir einen Orgasmus zu verschaffen, der mit nichts zu vergleichen ist.

Das könnte heute Abend ganz nett sein.

Ich schaue hinter ihn, wo ich den Blick auf zwei Männer hefte, die das Silo betreten.

Beide sind groß und sehen sehr gut aus, und mir fällt auf, dass ich einen von ihnen kenne.

August Greenfield.

Er arbeitet für ein Unternehmen mit Namen Jameson Force Security Group, das einem Mann namens Kynan McGrath gehört.

Kynan ist ein ehemaliges Mitglied dieses Clubs, mit dem ich einmal zusammen war, und dieses »eine Mal« werde ich nie vergessen. Kynan war bei vielen Frauen und sogar bei einigen Männern sehr bekannt, weil er probierfreudig ist und fast seine gesamte freie Zeit hier verbracht hat. Jetzt jedoch ist er in festen Händen und mit Sängerin und Schauspielerin Joslyn Meyers verlobt. Die beiden leben in Pittsburgh, wo er das neue Hauptquartier der Jameson Force Security Group eröffnet hat.

August schaut in meine Richtung. Er und ich haben schon mal miteinander geflirtet – ebenfalls bekannt als Verbalerotik –, aber nie etwas miteinander gemacht. Nicht weil wir keine Lust dazu hatten, sondern vielmehr, weil sich nie die Gelegenheit dazu geboten hat. Jedes Mal wenn wir uns trafen, hat einer von uns bereits feste Pläne mit jemand anderem gehabt.

Er lässt den Blick über meinen Körper wandern und es ist offensichtlich, dass ihm mein Kleid gefällt. Als er den Mann anstößt, der mit ihm gekommen ist, bewegen sich beide in meine Richtung.

August hat rotbraunes Haar und glänzende grüne

Augen. Er ist sehr groß, aber das attraktivste an ihm ist sein Mund. Seine Lippen sind voll und er hat zwei Grübchen, die vor Belustigung ständig in sein Gesicht eingelassen zu sein scheinen. Er ist unfassbar gut aussehend und mit einem enormen Selbstbewusstsein ausgestattet, das ihn nur noch attraktiver wirken lässt.

Der Mann an seiner Seite ist ebenso groß wie er, aber doppelt so breit gebaut. Er trägt eine dunkelgraue Anzughose und ein eng anliegendes, schwarzes Hemd, das den Eindruck macht, als sei es maßgefertigt worden, um über seine großen Muskeln zu passen. Er hat rabenschwarzes Haar und kristallblaue Augen, deren Blick mich zu durchbohren scheint.

Als die Männer sich nähern, drehe ich meinen Stuhl zu ihnen und stelle meine Beine wieder nebeneinander, bevor ich sie erneut überschlage. Beide schauen gleichzeitig nach unten, um einen Blick zu riskieren. Wenn sie schnell genug waren, hätten sie sehen können, dass ich keine Unterwäsche trage.

»Elena«, sagt August mit rauer, anerkennender Stimme. Er beugt sich nach unten und streift mit den Lippen leicht über meine Wange. »Bitte sag mir, dass ich dich an einem Abend vorfinde, an dem du noch keine Pläne hast.«

Mein Lachen ist heiser, dennoch schwingt leise Nervosität darin mit. Es scheint, ich werde früher als gedacht Sex haben, und ich schiebe dieses Schuldgefühl beiseite.

»Ich bin gerade erst angekommen und habe kaum einen Schluck von meinem Martini getrunken«, sage ich, schenke ihm jedoch ein strahlendes Lächeln, um ihm zu zeigen, dass ich interessiert bin. Ich weiß nicht, woher mein Zögern ihm gegenüber rührt, denn ich weiß, dass er ein exzellenter Sexpartner wäre. Ich habe ihn ab und zu dabei beobachtet, wie er andere Frauen gevögelt hat, und nach ihrem Stöhnen und den glückseligen Gesichtsausdrücken zu urteilen war es offensichtlich, dass sie es genossen haben.

August deutet auf den dunkelhaarigen Mann. »Das ist mein Kamerad, Cage Murdock.«

Als ich ihm die Hand hinstrecke, nimmt er sie und zieht sie an seine Lippen.

»Dann arbeitest du also auch für Kynan?«, frage ich.

Cage nickt. »Das tue ich. Ich bin in der neuen Zentrale in Pittsburgh stationiert, aber für einige Tage hier und dachte, ich besuche mal meinen Lieblingsort.«

Ich blicke zu August. »Und du?«

»Mir gefällt es hier in Las Vegas ausgezeichnet.« Er betrachtet meinen Körper und lässt seinen Blick kurz auf meinen Brüsten ruhen, bevor er mir wieder in die Augen sieht. Er schaut mich spitzbübisch an. »Die Aussicht ist fantastisch.«

Cage und August bestellen sich etwas zu trinken. Wir unterhalten uns ungezwungen, flirten und machen ausreichend sexuelle Andeutungen, um keinen Zweifel daran aufkommen zu lassen, wie dieser Abend enden wird.

Als mein Martini sich dem Ende neigt, fragt August: »Möchtest du noch einen?«

Ich schüttele den Kopf. »Für gewöhnlich trinke ich nur einen. Ich mag es nicht, wenn meine Sinne getrübt sind.«

Er nickt, berührt meinen Arm mit den Fingerknöcheln, fährt damit leicht über meine Haut und lässt mich erschaudern. »Wie abenteuerlustig bist du, Elena?«

Mein Mund wird trocken, doch es gelingt mir zu antworten: »Sehr. Woran hast du gedacht?«

August wirft seinem Kumpel einen Blick zu, dann wendet er sich wieder an mich. »Hast du Interesse, uns beide gleichzeitig zu nehmen?«

Ich habe zwar schon jede Menge versautes Zeug im Sex-Club gemacht, mit zwei Männern war ich jedoch noch nie zusammen. Ich wurde am selben Abend von mehr als einem Mann gevögelt, aber ich hatte noch niemals zwei Schwänze gleichzeitig in mir. Ich werde nicht lügen – der Gedanke daran lässt mich bereits feucht werden. Das Schuldgefühl ist vollkommen verschwunden. Es wurde gänzlich durch brennendes Verlangen ersetzt.

»Ich glaube, ich würde es gern einmal ausprobieren«, murmele ich. Ich habe nicht die Absicht, schüchtern zu wirken, aber genau das tue ich.

»Anal?«, fragt August, um sich zu vergewissern. »Kannst du meinen Schwanz dort aufnehmen?«

Mein Mund wird noch trockener. Ich lecke mir über die Lippen und nicke kurz.

»Uns beide gleichzeitig?«, drängt er, um sicherzugehen, dass die Grenzen klar sind. »Cage wird deine Muschi nehmen, ich deinen Arsch.«

Ich bin dabei zuzustimmen, doch aus dem Augenwinkel sehe ich etwas, das mich ablenkt. Schockiert drehe ich mich um und ziehe die Augenbrauen hoch, als Benjamin neben mich tritt. Er schaut so böse drein, wie ich ihn noch nie zuvor erlebt habe, und dieser Blick ist an August und Cage gerichtet.

Er bedenkt sie nur einen Moment, dann landet sein glühend heißer Blick auf mir. Kurz angebunden sagt er: »Elena.«

»Benjamin«, erwidere ich ebenso eisig, dann drehe ich mich von ihm weg.

Aber seine Worte lassen mich mitten in der Bewegung innehalten. »Du hast ja nicht sehr viel Zeit verschwendet.«

Das ist eine unangebrachte Anschuldigung und ich fahre auf meinem Platz herum, um ihn anzusehen. »Du hast auch nicht lange gewartet.«

Mit nichts als einem blasierten Schulterzucken bestellt Benjamin bei dem sich nähernden Barkeeper einen Bourbon. Ich funkele ihn weiterhin an, doch er ignoriert mich.

Dann ist es eben so.

Mit aller Würde, die ich aufbringen kann, erhebe ich

mich und nehme August und Cage bei den Händen. »Gehen wir und suchen uns ein Zimmer.«

»Möchtest du deinen Freund einladen, mit uns zu kommen?«, fragt August. Die Frage ist nicht höflich gestellt. Stattdessen ist darin deutlich das Missfallen über den Ton zu hören, in dem Benjamin mit mir gesprochen hat. August nutzt seine Worte, um Benjamin die Tatsache unter die Nase zu reiben, dass ich beschließe, mit August und Cage zu gehen.

Benjamin starrt steif geradeaus und ignoriert uns, aber ich würdige ihn nur noch eines kurzen Blickes.

»Nein danke. Ich glaube, ihr beide seid mehr als ausreichend, um mich zu befriedigen.«

Ich schwöre, ich höre, wie Benjamin ein tiefes Knurren von sich gibt, doch das beachte ich gar nicht, sondern entferne mich mit August und Cage von der Bar und gehe zu einem Flur, der an der Außenseite des Silos entlangführt. Von dort gelangen wir in einen der verglasten Räume, wo wir vögeln werden und alle anderen uns zusehen können.

Mein Herz klopft wie wild, aber es hat nichts mit der Tatsache zu tun, dass ich schon bald zwei Männern gleichzeitig Zugang zu meinem Körper gewähren werde. Der Grund dafür ist die Anwesenheit von Benjamin, der mich gleich sehen wird.

Es ist jedoch mehr als offensichtlich, dass es ihn nicht interessiert, und das schmerzt mehr, als es sollte. Ich wünschte, es würde mich dazu anspornen, eine Show abzuziehen, nur um ihn zu kränken. Doch ich spüre lediglich riesige Zweifel in mir aufsteigen.

Sobald wir uns in dem Raum befinden und sich die Tür hinter uns schließt, kommt August zur Sache. Er tritt an mich heran, nimmt mein Gesicht in die Hände und gibt mir einen tiefen, heißen Kuss. Ich versuche, mich zu entspannen, und zwinge mich dazu, mich in seine Umarmung sinken zu lassen.

Cage stellt sich hinter mich und legt die Hände an meine Hüften. Der Stoff meines Kleides wird langsam hochgeschoben und ich spüre einen kühlen Luftzug an meinem Po.

Sein Mund ist an meinem Hals, in den er gar nicht mal so vorsichtig hineinbeißt, bevor er eine Hand zwischen meine Beine schiebt.

Plötzlich wird die Tür aufgerissen. Während Cage und August nichts weiter tun, als unbeteiligt in diese Richtung zu blicken, zucke ich zusammen, als wäre ich soeben vom Blitz getroffen worden.

Dort im Türrahmen steht Benjamin und er sieht aus wie ein wütender Stier. Sein Gesicht ist rot, seine Augen flackern und mit seinen Fäusten hält er den Griff seines Gehstocks so fest umklammert, dass seine Fingerknöchel weiß hervorstechen. Er besitzt vielleicht nicht die militärischen Fähigkeiten dieser beiden, aber in diesem Moment bekomme ich das Gefühl, dass er es, angetrieben von der Größe seiner Wut, mit beiden gleichzeitig aufnehmen könnte.

»Nehmt sofort eure verdammten Hände von ihr!«, faucht er die beiden Männer an, die mich zwischen sich eingeschlossen haben.

Keiner von ihnen bewegt sich. Benjamin betritt den Raum und hebt seinen Stock einige Zentimeter, bevor er ihn etwa einen halben Meter hoch in die Luft wirft. Er reagiert schnell und ergreift mit der Hand den Stock in der Mitte. Mit nur einer Bewegung ist seine Gehhilfe zur Waffe geworden.

Ich kenne August nicht sehr gut – Cage gar nicht –, aber wenn sie in irgendeiner Form Ähnlichkeit mit den anderen Leuten haben, die für Jameson Force Security arbeiten, dann handelt es sich bei ihnen für gewöhnlich um Kämpfer einer Spezialeinheit mit einer gesunden Dosis männlichen Selbstvertrauens. Ich erwarte nicht, dass sie die Frau, die zwischen ihnen steht, so einfach aufgeben.

»Elena«, sagt August mit tiefer, ruhiger Stimme. »Was sollen wir tun?«

Was ich will? Na ja, ich möchte nicht, dass Benjamin wegen Körperverletzung angeklagt wird. Ich habe keinen Zweifel, dass er anfangen würde, ihnen den Schädel einzuschlagen, wenn sie nicht Abstand von mir nehmen.

»Wenn es euch nichts ausmacht«, antworte ich tonlos und blicke Benjamin während der gesamten Zeit an, »würde ich die Nummer mit dir und Cage gern verschieben.«

Benjamin knurrt und geht einen Schritt auf uns zu.

In seinen Augen blitzt die Wut darüber auf, dass ich es überhaupt gewagt habe, diesen Dreier auf ein anderes Mal zu vertagen.

Schnell korrigiere ich: »Wisst ihr, ich glaube, wir sollten es einfach ganz lassen.«

An diesem Punkt sage ich es nicht, um August und Cage die Haut zu retten, sondern vielmehr ... weil ich nur Benjamin will. Seine Anwesenheit – sein Verhalten wie ein Höhlenmensch, als er mich für sich beansprucht – erfüllt mich mit Erleichterung.

Ich bin über seine Unterbrechung, seine Wut über das, was ich im Begriff stand zu tun, immer noch so erstaunt, dass ich kaum verstehe, was vor sich geht, als er mich in seine Arme zieht. Er legt mir die Hand in den Nacken, packt meine Haare und zieht meinen Kopf nach hinten, damit ich ihm in die Augen blicke.

»Niemand außer mir fickt mit dir«, murmelt er so besitzergreifend, dass ein Zittern durch mein Rückgrat hindurchfährt und ich die Beine zusammenpressen muss, um die Lustwelle zurückzuhalten, die anfängt, sich dort aufzubäumen.

Hilflos schaue ich ihn an und bemerke nur am Rande, dass sich August und Cage zur Tür bewegen.

»Nein«, befiehlt Benjamin und ich weiß nicht, was er meint. Spricht er mit mir?

Aber dann dreht er den Kopf und sieht Cage und August an.

»Bleibt und seht zu. Ihr werdet es nicht bereuen ...

ich verspreche es.«

Ich wende den Blick von Benjamin zu den beiden Männern und erkenne lüsternes Interesse in ihren Gesichtern. Die Hoffnung, vielleicht einmal kosten zu dürfen.

Doch Benjamin belehrt sie schnell eines Besseren. »Ihr fasst sie aber nicht an.«

## KAPITEL 19

# *Benjamin*

ICH BIN OFFIZIELL nicht mehr ganz dicht. Ich bin so wütend auf Elena, weil sie es mit diesen beiden Kerlen treiben wollte, und doch werde ich von der Tatsache so erregt, *dass* sie es mit ihnen treiben wollte. *Dass* sie sie beide gleichzeitig nehmen wollte.

Wie zur Hölle kann mich das scharfmachen und in mir trotzdem das Verlangen wecken, die Männer umzubringen, weil sie es bereits gewagt hatten, sie anzurühren?

Und das Schlimmste ist, dass ich mich frage, warum ich es überhaupt mache. Ich habe mich bereits von ihr getrennt. Ich hatte bereits beschlossen, dass es das Beste für mich wäre, aber ich habe noch nie solch große Erleichterung gespürt wie in dem Moment, als sie mich ihnen vorzog.

Elena blickt mich aus sanften, braunen Augen an, in dem Vertrauen, dass sie genau dort ist, wo sie sein muss. Ich hasse sie dafür, weil ich keine Ahnung habe, welche

Zukunft ich ihr bieten kann. Vermutlich nichts, das sich außerhalb der Wände dieses Sex-Clubs befindet, und ich bin ein egoistisches Arschloch, dass ich mir dieses Recht herausnehme.

Die Tür zu unserem Raum wird geöffnet und leise geschlossen. Ich gehe davon aus, dass die beiden Arschlöcher gegangen sind, aber eigentlich ist es mir scheißegal. Mein Angebot an sie, zu bleiben und zuzusehen, war ernst gemeint, aber trotzdem mehr zu meinem Vorteil als zu ihrem. Ich wollte, dass sie sehen, was sie niemals haben werden.

Elena versucht, sich aus meinem Griff zu winden, um zur Tür zu blicken, aber als ein tiefes Knurren aus meiner Brust entweicht, dreht sie sich wieder zu mir. Ich lockere meinen Halt an ihrem Haar etwas, als sie erstarrt.

»Was zum Teufel tue ich hier nur?«, frage ich und hoffe inständig, dass sie eine Antwort für mich hat, denn ich habe offen gestanden keine Ahnung.

»Wie es aussieht, nimmst du dir etwas, das bereits dir gehört.« Ihre Stimme ist vor Verlangen belegt und es ist genau das, was ich hören will. Ich hatte Angst, sie würde etwas zu Persönliches sagen wie »du folgst deinem Herzen« oder »du bist auf der Suche nach dem Glück«. Gegen eine solche Antwort hätte ich mich gesträubt. Vermutlich hätte ich sogar den Raum verlassen.

Ach, wem versuche ich denn eigentlich etwas vorzumachen … ich bringe es nicht fertig, sie zu verlassen.

Und ich bin mir ebenfalls nicht sicher, ob ich ihr mehr geben kann als Orgasmen.

Aber großartiger Sex muss einfach ausreichen.

Ich neige den Kopf und führe meinen Mund an ihren. Sie erschrickt und ich bemerke, dass sie einen Frontalangriff erwartet hat, da ich immer noch voll bin mit von Wut angetriebener Energie.

Aber wie durch ein Wunder ist mein Kuss sinnlich und zärtlich – sogar vorsichtig –, als ich ihre Lippen ganz leicht mit meinen berühre.

Ihr Atem entweicht in einem Seufzer, als sie die Arme um mich schlingt. Sie lehnt ihren Körper an meinen, aber nicht auf eine sexuelle Weise. Nicht einmal unterwürfig. Es fühlt sich vielmehr an wie Unterstützung.

Es ist nicht so, als wäre keine Lust vorhanden. Sie lodert in mir wie ein Wildbrand und mein Schwanz ist steinhart.

Aber für den Moment reicht es mir, dass Elena mein ist.

Der Stock gleitet mir aus der Hand und fällt klappernd auf den Holzboden. Nachdem ich den Knoten des Nackenträgers ihres Kleides gelöst habe, ziehe ich es langsam nach unten über ihre Brüste. Ich führe meine Daumen seitlich in den Stoff ein und schiebe es an ihrem Körper hinunter, dabei gehe ich in die Hocke. Als ich es über ihre Hüften streife, bemerke ich, dass sie keinen Slip trägt. Ich halte inne. Drücke meine Lippen auf ihre nackte Muschi, bevor sie elegant aus ihrem Kleid steigt. Ich ignoriere ihre unheimlich sexy Absätze und beschließe, dass sie sie anbehalten darf, weil sie wunderbar aussehen werden, wenn ich mir ihre Beine auf die Schultern lege.

Ich richte mich auf, küsse Elena noch einmal und führe sie zum Bett, ohne den Kontakt zu ihr zu verlieren. Wir befinden uns im Silo, dem schmutzigsten, perversesten Zimmer im Wicked Horse, trotzdem habe ich kein Interesse, irgendeins der sinnlichen Hilfsmittel zu benutzen, die überall zuhauf herumliegen.

Ich will Elena nur in ihrer reinsten Form, ihren wunderbaren Leib nackt und verfügbar für meine Hände, meinen Mund, meinen Körper und meinen Schwanz.

Ihre Beine berühren das Bett und ich lege sie vorsichtig ab. Sie lässt mich nicht aus den Augen und ich weiß es nur, weil ich sie ebenfalls die gesamte Zeit anschaue.

Ich lasse sie los, richte mich noch einmal auf und fange an, mich auszuziehen. Sie beobachtet mich aufmerksam, während ich Kleidungsstück für Kleidungsstück ablege, bis ich vollkommen nackt bin und mit der Hand meinen steifen Schwanz streichele.

Einen Moment lang scheint sie wie weggetreten. Aber als ich einen Schritt auf das Bett zugehe, bewegt sie sich hastig nach hinten, um mir Platz zu machen.

Sie hebt die Arme und streckt sie nach mir aus.

Mit einem Knie auf der Matratze, einer Hand an ihrer Seite und der anderen an Elenas Gesicht bedecke ich ihren Körper mit meinem. Sie schlingt ihre gespreizten Beine um mich. Mein Schwanz findet automatisch ihre Wärme. Ich bewege die Hüften und vereinnahme ihren Mund erneut in einem weiteren langsamen, tiefen Kuss. Ich schiebe mich tief in sie hinein und ihre Feuchte ist ein Beleg für das, was sie für mich empfindet.

Eine absolut göttliche Bestätigung dessen, wie sehr sie mich begehrt.

»Benjamin«, haucht sie in meinen Mund, als ich tief in sie stoße und mich fest an sie drücke. Oh Gott, das fühlt sich viel zu gut an.

Aber ich wusste, dass das passieren würde.

Jedes Mal mit Elena fühlt sich einfach zu verdammt gut an. Deswegen ist sie gefährlich. Es ist ebenfalls der Grund, warum ich sie scheinbar nicht loslassen kann.

Dort auf dem Seidenlaken, mit unseren miteinander verschmolzenen Mündern, eine ihrer Hände in meinem Haar und meine, die sie an der Hüfte festhält, vögele ich sie langsam und ohne Druck, zum Höhepunkt kommen zu müssen. Es gibt keine Eile. Keine Menschen vor der Glaswand, die uns mit ihren gierigen, lüsternen Augen betrachten. Es gibt keinen Ort, an dem ich lieber wäre als in diesem Moment der Lust und Empfindung.

Tief in meinem Bauch spüre ich, dass ich vielleicht ein wenig zu verloren in Elena bin, auch wenn ich mich fürchte, es zuzugeben. Es besteht eine reale Chance, dass ich mich darauf einstelle, erneut Schmerzen zu erleben, wenn ich diesem Bedürfnis nachgebe, mit ihr zusammen zu sein.

♦

ES GEHÖRT ZU den ungeschriebenen Clubregeln, dass die Gäste, nachdem sie zu Ende gevögelt haben, den Raum so schnell wie möglich verlassen sollten. Das erlaubt den Zugang der diskreten Reinigungskräfte, die alles wieder säubern und für die nächsten Hedonisten herrichten.

Wir haben unsere Zeit ganz sicher schon überschritten und trotzdem will ich mich nicht von Elena lösen. Ich bin heftiger gekommen als jemals zuvor. Nach ihren lauten Schreien beim Höhepunkt zu urteilen ist sie genauso ruhig und gelassen wie ich im Moment. Ich liege immer noch auf ihr, doch mein Schwanz ist bereits erschlafft und aus ihrer heißen Spalte rausgerutscht. Mit den Händen streichelt sie mir zärtlich über den Rücken. Ich stütze mich zwar mit den Unterarmen auf der Matratze ab und halte so den Großteil meines Gewichts von ihr, doch mein Kopf ruht schwer auf ihren Brüsten.

»Benjamin«, flüstert Elena und ich spüre, wie sie den Kopf dreht und mir einen sanften Kuss auf den Kopf gibt. »Wir sollten vermutlich gehen.«

Ich hebe den Kopf, um sie anzuschauen. Ihr Gesichtsausdruck ist weich und befriedigt. Sie sieht erschöpft aus und ich liebe es, dass ich derjenige bin, der dafür verantwortlich ist.

Es ist schon sehr lange her, dass ich so stolz darauf gewesen bin, was ich mit einer Frau anstellen kann.

Bei dem Gedanken daran, es noch einmal zu tun, fängt mein Schwanz an zu zucken. Ich beuge mich nach unten und küsse Elena. Ohne zu zögern, berührt ihre Zunge die meine und ich spüre, wie mein Schwanz erneut anschwillt. Oh Gott, ich will sie noch einmal.

Seufzend löse ich meinen Mund von ihrem und frage mich, wie sehr mich diese Frau wohl gefangen hält. Ich neige den Kopf und sehe die beiden Männer dort stehen, die sich zuvor mit ihr in diesem Raum befunden haben ... sie schauen uns zu. Einer von ihnen grinst wissentlich, als wollte er sagen: »Ja, Kumpel ... du bist ihr so verdammt hörig.«

Arschloch.

Ein Teil von mir will ihm das Gegenteil beweisen. Ihnen beiden.

Ich lasse den Blick zu einer der Sex-Maschinen in der Ecke wandern. Es handelt sich um eine Vorrichtung mit einem mechanisch betriebenen Dildo, auf den sich die Frau hockt. Ich könnte Elena daraufsetzen und ihn von unten in sie hinein hämmern lassen, während ich sie in den Arsch ficke.

Es würde ihnen zeigen, dass es nichts gibt, was sie ihr geben können, das ich nicht besser kann.

Es sei denn ... ist das besser?

Will sie es mit zwei Männern gleichzeitig erleben?

Bin ich dazu imstande, ihr das zu geben? Der Gedanke daran, dass ein anderer Mann sie berührt, löst Mordgelüste in mir aus, aber ... könnte ich dieses Gefühl für sie beiseiteschieben?

Ich bin mir nicht sicher, doch jetzt wird es so lange an mir nagen, bis ich es weiß.

Ich sehe wieder zu Elena, deren Blick immer noch auf meinem Gesicht ruht, während sie mit den Fingern mit meinem Haar spielt.

»Möchtest du mit mehr als einem Mann gleichzeitig zusammen sein?«, frage ich geradeheraus.

Sie blinzelt überrascht. »Äh ...«

»Denn wenn du das willst –«

»Eigentlich nicht«, antwortet sie so leise, dass ich sie kaum höre, doch ich bin unheimlich erleichtert, als ich die Worte verstehe.

»Bist du dir sicher?«, bohre ich nach.

Sie zuckt mit den Schultern. »Ich meine ... ich war schon neugierig darauf. Und deswegen gehen wir beide ja ins Wicked Horse, nicht wahr? Wegen dieser Art der sexuellen Praktiken? Und na ja, du und ich waren nicht mehr zusammen und sie haben es mir angeboten, also ...«

»Ich werde es für dich möglich machen, wenn du es willst«, sage ich und mir dreht sich bei meinem überstürzten Angebot der Magen um. Aber seltsamerweise ertappe ich mich dabei, dass ich ihr sogar den Mond vom

Himmel holen würde, wenn ich es könnte, aber das kann ich nicht. Deswegen biete ich ihr etwas anderes an.

Sie schüttelt den Kopf, legt eine Hand an meine Wange und streicht darüber. »Ich werde jetzt etwas sagen, obwohl ich riskiere, dass du ausrasten könntest, aber um ehrlich zu sein, Benjamin ... wenn ich mit dir zusammen bin, brauche ich nichts weiter. Keinen anderen Mann oder zwei andere Männer – auch nicht die Spielzeuge hier im Club. Und ich meine das auf keine besitzergreifende Art. Ich erkläre dir ebenfalls nicht meine Ergebenheit oder erwarte im Gegenzug irgendetwas von dir. Ich sage bloß, dass du mich sexuell vollkommen befriedigst. Ich brauche nichts anderes.«

Als ich mich nach vorn beuge und mein Gesicht nahe an ihres bringe, kann ich ein Lächeln nicht unterdrücken. »Mann ... jetzt will ich dich noch einmal vögeln.«

Sie grinst zurück. »Dazu würde ich nicht Nein sagen.«

Ich hatte bereits den imaginären Anblick ihrer silbernen hochhackigen Schuhe auf meinen Schultern vergessen, weil ich mich zuvor zu sehr in ihr verloren hatte. Ich rutsche nach hinten, drücke die Handflächen unter ihre Oberschenkel und hebe ihre Beine hoch in die Luft. Ich neige die Hüften und finde ohne Schwierigkeiten ihre Spalte. Nach nur einem festen Stoß befinde ich mich bereits wieder im Nirwana.

Elena stöhnt, als ich mich gegen sie drücke und

meine Handflächen in der Matratze vergrabe. Ihre Waden ruhen an meinen Schultern und bringen sie dazu, beinahe in der Hälfte gefaltet zu sein, als ich anfange, sie erneut durchzunehmen.

Dieses Mal nicht ganz so langsam.

In diesem Winkel kann ich sehr viel tiefer in sie eindringen.

Sogar noch besser als beim letzten Mal.

## KAPITEL 20

# *Elena*

»SCHNEID EINFACH ALLES ab«, sagt Jorie frustriert, während sie sich ihren Pony aus der Stirn pustet. Sie ist für heute meine letzte Kundin, was an einem Samstag normalerweise der Termin um fünf Uhr wäre, aber weil ich heute eine Verabredung mit Benjamin habe, habe ich sie für drei Uhr bestellt. Sobald wir fertig sind, werde ich den Laden schließen.

»Bist du sicher?«, frage ich hinter ihr, wo ich stehe und das Pedal an ihrem Stuhl betätige, um sie ein wenig höher zu pumpen.

Ich beobachte sie im Spiegel, während sie sich ihr rabenschwarzes Haar betrachtet. Zuletzt hat sie einen kurzen, geraden Bob mit einem strengen Pony getragen, der direkt über ihren Augenbrauen geschnitten war und ihre strahlend grünen Augen sehr gut betont hat. Doch vor einiger Zeit hat sie angefangen, ihn sich herauswachsen zu lassen, allerdings hauptsächlich, weil sie so beschäftigt war, dass sie keine Zeit hatte, um nach

218

Henderson zu fahren, damit ich ihr die Haare schneiden kann.

Jorie greift sich neben ihrer Schläfe ein Büschel Haare und betrachtet sich kritisch im Spiegel. »Wäre es dumm von mir, es komplett abzuschneiden?«

»Also, du musst mir schon sagen, was du mit ›komplett abschneiden‹ meinst«, antworte ich. »Redest du von einem Hol-die-Haarschneidemaschine-Schnitt wie bei Sinead O'Connor oder vielleicht eher einen Pixie, wie ihn Ginnifer Goodwin trägt?«

»Absolut Ginnifer Goodwin wie in *Once Upon a Time – Es war einmal ...*«, sagt sie mit einem schiefen Grinsen und verweist auf unsere Lieblings-Fernsehserie. Zu schade, dass die letzte Staffel so schlecht war.

Als ich ihr daraufhin ein verträumtes Lächeln zuwerfe, seufzen wir und sagen gleichzeitig: »Hmm ... Captain Hook.«

Ich schnaube und sie kichert, während ich mit den Fingern durch ihr Haar fahre. »Wird es Walsh stören, wenn du dir die Haare abschneidest?«

»Pft.« Sie rollt mit den Augen. »Es ist mir egal, ob ihn das stört. Es sind meine Haare, aber ich bezweifele ebenfalls, dass es ihn interessiert. Er hat mich schon in meiner schlechtesten Verfassung gesehen und scheint mich immer noch zu lieben.«

Meine Gedanken schweifen zu Benjamin und unserem Rendezvous gestern Abend im Wicked Horse ab. Er nahm mich auf dem durchsichtigen Boden des

Decks, das sich mehr als vierzig Stockwerke über Las Vegas befindet, und vögelte mir von hinten den Verstand heraus. Er hatte sich mein gesamtes Haar um seine Hand und das Handgelenk gewickelt. Meinen Kopf nach hinten gezogen, damit ich in die Sterne blicken konnte. Ich kam so heftig, dass ich doppelt gesehen habe.

Nachdem wir fertig waren, hatte er mein Haar sanft aus seinem Griff befreit und gemurmelt: »Ich liebe dein verdammtes Haar.«

Er hatte die Worte barsch gesagt, doch in ihnen hatte so viel Zuneigung gesteckt, dass mein Herz ins Stolpern gekommen war. Normalerweise ist Benjamin überhaupt nicht liebevoll, aber weil der Sex toll ist, habe ich zumindest das … auch wenn sein Ton mich verwirrt hat.

»Ich kenne diesen Gesichtsausdruck«, sagt Jorie listig und zwinkert mir im Spiegel zu. »Eigentlich kannst du mir gleich alles erzählen und mich auf den neuesten Stand bringen.«

»Entscheide dich zuerst, wie du deine Haare haben willst«, fordere ich. »Ich kann erzählen und schneiden.«

»Mach eine Ginnifer Goodwin aus mir«, antwortet sie entschlossen.

Ich pikse sie leicht in die Rippen. »Okay … aber dann setz dich gerade hin.«

Grummelnd richtet sie sich auf. »Musst du meine Haare nicht zuerst waschen?«

»Nein«, sage ich, greife in die unterste Schublade meines Schränkchens, nehme mein Rasiermesser heraus und schwenke es grinsend über ihrem Kopf. »Ich mache das auf die altmodische Art.«

»Super«, antwortet sie.

Ich nehme eine Haarsträhne und fange an, sie abzusäbeln. Zuerst schneide ich große Teile ihres Haares ab, dem ich später den Feinschliff verleihen werde, aber ich bereite mich schon einmal auf weitere Fragen vor.

»Also dann, erzähl mir alles über Benjamin.«

Jorie weiß, dass wir uns wieder treffen. Nachdem er im Wicked Horse aufgetaucht war und meinen geplanten Dreier verhindert hatte, rief ich sie am nächsten Tag an. Als ich ihr erzählte, wie Benjamin hereingestürmt war, drohend seinen Stock geschwungen und die beiden Alpha-Männer in die Flucht geschlagen hatte – und ebenfalls wie scharf ich dadurch geworden war – und dass wir hinterher den besten Sex überhaupt gehabt hatten und unsere Beziehung jetzt wieder fortsetzen, stimmte Jorie zwar zu, dass es sexy war, hielt mit ihrer Meinung aber überraschenderweise hinter dem Berg.

»Was bedeutet das?«, war alles, was sie fragte.

Als ich mit »ich bin mir nicht sicher« antworten musste, brummte Jorie bloß und wechselte dann das Thema.

Das war vor vier Tagen.

Weil ich immer noch keine Klarheit habe, erzähle ich ihr die Fakten. »Wir haben uns in dieser Woche jeden Abend getroffen.«

»Immer im Wicked Horse?«, fragt sie.

Es stört mich, dass er nicht angeboten hat, nach Henderson zu kommen, wie er es getan hat, bevor wir getrennte Wege gegangen sind, und es muss an meiner Stimme zu hören sein. »Ja … immer im Wicked Horse.«

Ihr Ton ist scharf. »Ist das also alles? Nur Club-Sex?«

»Was sollte es denn sonst sein?«, frage ich mit einem unbeschwerten Lachen und einer abwehrenden Geste meiner Hand.

Sie scheint verblüfft zu sein und zuckt mit den Schultern, aber zum Glück nicht, während ich am Schneiden bin. »Ich weiß nicht … ich habe gehofft, dass sein Eifersuchtsausbruch vielleicht mehr zu bedeuten hat.«

»Na ja, das hat er ja schon irgendwie. Ich meine … er hat deutlich gemacht, dass er nicht teilen will.«

»Oh, na großartig!«, murmelt sie und rollt mit den Augen. »Ich will eine prachtvolle Zurschaustellung oder eine große Geste oder so etwas.«

»Ich bin mir nicht sicher, ob ich das will«, sage ich zögernd.

»Blödsinn«, faucht sie und ich blicke sie im Spiegel einen Moment lang an. »Es hat dich wirklich verletzt, als er die Sache zwischen euch beendet hat. Du hast Gefühle. Allein die Tatsache, dass du monogam lebst, anstatt mit anderen Typen Sex zu haben, wie du es eine Ewigkeit praktiziert hast, spricht Bände.«

Anstatt in ihre Falle zu tappen, schiebe ich ihre

Bedenken einfach beiseite. »Wie auch immer. Momentan bin ich glücklich. Ich habe den besten Sex meines Lebens, habe endlich einen Mann gefunden, der nicht co-abhängig von mir ist und mich im Bett wie eine Königin behandelt. Sag mir, warum sollte ich damit nicht zufrieden sein?«

»Weil du dafür geschaffen bist, jemanden zu lieben«, murmelt sie. »Ich möchte, dass du eine Liebe findest, wie ich es getan habe. Ich möchte, dass du heiratest und Kinder hast, damit unsere Kinder miteinander spielen können, und du erzählst Quatsch, wenn du mir sagst, dass du all diese Dinge nicht willst.«

»Ich will es«, gestehe ich. »Du kennst mich schon dein Leben lang, also weißt du genau, dass ich es will. Ich habe es satt, mir immer nur die Verlierer auszusuchen, die schlechte Ehemänner und noch schlechtere Väter abgeben würden. Für mich ist es einfacher, meine Erwartungen ganz herunterzuschrauben.«

»Dann ist Benjamin also dahingehend anders, weil er sich nicht darauf verlässt, dass du ihn glücklich machst oder ihn unterstützt, trotzdem aber gut genug, um ihn in einem Sex-Club zu treffen?«

Ihre Frage ist verstörend, denn sie zwingt mich dazu, einer hässlichen Wahrheit ins Gesicht zu blicken. Ich höre auf, an einer ihrer Haarsträhnen herumzusäbeln, und blicke sie im Spiegel an. »Ich glaube, er ist zu kaputt, um jemals wieder ein Ehemann oder Vater zu sein. Und … er will nicht, dass ich ihm helfe, wieder so zu werden wie vor dem Unfall.«

»Aber das ist eine gute Sache«, stellt Jorie fest.

»Ja, es ist eine gute Sache. Ich hätte sagen sollen, dass er nicht wieder so werden will wie vor dem Unfall. Deswegen wird es zwischen uns nichts weiter als fantastischen Sex geben, der irgendwann vorbei sein wird.«

»Ich sage noch mal, das ist Blödsinn«, wendet Jorie ein. »Er hat dich zurückgefordert. Er hat eine monogame Beziehung mit dir aufgebaut. Er will etwas, so viel ist sicher.«

Könnte das stimmen? Ich will mir keine Hoffnungen machen. Ich habe gesehen, wie leicht es Benjamin gefallen ist, eine Sache einfach so aufzugeben, und ich bin mir immer noch nicht sicher, warum er unsere Beziehung überhaupt beendet hat. Wir haben uns darüber nicht wirklich unterhalten.

Sicher, wir sind wieder in das gleiche Schema hineingerutscht, bei dem wir uns im Wicked Horse treffen, etwas trinken und uns dann einen Raum suchen, in dem wir miteinander vögeln können, aber unsere Gespräche waren weder tiefgründig noch wichtig. Es ist offensichtlich, dass wir beide Angst haben, zu weit vorzudringen.

Abgesehen davon verstehen wir uns am besten, wenn wir nackt und ineinander versunken sind.

Trotzdem male ich noch immer den Teufel an die Wand und stelle mir ein Szenario vor, in dem er mich nicht will. Während mir das im Kopf herumgeht, gestehe ich Jorie meine größte Angst: »Ich möchte nicht diejenige sein, die ihm hilft, wieder der Alte zu werden. Das funktioniert nie.«

»Da stimme ich dir zu«, antwortet Jorie und verdreht den Kopf, um mich anzublicken. Sie ergreift sogar meine freie Hand und drückt sie. »Warte einfach ab, entspann dich und genieße, was ihr miteinander habt. Lass die Dinge sich entwickeln, wenn sie das tun. Wenn sie es nicht tun, brauchst du dir wenigstens keinen Vorwurf zu machen, es nicht versucht zu haben.«

»Das klingt einfach«, sage ich halb lachend und drücke ihre Hand zurück, bevor ich sie loslasse. Ich konzentriere mich wieder auf ihr Haar, nehme eine weitere Strähne und stutze sie.

»Triffst du dich heute Abend mit ihm?«, fragt Jorie.

In meinem Magen rumort es, als ich eine weitere Haarsträhne nehme und die Rasierklinge daran ansetze. »Ja ... ehrlich gesagt, er hat mich zum Abendessen eingeladen.«

»Was?«, ruft sie und dreht sich blitzschnell zu mir um. Meine Rasierklinge bewegt sich sauber durch ihr Haar und schneidet glücklicherweise nicht mehr ab, als ich vorgesehen hatte.

»Jorie!«, fahre ich sie verärgert an. »Ich hätte dir in den Kopf schneiden oder mir sogar einen Finger absäbeln können. Halt verdammt noch mal still!«

Sie ignoriert mich und blinzelt vor Überraschung

ganz aufgeregt. »Abendessen? Du meinst, eine Verabredung außerhalb des Clubs?«

»Ich schätze schon«, antworte ich zögernd. »Obwohl, ich bin mir nicht ganz sicher. Er hat mich gebeten, ihn im Krankenhaus zu treffen, weil er heute Rufbereitschaft hat.«

»Das ist eine große Sache«, murmelt sie ehrfürchtig.

»Nicht wirklich«, entgegne ich und drehe ihren Kopf mit den Fingerspitzen nach vorn. »Und jetzt sitz still.«

Ich mache mich wieder an die Arbeit und schneide ihre Haare auf Pixie-Länge. Jorie sieht mir still dabei zu, aber ich kann erkennen, dass sie sich darauf vorbereitet, etwas Wichtiges zu sagen.

Ich setze das Rasiermesser an ihrer linken Schläfe an und beginne mit dem Feinschliff. Dabei kämme ich immer wieder durch ihr Haar, um die Länge zu beurteilen. Jorie hat das perfekte Gesicht für diesen Haarschnitt und ich frage mich, warum ich ihn ihr nie vorgeschlagen habe.

»Jetzt mache ich mir Sorgen«, sagt sie schließlich und das überrascht mich. Ich halte inne, blicke sie im Spiegel an und lege verwirrt den Kopf schief.

»Warum denn?«, frage ich.

»Weil, na ja … so wie du es mir beschrieben hast, habe ich gedacht, dass aus dieser Sache garantiert nichts werden würde. Aber ein Abendessen ist für einen Mann wie Benjamin eine ziemlich große Sache.«

»Ja, dem könnte ich zustimmen«, antworte ich

zögernd. »Aber ich verstehe nicht, warum dir das Sorgen bereitet.«

»Weil … er wirklich ein kaputter Mann ist, Elena. Was er erleiden musste … was er verloren hat … willst du dich wirklich damit befassen müssen?«

Die Angst, die ich in ihrer Stimme höre, erschreckt mich so sehr, dass ich um den Stuhl herumgehe, um ihr direkt ins Gesicht zu sehen. Jetzt macht sie mich doch ein wenig nervös. »Was ist wirklich dein Problem, Jorie? Es sieht dir nicht ähnlich, dass du Menschen aufgrund ihrer Vergangenheit misstraust. Dafür hast du viel zu viel Mitgefühl. Du bist eine Person, die sich ein Bein ausreißen würde, um Benjamin dabei zu helfen, seine Vergangenheit zu überwinden.«

Sie senkt kurz den Blick und ihre Wangen erröten leicht. Habe ich es doch gewusst. Sie ist nicht ehrlich zu mir.

»Jorie«, sage ich hartnäckig. »Was stört dich an Benjamin wirklich?«

Endlich schaut sie wieder auf und schluckt hörbar, bevor sie trotzig das Kinn in die Höhe reckt. »Du wirst nicht seine erste Liebe sein. Du wirst an zweiter Stelle stehen. Du wirst nach einer Frau und einer Tochter kommen, die sehr wahrscheinlich immer über dir stehen werden, und ihnen seiner Meinung nach nie das Wasser reichen können. Und ich sehe für dich darin nichts als Herzschmerz und Leid. Ich habe meine Meinung über all das geändert. Ich will nicht, dass ihr euch noch weiter trefft. Er ist nicht gut genug.«

Das Geständnis ihrer Bedenken hat mich vollkommen umgehauen, es sind Dinge, die ich nicht einmal in Betracht gezogen habe. Ich habe mir über die normalen Sachen mit Benjamin so viele Gedanken gemacht … wie zum Beispiel ein aufrichtiges Gespräch zu führen oder irgendwann zusammen ins Kino zu gehen, dass mir vollkommen entfallen war, darüber nachzudenken, was passieren würde, wenn daraus eine echte Beziehung würde.

Und ihre Sorgen sind durchaus begründet.

Wie könnte ich jemals mit einer toten Ehefrau und Tochter konkurrieren? Es scheint beinahe unmöglich zu sein.

»Ruf ihn an und sag die Verabredung ab«, schlägt sie hastig vor.

Ohne darüber nachzudenken, schüttele ich den Kopf und vertraue auf mein Bauchgefühl. »Das will ich nicht.«

»Oh Gott!«, stöhnt sie übertrieben dramatisch. »Du hast dich bereits in ihn verliebt, habe ich recht? Du steckst bereits zu tief drin. Dein Herz läuft bereits Gefahr, von ihm gebrochen zu werden.«

»Jorie!«, rufe ich, halb genervt, aber auch halb belustigt. »Hör auf, so paranoid und hysterisch zu sein. Ich gehe mit weit geöffneten Augen in diese Sache und befinde mich momentan nicht in Gefahr.«

Sie blickt mich einfach nur zweifelnd an.

»Zugegeben«, sage ich und hebe zur Bestätigung

leicht den Kopf, »du hast einige gute Argumente vorgebracht in Bezug darauf, wo ich mich in der Hierarchie befinde, wenn es um Benjamin geht, aber wir sind noch in keiner Weise an dem Punkt angekommen, an dem ich mir darüber Gedanken machen muss. Es ist immer noch ausschließlich Sex und ich bin mir sicher, dass das Abendessen vermutlich damit zu tun hat, dass er nach seinem Bereitschaftsdienst hungrig ist. Ich bin mir sicher, dass es nichts gibt, worum du dich sorgen müsstest.«

Aber sogar als ich diese Worte ausspreche, muss ich mir eingestehen ... sie hat mich nachdenklich gemacht. Sollte ich mir überhaupt die Mühe machen, mich auf einen Mann einzulassen, der vermutlich nie genug für mich sein würde, weil ich höchstwahrscheinlich nie genug für ihn wäre, wenn man sich betrachtet, was er einmal hatte?

# KAPITEL 21

## *Benjamin*

ICH HABE ELENA im Wicked Horse bereits in vielen sexy Outfits gesehen. Sie mag sie eng, kurz und aufreizend, und mir gefallen sie ebenfalls.

Besser gefällt sie mir allerdings nackt.

Und dennoch, als ich durch die Eingangshalle des Krankenhauses auf sie zugehe, weiß ich nicht, ob sie jemals schöner ausgesehen hat. Ich habe ihr lediglich mitgeteilt, dass ich sie zum Abendessen einlade und die Kleiderauswahl ihr überlasse, weil sowohl Jeans als auch ein Cocktailkleid passend wären.

Sie jedoch überrascht mich in einem weiblichen Wickelkleid mit Blumenmuster, das ihr in vielen Lagen bis zu den Knöcheln geht. Sie trägt beigefarbene Pumps und ein sehr dezentes Make-up. Ihr Haar ist glatt und im Nacken zusammengebunden. Der einzige Schmuck, den sie trägt, sind simple Goldstecker in den Ohren.

Sie sieht umwerfend aus – vollkommen anders als das scharfe Kätzchen, das ich im Club getroffen und gevögelt habe. Ich muss mich fragen, welche Elena die echte ist. Vielleicht ist sie eine Mischung aus beiden.

»Hey«, sagt sie und betrachtet mich, als ich auf sie zugehe. Nach meiner letzten Operation habe ich mich dazu entschieden, Jeans und ein Hemd anzuziehen. Ich trage anstatt meiner üblichen Slipper oder niedrigen Stiefel sogar Turnschuhe, denn mein Bein tut ein wenig weh, nachdem ich den ganzen Tag im OP gestanden habe, und bequeme Schuhe helfen dabei, den Schmerz zu lindern.

»Du siehst toll aus«, sage ich und mir fällt ihre Über-raschung angesichts dieses Kompliments auf, als ich sie zur Begrüßung leicht auf die Wange küsse.

»Danke«, murmelt sie mit einem schüchternen Lächeln und es ist offensichtlich, dass sie vollkommen unsicher ist. Vielleicht ist die echte Elena doch die erotische Frau aus dem Sex-Club, die nicht weiß, wie man umworben wird.

Nicht dass ich versuchen würde, eine feste Beziehung zu führen.

Das wird vermutlich nicht das sein, was sie sich vorgestellt hat, als ich sagte, wir gehen gemeinsam Abendessen, aber wohin ich sie ausführe ist *tatsächlich* ganz schön gewaltig.

Ich nehme Elenas Hand an der Seite, an der ich nicht meinen Stock habe, und verlasse mit ihr das Krankenhaus. »Macht es dir etwas aus, wenn wir meinen Wagen nehmen?«

»Überhaupt nicht«, antwortet sie.

Schweigend überqueren wir den kleinen Parkplatz und gehen zu einem privaten Stellplatz für die Bereitschaftsärzte. Ich führe sie zu meinem Audi Q8, öffne die Tür und helfe ihr, auf dem Beifahrersitz Platz zu nehmen. Als ich einsteige, hat sie sich bereits angeschnallt. Innerhalb weniger Augenblicke fahre ich vom Krankenhaus-Parkplatz herunter. Ich überfahre eine Kreuzung, biege an der nächsten rechts ab und auf einen anderen Parkplatz ein. Die gesamte Fahrt dauert weniger als eine Minute.

Als ich zu Elena hinübersehe, betrachtet sie sich überrascht die Umgebung.

Ich halte vor dem ersten vierstöckigen Backsteingebäude, stelle den Schalthebel des Wagens auf die Parkposition und schalte den Motor aus. Sie blickt einen Moment zu dem Haus auf, dann dreht sie sich zu mir um und schaut mich neugierig an. »Was machen wir hier?«

»Abendessen«, sage ich lächelnd, bevor ich aus dem Wagen steige. Ich gehe zu ihrer Seite, öffne die Tür und helfe ihr heraus.

»In der Wohnung eines Freundes?«, fragt sie, als ich sie zu dem Apartment im Erdgeschoss führe, das sich direkt vor uns befindet.

»Nein«, sage ich, als ich den Schlüssel ins Schloss stecke. »In meiner Wohnung.«

Ich öffne die Tür und lasse sie eintreten. Sie legt ihre

Handtasche auf einen kleinen Tresen, der die Küche vom Wohnzimmer trennt, und blickt sich dann in meinem neuen, aber spärlich möblierten Apartment um.

Als ich gerade die Tür schließe, dreht sie sich zu mir um. »Das ist deine Wohnung?«

Nickend gehe ich an ihr vorbei, um den Tresen herum und in die Küche. Ich lehne meinen Gehstock an die Tür der Vorratskammer. In der Küche benötige ich ihn nicht, weil ich mich, wenn nötig, an Arbeitsflächen festhalten kann. »Ich habe vor zwei Tagen den Mietvertrag unterschrieben. Ich warte immer noch auf einige Möbel, die ich bestellt habe, und meine persönlichen Sachen sind auch noch nicht alle hier, aber, ja … dies ist meine Wohnung.«

Als ich den Kühlschrank öffne und anfange, die Lebensmittel heraus zu räumen, die ich gestern schon vorbereitet habe, setzt sich Elena an den kleinen Tisch mit zwei Stühlen. Die Wohnung ist klein, aber luxuriös eingerichtet. Hartholzböden, Zierleisten, hochwertige Vorrichtungen und Geräte.

»Möchtest du etwas Wein?«, frage ich.

»Sicher«, antwortet sie und ich nehme eine Flasche Rotwein aus einem kleinen Regal, das sich zwischen Kühlschrank und Spüle befindet. Sie beobachtet mich schweigend, während ich die Flasche öffne und zwei Weingläser bereitstelle, die ich gestern gekauft und abgewaschen habe. Ich wollte nicht die Gläser mitbringen, die ich mit April ausgesucht habe. Es ist tatsächlich so, dass ich hier mit allem neu anfange.

Ich reiche Elena ein Glas und stoße mit ihr an. »Prost.«

»Prost«, murmelt sie, aber ich kann sehen, dass sie vollkommen verwirrt ist.

Ich lächele über den Glasrand hinweg, gehe um den Tisch herum und nehme auf dem Stuhl ihr gegenüber Platz. Zum Abendessen werde ich eine einfache Wurst- und Käseplatte zusammenstellen und dazu einen Cobb-Salat reichen, aber das kann noch warten.

»Du hast gesagt, ich lebe in einem Geisterhaus«, beginne ich und bin entzückt, weil sie vor Scham rote Wangen bekommt.

»Das hätte ich nicht sagen sollen«, murmelt sie zerknirscht. »Ich war gemein.«

»Nein«, korrigiere ich sie. »Du warst ehrlich und hattest vollkommen recht. Und ich habe mich dort auch gequält. Ich werde das Haus verkaufen. Es gibt für mich keinen Grund mehr, dort zu bleiben, deswegen habe ich auch diese Wohnung gemietet, die in praktischer Nähe zum Krankenhaus liegt, bis ich entscheiden kann, was ich dauerhaft machen will.«

»Dauerhaft?«, fragt sie, bevor sie einen Schluck von ihrem Wein trinkt.

»Du weißt schon ... ob ich ein Haus kaufen oder lieber in einer Wohnung bleiben möchte. Ob ich in der Stadt wohnen oder lieber in einen Vorort ziehen will. Oder, was weiß ich ... vielleicht ziehe ich sogar in eine andere Stadt.«

»Sehr viele Möglichkeiten«, murmelt sie und ich könnte ihr nicht mehr zustimmen. Plötzlich wird mir klar, dass ich im Buch des Lebens eine leere Seite vor mir habe, auf der ich jede Geschichte niederschreiben kann, die ich will.

Ich kann nicht sagen, ob Elena in dieser Geschichte vorkommen wird, aber sie hat mich ausreichend motiviert, um zu erkennen, dass das Leben, das ich geführt habe, zu zerstörerisch für mich war. Ironischerweise war sie diejenige, die mich letzten Freitag dazu gebracht hat auszurasten, woraufhin ich eine Operation abgesagt habe, die Brandon in letzter Minute für mich übernommen hat. Nachdem der Vatertag vorbei und ich wieder nüchtern war, traf es mich ziemlich heftig, wie verkorkst mein Leben ist. Im letzten Jahr war ich ein Wichser, ein Arschloch und ein Mensch, den man einfach nicht lieben konnte, aber bis dahin hatte all das nie Auswirkungen auf einen Patienten gehabt. Obwohl Brandon die angesetzte Operation genauso gut durchgeführt hat wie ich, war es dennoch mein Patient. Das bedeutete, dass er sein Vertrauen in mich gesetzt hatte und ich nicht einmal erschienen war.

Das darf ich nicht mehr machen.

Ich darf nicht mehr diese Art Mensch sein.

Und solange ich Elena zu meinen Bedingungen haben kann, gibt es für mich keinen Grund, mich nicht zumindest ein bisschen außerhalb der Mauern umzusehen, die ich für mich errichtet habe.

»Warum sind wir hier und nicht im Club?«, fragt Elena.

Ich bin nicht nur von ihrer Frage vollkommen überrascht, sondern auch von dem misstrauischen Unterton in ihrer Stimme.

»Weil ich dir meine Wohnung zeigen wollte«, antworte ich aufrichtig. »Und ich dachte, wir könnten vielleicht ab und an fortführen, was wir außerhalb des Wicked Horse haben.«

Sie zieht entsetzt die Augenbrauen zusammen. »Aber das bedeutet nicht, dass sich zwischen uns irgendetwas ändert, oder? Es ist immer noch bloß Sex?«

»Und Abendessen«, sage ich und um meinen Mund zuckt ein Lächeln. »Ich meine … ich habe einen ziemlichen Hunger und dachte, dir würde es genauso gehen.«

Sie blickt mich einfach nur an und ich weiß nicht, ob ich mich freuen oder beleidigt sein soll. Es ist so seltsam, dass eine Frau den Beweggründen misstraut. Und noch viel mehr, dass eine Frau einer Beziehung so abgeneigt ist. Das ist sicher der Grund dafür, warum sie heute Abend so merkwürdig ist.

Ich nehme ihre Hand und versuche, sie zu beruhigen. »Elena … es gefällt mir wirklich sehr, mit dir zu schlafen. Ich habe noch nie zuvor so gut mit einer Frau zusammengepasst – nicht so, wie ich bin, wenn wir zusammen sind. Wir beide haben doch den gleichen

Wunsch, dies als eine lockere Sache fortzuführen, nicht wahr?«

Sie nickt langsam.

»Wenn du also willst, können wir es nur im Club miteinander treiben. Wir können ganz sicher auch hier Sex haben oder sogar auch bei dir zu Hause. Wir müssen uns einfach nur über die Grenzen einig sein, richtig?«

Sie nickt erneut, dann trinkt sie einen weiteren Schluck Wein. Als sie das Glas abstellt, wird ihr Blick hart. »Aber lass uns zunächst einige Dinge klarstellen.«

»Okay«, sage ich zögerlich.

»Ich verstehe, es ist nur Sex, und das ist in Ordnung für mich. Du hast recht … es ist die einzige Sache, an der wir beide Interesse haben. Aber sind wir monogam?«

»Ja«, antworte ich mit fester Stimme. Ich erkenne mit absoluter Sicherheit, wenn ich etwas Gutes sehe – oder besser gesagt spüre –, und dann habe ich kein Interesse an jemand anderem. Eigentlich ist es mir auch egal, ob wir den Club überhaupt noch einmal besuchen.

»Dann möchte ich, dass du mir etwas erklärst.« Sie hat ihre Stimme um eine Oktave gesenkt und ich kann hören, dass es etwas Wichtiges ist.

»Was denn?«

»Wenn es sich hierbei lediglich um Sex handelt und es auch niemals mehr als das sein wird, warum hast du die Sache mit mir dann beendet?«, fragt sie. Bei dieser nüchternen Frage zieht sich mir der Magen zusammen, weil es bedeutet, sowohl eine schreckliche Verletzbarkeit zuzugeben, als auch zu enthüllen, dass sie meinen Kopf bereits ausgetrickst hat.

Ich beschließe, ihr den Großteil der Wahrheit zu sagen. »Mir war nicht bewusst gewesen, dass Vatertag vor der Tür stand. Ich hatte gehört, wie sich einige Kollegen darüber unterhielten, und es hat mich vollkommen unvorbereitet erwischt. Um ehrlich zu sein ... bin ich ziemlich außer Kontrolle geraten.«

»War das an dem Abend, an dem du mich versetzt hast?«

Ich nicke. »Ich habe dich versetzt. Eine OP abgesagt und bin für einige Tage von der Bildfläche verschwunden. Ich habe sehr viel Alkohol getrunken.«

»Das tut mir leid, Benjamin«, sagt sie. Ihre Stimme ist so zärtlich, trotzdem ist sie meinetwegen voller Schmerz. Es versetzt mir einen Stich in die Brust. »Ich hasse es, dass du so etwas durchgemacht hast, und ich kann mir nicht einmal vorstellen, wie es sich für dich angefühlt hat.«

Meine Kehle ist vor Emotionen ganz zugeschnürt und es gelingt mir nicht zu antworten.

Sie drückt meine Hand. »Wenn du jemals wieder eine Auszeit brauchst, werde ich das verstehen.«

Scheiße ... mich überkommt der Drang zu weinen, weil mich ihr Verständnis über meinen Schmerz so hart trifft. Ich kann nichts weiter tun, als ihren Druck zu erwidern und ein gekünsteltes Lächeln aufzusetzen, bevor ich mich von meinem Stuhl erhebe.

Ich drehe ihr den Rücken zu und wende mich wieder zum Kühlschrank, um unser Abendessen zuzubereiten. »Ich verhungere«, sage ich lahm und nehme mir den Beutel mit der Salatmischung, Tomaten, Gurken und eine Zwiebel aus dem Gemüsefach. Ich gehe zur Anrichte, wo ich weiterhin mit dem Rücken zu ihr stehe und anfange, über meine letzte Operation zu sprechen.

Mit meinen Händen arbeite ich an unseren Speisen, während ich mich einer nichtssagenden Konversation hingebe, um mich von den Gefühlen abzulenken, die angefangen haben, mich zu überwältigen. Trotzdem kann ich nicht vergessen, wie sehr mich ihr Mitgefühl berührt hat.

Viel zu sehr.

Ich beginne gerade, die Gurke in Scheiben zu schneiden, als ich ihre Hand auf meinem Oberarm spüre. Sie streicht nach unten und ich erstarre. Dann nimmt sie mir das Messer aus der Hand, legt es zur Seite, greift mich erneut am Oberarm und zieht leicht daran, damit ich mich umdrehe und sie ansehe.

Ich stemme mich dagegen, denn ich habe furchtbare Angst davor, dass sie mit mir darüber sprechen oder meinen Schmerz psychologisch analysieren will. Ich will nicht darüber reden. Nicht mit ihr. Nicht mit dem einen Menschen, der es geschafft hat, nach mehr als einem Jahr wieder Gefühle in mir zu erwecken.

»Benjamin«, sagt sie leise.

Zögernd drehe ich mich zu ihr um. Als ich sie

anblicke, werden meine Augen vor Schreck riesengroß.

Elena ist ganz nackt und hat ein verspieltes Lächeln auf dem Gesicht. Sämtliche Gedanken verlassen meinen Kopf und mein Schwanz reagiert sofort auf diesen Anblick.

Und an ihrem Gesichtsausdruck erkenne ich, dass sie genau darauf abgezielt hat. Elena hat mich in dem offenen Moment, den wir miteinander geteilt haben, von meinen Emotionen weggezogen und die Dinge auf die einzige Existenzebene zurückgebracht, auf der ich mich wohlfühle.

»Wir können später essen«, sagt sie.

Ich fasse sie an der Taille und hebe sie problemlos auf den Tresen, der die Küche vom Wohnzimmer trennt und auf dem derzeit weder Gemüse noch Messer liegen. Sie spreizt die Beine und ich trete dazwischen, dann fasse ich ihr Gesicht mit beiden Händen und küsse sie, bis ihr der Atem wegbleibt. Sie greift mit ihren Händen nach meinem Gürtel. Während sie sich daranmacht, meinen Schwanz zu befreien, danke ich meinen Glückssternen, dass ich so eine Frau gefunden habe.

Eine, die meine Grenzen kennt und der es nichts ausmacht, sich darin zu vergnügen.

## KAPITEL 22

# *Elena*

ICH ÖFFNE LANGSAM die Augen. An dem grauen Licht erkenne ich, dass es früher Morgen ist, und ich strecke mich genüsslich aus. Ich führe die Arme über den Kopf, falte meine Hände und greife nach dem Kopfende – nicht den Stangen meines Eisenbettes – und bemerke, dass ich nicht dort bin, wo ich für gewöhnlich an einem Sonntagmorgen aufwache.

Mein gesamter Körper spannt sich an. Langsam drehe ich mich nach rechts und sehe, dass ich ganz alleine bin.

In Benjamins Bett.

Ich weiß nicht, ob ich enttäuscht oder erleichtert sein soll. Enttäuschung würde bedeuten, dass ich mich daran erinnere, wie schön es war, sich nach einer langen Nacht des Liebemachens in den frühen Morgenstunden an einen Mann zu kuscheln. Es hat etwas Beruhigendes, sich an einen warmen, nackten Körper zu drücken, in dem Wissen, dass dieser dich zuvor wertgeschätzt hat. Aber andererseits sollte ich erleichtert sein, denn Benjamin ist ganz sicher kein Freund des Kuschelns, und zurückgewiesen zu werden hätte sich wie ein Schlag ins Gesicht angefühlt.

Ich beschließe, froh zu sein, dass er nicht kuschelt, weil es dadurch einfacher sein wird, ihn auf einer Armlänge Abstand zu halten.

Ich erinnere mich nicht einmal daran, eingeschlafen zu sein. Wir hatten schnellen, großartigen Sex auf seinem Küchentresen. Meine Absicht war es gewesen, ihn von allem abzulenken, das zu ernst sein würde, und Sex war dafür der beste Weg gewesen. Es hat mir auch keine Mühe bereitet, weil ich sehr gern mit Benjamin schlafe. Wenn ich eine Liste meiner drei Lieblingshobbys erstellen müsste, würde Sex mit Benjamin derzeit auf Platz eins stehen.

Danach aßen wir in seiner kleinen Küche Abendbrot. Es war einfach und köstlich, und wir tranken dazu eine Flasche ausgezeichneten Wein. Wir haben uns mühelos miteinander unterhalten können, vermutlich weil wir es vermieden haben, über zu persönliche Dinge zu sprechen.

Zum Beispiel sprachen wir über Karrierelaufbahnen. Ich war unheimlich neugierig zu erfahren, was ihn dazu bewogen hatte, Arzt zu werden, und darüber hinaus auch noch ein Neurochirurg. Er hatte wissen wollen, warum ich es vorgezogen hatte, mein eigenes Geschäft zu führen, anstatt für jemand anderen zu arbeiten. Die Tatsache, dass unsere Berufe und Gehälter vollkommen unterschiedlich sind, ist nie zur Sprache gekommen, was mich angenehm überrascht hat. Es scheint, als würde es Benjamin nicht interessieren, dass wir einen vollkommen unterschiedlichen Bildungsstand und sozioökonomischen Hintergrund haben. Aber dann wiederum könnte es daran liegen, dass zwischen uns nur Sex existiert. Es ist ja nicht so, als müsse er mich in den Country-Club oder zu einer sehr wichtigen Medizinerkonferenz mitnehmen, wo ich dazu gezwungen wäre, mich mit Menschen zu unterhalten, die mit mir absolut keine Gemeinsamkeiten haben.

Ich hatte nie erwartet, dass unsere Verabredung nach dem Essen vorüber sein würde, obwohl wir bereits Sex gehabt hatten. Für gewöhnlich tun wir es mindestens zweimal pro Abend, manchmal sogar dreimal. Wie erwartet übernahm Benjamin die Kontrolle, was ich am meisten an ihm mag. Er führte mich in sein Schlafzimmer, das er erst kürzlich mit schweren, maskulinen Möbeln eingerichtet hatte, und wir leisteten sehr gute Arbeit damit, seine neue Matratze einzuweihen.

Und es war keinesfalls Blümchensex. Wir waren vielleicht nicht im Wicked Horse und haben auch keine Show für andere abgezogen, aber trotzdem war es genauso schmutzig. Zum ersten Mal, seit wir angefangen haben, miteinander zu schlafen, hat Benjamin sich meinen Hintern vorgenommen. Er tat es, nachdem er einige seiner Seidenkrawatten einem guten Nutzen zugeführt hatte. Er band mir die Arme hinter dem Rücken fest und schlang eine weitere Krawatte um meinen Kopf und Mund, um einen provisorischen Knebel herzustellen. Nach einem unfassbaren Vorspiel, bei dem er mir mit seinem Mund zwei Orgasmen bescherte, ging ich vor ihm auf die Knie, er drückte meinen Oberkörper und mein Gesicht in die Matratze und benutzte seine Finger und ausreichend Gleitmittel, um mich vorzubereiten, bevor er an meinen dunkelsten, engsten Ort vordrang. Nachdem sein dicker Schwanz mich ausgefüllt und gedehnt hatte, fühlte es sich unglaublich gut und schmerzhaft zugleich an. Ich genoss jede Sekunde dieses Aktes.

Ich fange an zu zittern, wenn ich daran denke, wie er mich mit seinen schmutzigen Worten verspottet hat. Die meiste Zeit machte er seinen Anspruch auf mich geltend. Und jetzt gehört ihm jeder Teil von mir. Er sagte mir, er wünschte sich, meinen Arsch erstmals an dem Abend genommen zu haben, an dem Cage und August ihm zugesehen hatten, damit sie ganz genau gewusst hätten, was ihnen entgeht.

Er hielt mich mit seiner kräftigen Hand auf dem Rücken nach unten gedrückt, während er meinen Arsch vögelte, und trotzdem habe ich mich noch nie in meinem ganzen Leben so gewollt, begehrt und umsorgt gefühlt.

Danach war ich vollkommen erschöpft gewesen. Ich erinnere mich, wie er meine Fesseln gelöst hat. Nachdem ich mich auf den Bauch hatte fallen lassen, verschwand Benjamin. Er war kurze Zeit später mit einem warmen, eingeseiften Waschlappen und einem Handtuch wiedergekommen. Mich hatte überrascht, wie zärtlich er war, als er mich säuberte. Nachdem er das zweite Mal gegangen war, muss ich eingeschlafen sein.

Doch jetzt bin ich wach und mir wird schlagartig bewusst, dass wir eine der vereinbarten Grenzen überschritten haben, indem wir die Nacht in seinem Bett verbracht haben.

Ich betrachte den Ort, an dem Benjamin vermutlich geschlafen hat. Die Bettdecke ist unordentlich, aber das muss nicht heißen, dass er die ganze Nacht neben mir gelegen hat.

Der Druck in meiner Blase bringt mich dazu, diese Gedanken beiseitezuschieben und aus dem Bett aufzustehen. Nachdem ich die zum Schlafzimmer gehörige Toilette benutzt habe, ziehe ich mich an, nehme meine Pumps und gehe in die Küche.

Ich finde Benjamin an dem kleinen Tisch vor, wo er sitzt und eine Tasse Kaffee trinkt. Mit einem Blick auf die Uhr an der Wand stelle ich fest, dass es beinahe halb acht ist. Als ich wieder zu Benjamin schaue, muss ich daran denken, wie unglaublich schön und zum Anbeißen er barfuß, in Jeans und ein weißes T-Shirt gekleidet aussieht. Er ist über sein Telefon gebeugt und liest etwas, mit der anderen Hand hält er eine dampfende Tasse Kaffee fest. Ich betrachte mir die Finger, die in Orte meines Körpers eingedrungen sind, die noch niemals zuvor jemand berührt hat, und bestaune die Tatsache, dass sie ebenfalls dazu in der Lage sind, komplizierte Operationen an Gehirnen und Wirbelsäulen durchzuführen. Fähig in vielerlei Hinsicht.

Obwohl ich kaum ein Geräusch gemacht habe, als ich durch seine Wohnung gewandert bin, hebt er den Kopf, als ich mich nähere. Sein Lächeln ist warm, das beruhigt mich. Er hätte mich ebenso gut mit unangenehmer Spannung begrüßen können wegen der Tatsache, dass wir gezwungen sind, den nächsten Morgen miteinander zu verbringen.

»Kaffee?«, fragt er.

»Gern«, antworte ich und blicke mich in seiner Küche um. »Ich kann ihn mir auch selbst —«

Benjamin erhebt sich und deutet auf den anderen Stuhl. »Setz dich. Ich werde dir einen machen.«

Ich nehme Platz und Benjamin geht zu einer modernen Maschine, die aussieht, als könne sie Kaffee, Espresso und Latte Macchiato zubereiten.

»Was trinkst du morgens immer?«

Es ist schon komisch, wie ich mich einverstanden erklärt habe, ihm meinen Körper zu überlassen, und darauf vertraut habe, dass er mir nicht wehtut, er aber keine Ahnung hat, wie ich meinen Kaffee trinke.

»Einfach normaler Kaffee mit ein wenig Milch«, sage ich.

Er sieht mich über die Schulter an und grinst

verlegen. »Tut mir leid … Ich habe keine Milch. Geht auch schwarz?«

»Natürlich«, antworte ich, doch innerlich verziehe ich das Gesicht. Ich hasse schwarzen Kaffee, aber ich brauche Koffein.

Benjamin bedient die Maschine, die die Bohnen frisch mahlt und eine schaumige Tasse Kaffee zubereitet. Er kommt zurück, setzt sich auf seinen Stuhl und stellt die Tasse vor mir auf den Tisch. »Ich werde heute im Supermarkt etwas Milch für dich einkaufen.«

Ich hasse es, dass mein Herz bei dieser einfachen Aussage anfängt zu flattern. Wieder geht es gegen die Beziehung, die wir füreinander definiert haben. Ich möchte mir eine runterhauen, weil ich verzaubert bin, aber gleichzeitig darf es mich auch nicht allzu sehr überraschen. Auch wenn ich mit unserer gefühllosen Beziehung, die lediglich aus Sex besteht, einverstanden bin, muss ich mir eingestehen, wie sehr ich diesen Mann mag und dass ich potenziell offen für mehr wäre, wenn er es wollte.

Ich nehme die Tasse, puste leicht und trinke dann einen Schluck. Der Kaffee schmeckt überraschend gut und ich muss vermuten, dass es an seiner schicken Kaffeemaschine und den teuren Bohnen liegt. Als ich die Tasse wieder abstelle, fällt mir auf, dass er mich beobachtet.

Ich lächele entschuldigend. »Es tut mir leid, dass ich deine Gastfreundschaft überbeansprucht habe. Du hättest mich aufwecken und aus der Tür schieben sollen.«

Benjamins Gesichtsausdruck verrät nichts, aber ich bin erstaunt, als er sagt: »Du hast meine Gastfreundschaft nicht überbeansprucht. Eigentlich bin ich sogar froh, dass du geblieben bist. So musste ich mir keine Sorgen darum machen, dass du nachts den ganzen Weg nach Henderson zurückfährst.«

Ich weiß nicht einmal, was ich darauf antworten soll. Er scheint wieder die Grenzen auszuweiten, die wir für uns vereinbart haben.

»Frühstück?«, fragt er. »Ich kann uns ein paar Eier machen.«

Es wäre vollkommen passend, wenn ich eine Augenbraue hochziehen und fragen würde: »Wer bist du und was hast du mit Benjamin gemacht?«

Denn es hat den Anschein, als hätte heute früh jemand Neues seinen Körper übernommen.

Stattdessen schüttele ich mit ehrlichem Bedauern den Kopf. »Ich kann nicht. Ich muss los, um mich mit meinen Eltern zu treffen. Wir gehen zusammen in die Kirche.«

Ich bin mir wegen des Gesprächs, das wir in seinem Haus geführt haben, immer noch bewusst, dass Benjamin keinen großen Respekt vor Gott hat. Trotzdem ist seine Stimme neutral, als er fragt: »Gehst du jede Woche?«

»Ich versuche es.«

»Darf ich fragen wieso?« Er scheint wirklich neugierig zu sein, kann einen gewissen Spott in der Stimme jedoch nicht verbergen.

Ich wähle meine Worte vorsichtig aus, sage die Wahrheit, aber verkompliziere es nicht. »Aus vielen Gründen. Ein Kirchenbesuch bekräftigt mich in meinem Glauben und spendet mir Trost. Ich liebe die Tradition und die Zeremonien der katholischen Kirche. Ich gehe mit meiner Familie, damit wir Zeit miteinander verbringen und uns nahe sein können.«

Er schaut mich an und denkt ganz offensichtlich über meine Worte nach.

Und ich kann einfach nicht anders. »Bist du jemals regelmäßig in die Kirche gegangen?«

Es ist die erste Frage, die ich über seine Vergangenheit stelle, die in unserem Gespräch eventuell etwas Reibung verursachen könnte. Ich habe keine Ahnung, warum ich beschlossen habe, dieses Thema zu vertiefen, aber vielleicht weil Benjamin die Grenzen ausgedehnt hat, auf die wir uns zuvor geeinigt hatten. Vielleicht denke ich, ich hätte das Recht dazu.

Zu meiner Überraschung antwortet er, ohne zu zögern. »Als Kind schon. Nachdem April und ich geheiratet hatten, ging ich in regelmäßigen Abständen. Aber an Sonntagen schien immer zu viel zu tun zu sein, ganz besonders, nachdem wir Cassidy bekommen hatten, deswegen haben wir irgendwann einfach aufgehört hinzugehen. Es war mir einfach nie wirklich wichtig.«

Ich bin wirklich erstaunt, dass er mir diese Antwort gegeben hat, und noch viel mehr darüber, dass seine verstorbene Frau und Tochter ebenfalls Erwähnung fanden. Wenn er ein anderer Mann wäre, würde ich mich auf ein freundliches Zwiegespräch einlassen. Aber ich erinnere mich nur zu gut an seine Geringschätzung Gottes, weil Benjamin der Meinung war, Gott hätte einen Fehler gemacht, als er zuließ, dass dieser Unfall geschah. Ich hätte zwar sehr gern eine so gute Beziehung zu Benjamin, dass ich dieses Thema vorsichtig nachverfolgen könnte, doch es würde sicherlich auf eine Katastrophe hinauslaufen. Und ich bin nicht bereit dafür, wieder von ihm abgeschoben zu werden.

Deshalb nehme ich einen großen Schluck von meinem Kaffee, stelle meine Tasse auf den Tisch und stehe auf. »Ich muss jetzt wirklich los. Bis ich zurück in Henderson bin und mich fertiggemacht habe, muss ich mich beeilen, um es noch pünktlich in die Kirche zu schaffen.«

Benjamin blickt vom Tisch auf, blinzelt kurz, dann erhebt er sich ebenfalls. Er macht einen etwas verlorenen Eindruck, so als wüsste er nicht, was er tun soll.

Also gehe ich auf ihn zu, lege die Hände an seine Taille, stelle mich auf Zehenspitzen und gebe ihm einen Kuss: »Ich fand es gestern Abend wirklich wunderbar. Vielen Dank!«

Das scheint ihn aus seinem unentschlossenen Zustand aufzuwecken, denn er reagiert sofort. Benjamin schlingt die Arme um mich und gibt mir einen Kuss, der sich ganz und gar nicht nach Abschied anfühlt. Es ist vielmehr eine Einladung zu bleiben, und das freut mich mehr, als ich zugeben möchte.

Aber ich kann nicht bleiben und muss mich jetzt wirklich auf den Weg machen. Als ich mich von ihm löse und er mich freigibt, ist sein Gesichtsausdruck widerwillig. Ich weiß, dass ich ebenso aussehe.

»Heute Abend?«, fragt er ohne große Umschweife. »Wicked Horse? Oder würdest du gern wieder hierherkommen?«

Ich lege den Kopf schief und lächele noch einmal entschuldigend, doch dieses Mal noch reuevoller als zuvor. »Ich würde wirklich gern das eine oder andere mit dir machen, aber ich kann nicht. Ich habe Pläne für heute, die ich nicht absagen kann.«

Ich weiß, dass die Erklärung meiner Verpflichtung eher vage ist. Aber wir befinden uns nicht in der Art von Beziehung, in der ich mich erklären muss. Nicht dass ich irgendetwas zu verbergen hätte, aber na ja … ich möchte mich einfach nicht zu weit von dem entfernen, was wir für uns festgelegt haben. Gelinde gesagt ist es riskant.

»Oh«, sagt Benjamin und ich bemerke, dass er ein wenig abgeschreckt ist. Nicht auf eine beleidigte oder böse Art, aber ich kann sehen, es ist ihm nie in den Sinn gekommen, dass ich eventuell nicht jeden Abend mit ihm verbringen will. Er lächelt mich jedoch verständnisvoll an. »Sicher, das verstehe ich. Ein anderes

Mal, wenn es dir besser passt.«

Ich ertappe mich dabei, wie ich nicht möchte, dass er bezüglich meines Verlangens irgendwelche Zweifel hegt oder sich zurückgewiesen fühlt. Ich jage das Risiko zum Teufel und beschließe, ihm eine Erklärung zu geben.

»Du sollst wissen, dass ich diese Pläne absagen würde, wenn ich es könnte. Ich würde diesen Abend viel lieber mit dir verbringen. Aber Walsh ist für eine Auszeichnung zum Geschäftsmann des Jahres nominiert und Jorie hat mich schon vor Wochen gefragt, ob ich mit ihnen hingehe. Ich habe es ihr versprochen und kann nicht mehr absagen. Warum ich überhaupt zugesagt habe, ist mir ein Rätsel, denn ich hasse solche Veranstaltungen. Ich werde niemanden kennen. Auch wenn Jorie mich gern dort haben möchte, wird sie den Großteil des Abends an Walshs Seite verbringen müssen. Deshalb bin ich mir sicher, du verstehst, dass es kein Vergnügen für mich werden wird.«

Benjamins nächste Worte hauen mich vollkommen um. »Möchtest du, dass ich mit dir komme? Ich gehe davon aus, dass du in Begleitung kommen darfst.«

Ich blinzele ihn dümmlich an. Eine ganze Reihe von Emotionen erwacht gleichzeitig in mir. Ich bin begeistert, dass er es mir angeboten hat. Und zur selben Zeit auch besorgt. Ich würde so gern in der Lage sein, normale Dinge mit Benjamin zu tun, aber ich kann nicht anders, als darüber nachzudenken, ob er uns ins Verderben steuert. Kann er denn wirklich bereit für mehr sein?

Bin ich es?

»Ich meine«, fährt er fort, als müsse er mich beruhigen, »du hast mir einen großen Gefallen getan, als du mich zu dieser Wohltätigkeitsveranstaltung begleitet hast. Ich könnte doch zumindest diesen Gefallen erwidern.«

»Ich möchte es dir nicht aufzwingen«, beeile ich mich zu sagen und biete ihm eine würdevolle Rückzugsmöglichkeit.

Aber Mist, ich hätte tatsächlich gern, dass er mich begleitet.

»Das tust du nicht«, antwortet er rasch. »Es wäre mir ein Vergnügen.«

Das ist es – eine intensive Veränderung der Umstände zwischen uns.

Ich lege den Kopf schief und sage: »Ich dachte, du wolltest Grenzen. Ich dachte, wir hätten uns geeinigt, dass es hierbei nur um Sex geht. Wenn wir beide gemeinsam zu einer Veranstaltung gehen, befindet sich das ganz deutlich außerhalb dieser Grenzen.«

Benjamin schenkt mir ein verwegenes Grinsen. »Wenn es dir hilft, werde ich mich darauf vorbereiten, dich hinterher zu vögeln. Oder ja, vielleicht sogar bei der Veranstaltung in einem der Waschräume oder auf dem Parkplatz.«

Es gelingt mir nicht, das Lachen zu unterdrücken, das aus mir herausbricht. Diese unbeschwerte, lustige

Seite habe ich an Benjamin noch nie zuvor gesehen.

Sie gefällt mir viel zu gut.

Benjamin nimmt meine Hände und drückt sie. »Hör zu, vielleicht sollten wir die Dinge einfach so nehmen, wie sie kommen. Ich werde nicht lügen. Es schien mir ganz natürlich zu sein, dir anzubieten, heute Abend mitzukommen. Es hat sogar mich überrascht. Mir ist jedoch klar, dass ich dich sehen will. Es gefällt mir, in deiner Nähe zu sein. Warum also nicht?«

»Dann sind wir so etwas wie Freunde mit Vorzügen«, verkünde ich grinsend.

»Vielleicht. Ich war für sehr viele Menschen schon sehr lange kein Freund mehr. Ich bin mir nicht sicher, ob ich gut darin bin.«

»Also, ich kann dir zumindest sagen, dass du den Teil mit den Vorzügen sehr gut meisterst«, sage ich lachend. »Ich bin bereit, diese Freundschaftssache auszuprobieren, um zu sehen, wie das so wird.«

Benjamin legt mir die Hand in den Nacken und zieht mich für einen Kuss an sich.

Bevor unsere Lippen sich berühren, murmelt er: »Freunde mit Vorzügen. Mir gefällt, wie das klingt.«

## KAPITEL 23

# *Benjamin*

FEINE ABENDESSEN, AUSZEICHNUNGSZEREMONIEN, Wohltätigkeitsveranstaltungen, Opern … in meinem Leben habe ich sie alle schon besucht. Es war mir ein Leichtes, einen Smoking oder Anzug anzuziehen und zu einem niveauvollen Abend aufzubrechen.

Für Elena ist das ein wenig anders. Sie stammt aus einer Arbeiterfamilie, ist eine alleinstehende Frau, die ihr eigenes Unternehmen leitet und ein bescheidenes Leben führt. Sie hat das Pech, eine beste Freundin zu haben, die durch ihre Heirat Reichtum und einen neuen Lebensstil bekommen hat und zu ihrem Entsetzen wollte, dass auch sie Teil dieses Lebens wird.

Ich hatte nach Henderson fahren und Elena abholen wollen, aber sie sagte, es wäre albern, weil wir geplant hatten, nach der Veranstaltung in meiner neuen Wohnung zu übernachten. Also ist sie zu mir gefahren. Es beleidigte meine Manieren als Gentleman, aber ich weiß nicht warum. Wir sind doch bloß Freunde mit

Vorzügen. Es ist nichts verkehrt daran, dass Elena mit dem Auto zu mir kommt, um mich zu treffen, damit ich sie zu einer Abendveranstaltung begleiten kann, oder?

Ich beschließe, auf dem Parkplatz vor meiner Wohnung auf sie zu warten, anstatt sie hereinzubitten. Wenn sie reinkommt, besteht die Möglichkeit, dass ich sie nicht gehen lasse, und dann werden wir die Gala verpassen.

Sie enttäuscht mich nicht, als sie aus ihrem kleinen Wagen aussteigt, der beinahe schon einhunderttausend Kilometer auf dem Tacho hat. Ihr trägerloses, elfenbeinfarbenes Cocktailkleid ist unglaublich elegant, wobei ihr der weich fallende Stoff fast bis zu den Knöcheln geht. Der einzige Schmuck, den sie trägt, besteht aus einem Paar Perlenohrringen und ich wünschte, ich hätte eine Perlenkette, um sie ihr um den Hals zu legen. Sie würde das Kleid und ihre Hautfarbe wunderbar ergänzen und außerdem mein Bedürfnis unterstreichen, mich zusammenzureißen und zu akzeptieren, dass das mit uns mehr ist als eine Freundschaft mit Vorzügen.

Ich gehe auf sie zu und mein Gehstock klappert auf dem Gehsteig aus Beton. Zum ersten Mal, seit ich Elena getroffen habe, fühle ich mich ein wenig unsicher. Davor hat es mich nicht im Geringsten interessiert, was die Leute denken, weil ich nicht versucht habe, irgendjemanden zu beeindrucken.

Aber jetzt frage ich mich, ob Elena denkt, dass ich dadurch weniger männlich wirke. Sie hat nie irgendetwas gesagt. Sie sieht nicht einmal zu meinem Stock, wenn wir nebeneinander hergehen. Sie lässt sich von den Narben an meinem Bein nicht abschrecken, nimmt sich sogar die Zeit, liebevoll darüber zu streichen, wenn sie meinen Schwanz lutscht.

Sie spricht zuerst, als wir voreinander stehen. »Du bist ja attraktiv.«

»Ich musste mir doch Mühe geben, damit ich rechtmäßig und mit hocherhobenem Kopf neben dir stehen kann«, antworte ich charmant und betrachte mir ihr Kleid ein zweites Mal. »Du siehst umwerfend aus.«

Ich bin zufrieden, als Elena bei meinem Kompliment rot wird, weil es meine Unsicherheit zu verjagen scheint. Ich halte ihr den Arm hin und sie kommt an meine Seite, um sich einzuhaken. Sie drückt sogar zum Spaß ihre Hüfte zur Seite und stupst mich damit an. »Wir geben ein gut aussehendes Paar ab, so viel ist schon mal sicher.«

Ja, das tun wir.

Ich führe Elena zu meinem Audi, helfe ihr auf den Beifahrersitz und spüre ihren schweren Blick auf mir lasten, als ich vorn um den Wagen zur Fahrerseite gehe.

Als ich einsteige, dreht sie sich auf ihrem Sitz zu mir und legt mir die Hand aufs Knie. »Danke noch mal, dass du mich begleitest.«

Ich lächele sie an und starte den Motor. »Der Abend hat gerade erst begonnen, aber ich kann schon jetzt mit Überzeugung sagen, dass es mir ein Vergnügen ist.«

◆

»WARUM BEREITET MIR die Elite von Las Vegas bloß Angstzustände?«, fragt Elena durch zusammengepresste Zähne, als wir nebeneinanderstehen und an unseren Getränken nippen. Sie trinkt Wein und ich Bourbon, auch wenn ich nicht mehr als zwei trinken kann, weil ich fahre. Normalerweise würde es mich nicht interessieren, wenn ich meinen Alkoholpegel überschreite und mir einfach ein Taxi nach Hause nehme, aber aus irgendeinem Grund sagt mir das nicht zu.

Ich habe das Gefühl, dass es irgendwie erfüllend sein wird, wenn ich Elena am Ende dieses Abends in meinem Wagen zu meinem neuen Zuhause fahre und einfach zugebe, dass es sich hierbei um eine ernsthafte Verabredung handelt. Ich kann nicht ständig alles überanalysieren und beschließe, mich einfach treiben zu lassen.

»Als ein ehemaliges Mitglied des Clubs der Angstzustände«, sage ich trocken, als ich mich umblicke, »glaube ich, dass der Grund dafür in ihrer Unnahbarkeit liegt. Diese Leute sind so sehr mit sich selbst beschäftigt.«

Elenas Lachen ist hell und fröhlich. »Ich bin froh, dass du deine Mitgliedschaft gekündigt hast.«

Es stimmt, ich bin kein Mitglied des Führungskreises mehr. Ich habe die Mitgliedschaft für den Country Club auslaufen lassen, ich spiele mit den »Jungs« nicht mehr Golf und meine gesellschaftlichen Verbindungen sind verschwunden, weil ich kein Interesse mehr daran hatte. Dinnerpartys zu veranstalten war mehr Aprils Ding gewesen, deswegen vermisse ich es auch kein bisschen.

Vielleicht das Golfspielen. Das habe ich wirklich gern gemacht.

»Ich kann mir vorstellen, dass es schwierig war zuzusehen, wie Jorie in diese Welt eingetreten ist«, sage ich.

Sie reckt ihr Kinn in die Höhe, blickt mir in die Augen und zuckt mit den Schultern. »Sie ist immer noch die alte Jorie. Und Walsh ist super, aber wenn du ein Mitglied dieser Gesellschaftsebene bist, musst du dich an die Spielregeln dieser Leute halten. Ich verstehe das. Walsh macht mit den meisten von ihnen Geschäfte und eine Hand wäscht nun mal die andere.«

Das stimmt. Die meisten dieser gesellschaftlichen Veranstaltungen sind bloß ein Deckmantel für die echten Geschäfte, die die Elite von Las Vegas untereinander abschließt.

»Wie stellst du dir ein nettes soziales Zusammensein vor?«, frage ich Elena, weil ich bisher nur über sie weiß, dass Jorie ihre beste Freundin ist. Über ihre anderen Freunde weiß ich so gut wie nichts.

»Grillen im Garten«, antwortet sie, ohne zu zögern und mit einem Grinsen im Gesicht, als erinnerte sie sich gerade in diesem Moment an solch eine Party. Ihre Stimme ist ein wenig verträumt. »Rippchen, Burger, Hotdogs auf dem Grill. Kaltes Bier. Laute Musik.

Kinder, die durch den Gartensprinkler laufen, um sich an einem heißen Tag abzukühlen.«

Ich kann es vor mir sehen. Elena trägt abgeschnittene Shorts und vielleicht ein Bikinioberteil, denn ich stelle sie mir immerzu sexy vor. Sie unterhält sich und lacht mit ihrer Familie und ihren Freunden. Sie läuft mit den Kindern durch den Sprinkler, denn warum sollte sie auch nicht? Sie ist lustig, temperamentvoll und hat keine Angst, albern zu sein.

April hätte so etwas nie gemacht und ich bekomme sofort Schuldgefühle, weil ich die beiden miteinander vergleiche. Ich denke nicht sehr oft daran, hauptsächlich deswegen, weil ich April immer weggeschlossen und in die hinterste Ecke meines Kopfes verbannt hatte.

Aber es stimmt. April hätte sich ein hübsches Sommerkleid angezogen, Haare und Make-up perfekt zurechtgemacht und es hätte ihr gereicht, den Kindern dabei zuzusehen, wie sie nass werden und lachen. Aber mitgemacht hätte sie nie.

»Was ist mit dir?«, fragt sie und reißt mich damit aus meinen Gedanken. Ich blinzele und nippe kurz an meinem Bourbon, damit ich den Geschmack genießen kann und nicht die Wirkung.

Ich erinnere mich an noch etwas und muss unfreiwillig lächeln. »Als ich ein Kind war, haben meine Eltern ständig im Garten gegrillt. Aber sie haben immer nur Hähnchenflügel gemacht. Mein Vater war verrückt danach und meine Mutter war ausgesprochen gut darin, sie zuzubereiten. Diese Grillpartys waren nie etwas Besonderes – es kamen nur ein paar Freunde vorbei –, aber ich kann immer noch diese Flügel riechen, wie sie auf dem Grill schmoren.«

»Sind Kinder durch Gartensprinkler gelaufen?«, fragt sie mit glänzenden Augen.

»Wir hatten ein Schwimmbecken«, sage ich lachend. »Wir sind alle geschwommen.«

»Wie elitär du warst«, sagt sie scherzhaft. »Aber es klingt, als hätte es großen Spaß gemacht.«

»Das hat es.« Ich erinnere mich gern daran zurück und mir wird klar … ich habe es mir nicht gestattet, mich auf jegliche Erinnerungen zu konzentrieren, meine Kindheit eingeschlossen. Ich habe alles aus der Vergangenheit von mir weggeschoben, nicht nur die Menschen, die April und Cassidy nahestanden.

Plötzlich überkommt mich Sehnsucht nach meiner Mutter. Sie ist so intensiv, dass mein verletztes Bein anfängt, vor Schwäche ein wenig zu zittern. Ich packe den Griff meines Gehstocks und stütze mich ein wenig mehr darauf ab.

Vor dem Unfall verstand ich mich mit meiner Mutter ausgesprochen gut. Ich war ein vollkommenes Muttersöhnchen. Und mein älterer Bruder übrigens auch. Wir liebten beide unseren Vater ebenfalls, aber es war immer unsere Mutter, an die wir uns wandten, wenn es uns schlecht ging.

Sie war diejenige, die im Krankenhaus nicht von

meiner Seite gewichen ist.

Sie war diejenige, die mir von April und Cassidy erzählt hat.

Sie sprach mit meinen Ärzten, bezahlte meine privaten Rechnungen für mich und organisierte dann die Beerdigungen. Sie tat all das, während ich systematisch meine Gefühle herunterfuhr, was ebenfalls bedeutete, dass ich sie von mir wegstieß.

Sie kümmerte sich um mich, während ich ihr im Gegenzug nichts anbot, und die Reue darüber ist unheimlich schmerzhaft.

Nachdem ich mich genügend erholt hatte, um mich wieder selbst um meine Angelegenheiten kümmern zu können, kehrte sie nach Michigan zurück, weil ich darauf bestand. Sie respektierte, dass ich meinen eigenen Raum brauchte, auch wenn ihr die Art nicht gefiel, wie ich sie weggestoßen habe.

Dennoch hat sie mich nie aufgegeben. Sie hat immer angerufen und SMS geschrieben, und wenn ich nicht geantwortet oder reagiert habe, hat sie mich einfach in Ruhe gelassen und es am nächsten Tag wieder versucht. Ihre Hartnäckigkeit ist mir nie auf die Nerven gegangen, weil ich verstand, dass es außerhalb ihrer Kontrolle lag. Es war nicht fair, als ich ihr sagte, sie solle aufhören, sich wie meine Mutter zu verhalten. Und wenn sie verärgert oder verletzt darüber war, dass ich mich weigerte, mich wie ein liebender Sohn zu benehmen, dann hat sie es mich nie merken lassen.

Ich sollte sie anrufen. Aus heiterem Himmel und aus keinem anderen Grund, als ihre Stimme zu hören. Ich kann mich nicht daran erinnern, wann ich es zum letzten Mal getan habe, weil ich mich während des vergangenen Jahres wie ein egoistisches Arschloch benommen habe, das sich nur um sich selbst sorgt.

Ich mache mir eine geistige Notiz, dass meine Mom morgen früh als Nächstes auf meiner Prioritätenliste steht, gleich nachdem Elena gegangen ist. Es wird ein Schritt sein, den ich gehen kann, um auch diese Beziehung zu reparieren.

»Elena«, reißt mich eine aufgeregte Frauenstimme aus meinen Gedanken. Ich drehe mich um und sehe Jorie und Walsh auf uns zukommen.

Die Frauen nehmen sich fest in den Arm und schaukeln dabei leicht vor und zurück. An ihren Gesichtern ist deutlich zu erkennen, dass sie sich unheimlich nahestehen. In der vergangenen Woche hat Elena mir ein wenig mehr über ihre Freundschaft erzählt, die bis in ihre Kindheit zurückreicht. Elena hatte Jorie damals bei sich aufgenommen, als ihre erste Ehe in die Brüche ging, und ist ebenfalls diejenige, die sie in das Wicked Horse eingeführt hat.

Wenn ich mir Walsh und Jorie jetzt anschaue, fällt es mir schwer zu glauben, dass sie dort Mitglieder sind. Oder Mitglieder waren. Elena hat mir erzählt, dass sie den Club nicht mehr besuchen.

Was ich irgendwie verstehen kann. Ich bin ebenfalls

nur ins Wicked Horse gegangen, um eine bestimmte Absicht zu verfolgen.

Ein Gefühl zu haben.

Das habe ich jetzt mit Elena. Ich brauche das Drumherum eines Sex-Clubs nicht, um es zu erleben, auch wenn ich zugeben muss, dass es mir immer noch großen Spaß macht, mit ihr dorthin zu gehen.

»Benjamin«, begrüßt Walsh mich mit einem breiten Lächeln und streckt mir die Hand entgegen. Geschickt verlagere ich das Gewicht auf mein schwächeres linkes Bein, schiebe mir den Stock unter den Arm und wechsele mein Getränk von der rechten in die linke Hand. Mit der rechten ergreife ich seine und drücke beherzt zu.

»Schön, dich zu sehen«, antworte ich und hebe leicht mein Glas. »Gratulation zu der Auszeichnung.«

Walsh schnaubt. »Du weißt ganz genau, dass ich mir aus dem Zeug nichts mache, Mann.«

Ich muss unfreiwillig lachen, denn ja … auch wenn Walsh das Spielchen mitspielt, weiß ich dennoch, dass es ihm keinen großen Spaß macht, mit der Vegas-Elite Zeit zu verbringen. Es geht ihm nur ums Geschäft.

Jorie und Elena fangen an, sich zu unterhalten, entfernen sich dafür sogar einige Schritte von uns. Mir gefällt der Abstand zwischen uns nicht und ich frage mich, warum das so ist. Weil es bedeutet, dass ich jetzt gezwungen bin, mich mit Walsh zu unterhalten, oder weil ich sie gern in meiner Nähe habe?

Ganz egal, Walsh gibt mir keine Möglichkeit, noch

weiter darüber nachzudenken. »Hast du Lust auf eine Runde Golf nächstes Wochenende?«

Ich blinzele überrascht. Seit dem Unfall habe ich kein Golf mehr gespielt, geschweige denn, es in Betracht gezogen. Mir fällt schnell eine Entschuldigung ein. »Ich bin vollkommen aus der Übung. Ich würde dich nur aufhalten.«

»Früher oder später wirst du sowieso wieder damit anfangen müssen«, antwortet er und sieht mir fest in die Augen, bevor er den Blick kurz zu meinem linken Bein wandern lässt. »Es sei denn, dieses Ding behindert dich.«

Einige wären beleidigt, aber mir gefällt, dass er das Thema offen anspricht. Ich betrachte mir mein Bein, während der Stock sich immer noch unter meinem Arm befindet, bevor ich wieder zu ihm schaue. »Wahrscheinlich nicht. Ich meine ... ich benutze ihn hauptsächlich, um das Bein zu entlasten und die Schmerzen zu lindern, damit ich keine Medikamente nehmen muss. Ich habe mich mittlerweile daran gewöhnt.«

»Dann wirf dir ein paar Paracetamol ein und los geht's«, entgegnet er und seine Stimme lässt erkennen, dass er kein Nein als Antwort akzeptieren wird.

»Okay«, sage ich aus der Laune heraus. Ich meine, warum zum Teufel eigentlich nicht? Ich mag Walsh und würde gern wieder anfangen, Golf zu spielen. Hinterher werden mir vermutlich alle Knochen wehtun, doch was soll's. »Aber wie wäre es, wenn wir erst einmal mit neun Löchern anfangen?«

»Meinetwegen«, antwortet Walsh lachend und sieht kurz zu Jorie und Elena hinüber. »Ich weiß, du hast eine Menge durchgemacht. Elena ist ein starkes Mädchen, aber du musst vorsichtig mit ihr sein.«

Ich zucke überrascht zusammen und stelle meinen Gehstock wieder auf den Boden, um mich darauf abzustützen. Für mich fühlt es sich so einfach natürlicher an.

Ich studiere Walshs Gesichtsausdruck, während er immer noch zu den Frauen blickt. Ein höfliches Lächeln begleitet die Worte, die in ihrer Aussage eindeutig sind.

»Du brauchst dir keine Sorgen zu machen, dass ich ihr das Herz brechen werde, wenn es das ist, was du meinst.« Ich trinke einen Schluck von meinem Bourbon. »Elena und ich sind uns einig. Wir wollen beide keine tiefgehende Beziehung. Wir haben uns sogar ausführlich darüber unterhalten.«

Walsh wendet sich wieder zu mir und lächelt mich listig an. »Und genau deshalb musst du vorsichtig sein. Allein die Tatsache, dass ihr darüber sprechen müsst, sagt mir, dass es zu einem Problem werden könnte. Und ich weiß, was für eine tolle Frau Elena ist. Es könnte zu einem sehr großen Problem für dich werden.«

»Das brauchst du mir nicht zu sagen«, murmele ich und betrachte mir ihre Schönheit, während sie sich mit Jorie unterhält. Ich kann scheinbar nie genug davon bekommen, sie anzusehen. »Das habe ich schon ganz alleine herausgefunden.«

»Mach dir einfach nur nichts vor, Benjamin«, sagt Walsh und geht dann auf Jorie zu. Ein letztes Mal sieht er mich ein wenig länger als notwendig an, damit seine Worte Wirkung zeigen. Dann lächelt er. »Wir sehen uns auf dem Platz – Samstag, okay?«

Nachdem ich genickt habe, entfernen Walsh und Jorie sich, um sich mit den anderen Gästen zu unterhalten.

Elena kommt an meine Seite und lächelt mir aufmunternd zu. »Das wirkte nicht allzu schlimm.«

»Ach ja?«, antworte ich mit leicht sarkastischem Unterton. »Er hat sich nämlich ungefragt in meine Angelegenheiten eingemischt.«

»Mein armes Baby«, sagt sie übertrieben albern und ich lache.

»Er will mit mir Golf spielen gehen und ich denke, ich werde es mal probieren«, sage ich ausdruckslos.

»Oh, das ist wunderbar!«, antwortet sie mit einem strahlenden Lächeln.

»Er ist ebenfalls der Meinung, dass wir beide uns etwas vormachen«, sage ich.

Ihr Lächeln verschwindet und sie legt verwirrt den Kopf schief.

»Damit, dass es uns beiden nur um Sex geht«, erkläre ich. »Dass zwischen uns nicht mehr ist.«

Elena macht eine abweisende Geste. »Also, das stimmt ja einfach nicht. Wir haben beschlossen, Freunde mit Vorzügen zu sein.«

»Zwischen uns ist mehr als das, und das weißt du auch«, entgegne ich und bin selbst schockiert über mein plötzliches Zugeständnis.

Elena bekommt große Augen. »Ist das so?«

Ich seufze und werde wieder unsicher. »Ich weiß es nicht. Ich weiß nur, dass es mehr als Sex ist und mehr als nur eine Freundschaft. Aber ich habe keine Ahnung, was genau das bedeutet. Hast du irgendwelche geistreichen Gedanken?«

Grinsend schüttelt Elena den Kopf. »Das klingt in etwa richtig, aber ich weiß auch nicht, was es zu bedeuten hat.«

»Großartig«, murmele ich dramatisch, trinke noch einen kleinen Schluck von meinem Bourbon und wieder nur, um den Geschmack zu genießen. »Wir sind beide vollkommen ahnungslos.«

»Wir sind durcheinander, aber wenigstens scharf.« Sie lacht, hakt sich bei mir ein und lehnt sich ein wenig an mich.

Ich gleiche den zusätzlichen Druck nicht dadurch aus, dass ich mich mehr auf meinen Sock stütze. Stattdessen nehme ich ihr gesamtes Gewicht und halte es, ohne darüber nachzudenken, ob ich dazu überhaupt fähig bin.

# KAPITEL 24

## *Elena*

ES IST SCHWER zu glauben, wie drastisch sich die Dinge in nur einer Woche verändert haben. Wieder einmal ist es Sonntagmorgen. Als ich aufwache, strecke ich mich. Ich führe die Hände über den Kopf, dehne meinen Körper und spüre, wie meine Finger die Eisenstangen meines Bettes berühren.

Ein Lächeln umspielt meine Lippen, als ich mich daran erinnere, wie sorgfältig Benjamin mich gestern an den Metallstäben festgebunden hat. Die Arme an den Ecken und die Beine weit gespreizt und mit einem Seidenband gesichert. Er hat mich so wild gevögelt, dass ich dachte, mein Bett würde zusammenbrechen. Zum Glück ist es stehen geblieben.

Beim Ausstrecken berühren meine Beine Benjamin, der auf dem Bauch liegt und schläft. Wir sind beide keine Menschen, die es mögen, die ganze Nacht miteinander zu kuscheln, und haben beide unsere bevorzugten Schlafpositionen, aber irgendwie passiert es doch immer, dass unsere Beine sich miteinander verstricken.

Eine Woche ist vergangen, seit wir von einer »Nur-Sex«-Beziehung zu einer mit regelmäßigen, normalen Verabredungen übergegangen sind, und ich muss sagen, ich bin überglücklich. Benjamin hat es mir leicht gemacht, ein Risiko mit ihm einzugehen, denn wir waren beide offen und ehrlich miteinander unsere Gründe für die anfängliche Zurückhaltung betreffend.

Mir wird bewusst, dass es für Benjamin ein größerer Schritt ist als für mich. Meine Ängste, mich auf jemanden einzulassen, rühren daher, dass ich immer wieder ausgenutzt wurde. Sicher, es war auch schmerzhaft, aber ich hatte es satt, von mir selbst angewidert zu sein, weil ich erneut auf einen co-abhängigen Nassauer reingefallen war.

Benjamin hat einen solch schweren und emotionalen Verlust erlitten und seine Ängste sind weitaus größer als meine. Und als ich sah, dass er bereit war, dieses Risiko einzugehen, sich einzugestehen, dass er endlich dazu bereit ist, sich dieser Möglichkeit zu öffnen, kam ich einfach nicht umhin, mich mit ihm gemeinsam in dieses Abenteuer zu stürzen.

Wir haben bereits eine Routine entwickelt, die an unsere Arbeitszeiten angepasst ist. Wenn Benjamin eine Operation hat, bleiben wir in der Nacht zuvor bei ihm. Wenn er nur die reguläre Sprechstunde zu absolvieren oder Praxistermine wahrzunehmen hat, übernachten wir bei mir. Nicht ein einziges Mal hat Benjamin sich verhalten, als sei seine Arbeit wichtiger. Wenn überhaupt hat er anerkannt, dass ich in meinem Beruf ebenso hart schufte wie er. Noch nie hat er mir das Gefühl gegeben, ich sei wegen meiner Tätigkeit weniger wert als er.

Als ich mit dem Fuß an der Innenseite von Benjamins Wade entlangstreiche, bewegt er sich. Er hat keinen festen Schlaf und wacht jedes Mal mit mir auf. Wenn ich mich um zwei Uhr morgens aus dem Bett rolle, um pieseln zu gehen, und denke, ich bewege mich ganz leise, sitzt er sofort kerzengerade im Bett und fragt: »Was ist los? Bist du in Ordnung?«

Es ist süß, aber ich denke, es hat ebenfalls damit zu tun, dass Benjamin sich von Natur aus Sorgen macht. Ich habe den Verdacht, dass der Schlaf ihn manchmal mit bösen Dingen überrascht. Ich bin einige Male in dieser vergangenen Woche von seinen, wie ich denke, Albträumen aufgewacht. Er hat sich unruhig hin und her gewälzt, gezittert und vor sich hin gemurmelt. Dann ist er plötzlich aufgewacht und schien nach Luft zu schnappen. Ich habe nur still dagelegen und so getan, als würde ich schlafen, um ihm die Peinlichkeit dessen zu ersparen, dass ich so etwas bezeugt habe.

Benjamin ist dann wieder eingeschlafen, für gewöhnlich, nachdem er ein wenig näher an mich herangerückt ist und sein Bein zwischen meine Beine geschoben hat, um Körperkontakt mit mir zu haben.

Ich fahre mit meinem Fuß Benjamins Bein hinunter und reibe verspielt meinen Zeh an seinem Fußrücken. Er zuckt mit dem Bein, weil es ihn kitzelt, und murmelt: »Schlaf weiter, Elena. Du hast mich gestern Abend fertiggemacht.«

Ich schnaube. Es war ganz genau anders herum. Ich kitzele ihn erneut am Fuß.

Benjamin dreht sich blitzschnell auf die Seite und blickt mich an. Er streckt die Hände nach meinen Rippenbögen aus und kitzelt mich gnadenlos.

Ich lache, kreische, kratze an seinen Händen, trete mit den Beinen und versuche, mich aus seinem Griff zu winden. »Benjamin … hör auf! Ich mache mir in die Hose!«

Seine Augen sind schlaftrunken und sein Haar vollkommen zerzaust. Sein Bart ist morgens immer dichter, was ihn älter und klüger aussehen lässt, aber es ist das teuflische Glitzern in seinen Augen, das ich genieße, weil ich diese verspielte Seite an ihm mag.

Er hört auf und zieht mich an sich. Mit den Lippen an meinen Hals gepresst küsst er mich und ich bekomme eine Gänsehaut. Er nimmt eine meiner Hände und schiebt sie zwischen uns. Meine Fingerknöchel berühren etwas Hartes, Samtiges.

»Guck mal, womit ich aufgewacht bin«, murmelt Benjamin an meinem Hals.

Er fasst meine Hand, führt meine Finger um seinen Schwanz und lässt mich zudrücken. Ich seufze und er stöhnt auf.

Benjamin hebt den Kopf und betrachtet mich aus

gefühlvollen Augen, die gefüllt sind mit Sehnsucht nach mir. »Geh heute früh nicht in die Kirche. Lass uns den ganzen Tag im Bett bleiben und einander Lust bereiten.«

Bei seinem sündigen Ton kringeln sich meine Zehen. Ich sollte mehr denn je in die Kirche gehen, weil es mich so unheimlich scharfmacht. »Bleib bei mir, Elena«, bittet er und reibt seine stoppelige Wange zärtlich an meiner. »Lass mich dich den ganzen Tag haben. Wir können alte Filme schauen und Junkfood im Bett essen.«

Das nackte Verlangen in seiner Stimme dringt zu mir durch und es geht nicht nur um den Sex. Er will Zeit mit mir verbringen.

»Okay«, sage ich, ohne nachzudenken. »Lass mich nur meiner Mutter eine SMS schreiben, damit sie Bescheid weiß.«

Benjamin gibt sofort meine Hand frei, damit ich seinen Schwanz loslassen kann, und ich rolle mich zur Seite, wo ich mein Telefon vom Nachttisch nehme. Mit einem Ellbogen in die Matratze gedrückt tippe ich mit den Daumen eine schnelle Nachricht an meine Mom. *Mir geht es heute früh nicht gut. Ich lasse die Kirche heute ausfallen. Ich rufe dich später an.*

Ich sende die Nachricht, ohne eine Spur der Reue zu empfinden. Ich gehe zwar sehr gern in die Kirche – dieselbe, die ich mit meiner Familie schon mein ganzes Leben besuche –, aber ich fühle mich nicht schlecht, wenn ich ab und zu mal einen Gottesdienst verpasse. Mein Verhältnis zu Gott ist persönlich und geht weit über die Kirchenmauern hinaus.

Ich spüre nicht einmal ein kleines Schuldgefühl, weil ich die Kirche sausen lasse, um mit einem Mann, mit dem ich nicht verheiratet bin, einen Tag im Bett zu verbringen. Mein Gott vergibt mir und möchte, dass ich glücklich bin, und das ist nicht bloß eine Ausrede. Ich glaube ernsthaft daran. Ich werde gern Buße tun, nachdem ich bei der Beichte war, denn ich denke, dass Benjamin es genauso sehr braucht wie ich.

Ich lege mein Telefon zurück auf den Nachttisch, doch zuerst stelle ich es auf lautlos, denn der heutige Tag gehört nun Benjamin und ich möchte von niemandem gestört werden. Ich rolle mich wieder zu ihm hin und werde von seinem Mund in Empfang genommen. Er schlingt die Arme um mich und gibt mir einen tiefen, fordernden Kuss.

Ich halte seinen Schwanz wieder in der Hand, hart und trotzdem samtweich, und fange an, ihn genüsslich zu streicheln. Ich habe keine Eile, ihn zum Höhepunkt zu bringen, und Benjamins Hand, mit der er mir sanft über den Rücken streicht, sagt mir, dass auch er keine Rekorde aufstellen muss.

Bequeme Küsse, erregende Berührungen, leises Stöhnen. Unser Vorspiel wird bis aufs Äußerste ausgeweitet, so lange haben wir uns noch nie Zeit gelassen. Ich streichele seinen Schwanz, bis er anfängt, in meine Hand zu stoßen, bevor ich aufhöre und die Hände auf seine Brust lege. Benjamin fummelt zwischen meinen

Beinen, neckt mich mit leichten Berührungen, die meine Hüften zum Kreisen bringen, dann hält er inne, nur um sich vollkommen auf unseren Kuss zu konzentrieren.

Es scheint bereits Stunden später zu sein, doch irgendwann geht unser Atem stoßweise und wir vibrieren vor Verlangen. Als wir beide auf der Seite liegen und uns ansehen, zieht Benjamin mich ganz nahe an sich. Er legt die Hand auf mein Bein und hebt meinen Oberschenkel über seine Hüfte. Ich greife nach unten, nehme seinen Schwanz und führe ihn an meine Öffnung. Wir atmen beide ein und halten die Luft an, als seine Spitze in meine feuchte Muschi eindringt. Er bohrt seinen Blick in mich, dann schiebt er sich tief in mich hinein.

»Oh ja, das fühlt sich gut an«, stöhne ich, als mein Kopf nach hinten fällt und ich die Augen schließe.

»Perfekt«, stöhnt er, dann beginnt er, in mich zu stoßen.

Ich halte mich einfach nur an ihm fest. Meine Arme sind um seinen Hals geschlungen und meine Brüste platt an seinen Oberkörper gedrückt. Benjamin hält mein Bein hoch und bohrt die Finger in mein Fleisch. Ich spüre jeden Zentimeter seines Schwanzes, der mich vereinnahmt, und ich weiß, wie einfach es für mich ist, mich in diesem Mann zu verlieren.

Benjamin fickt mich ordentlich durch. Er kennt meinen Körper mittlerweile sehr gut. Weiß genau, wie tief ich ihn nehmen kann und welche Berührung an meiner Klitoris mich explodieren lässt.

Ich kralle mich an ihm fest, als ich komme, schreie meinen Höhepunkt heraus und gleich nach mir stürzt auch Benjamin in den Abgrund. Ich liebe es, wie er tief in mich stößt, sich in mir ergießt und vor Ekstase erschaudert, während er meinen Namen murmelt.

Oh … das war so gut. In meinen Ohren klingelt es noch immer. Benjamin rollt sich auf den Rücken und nimmt mein Gewicht mit. Er schlingt die Arme um mich und drückt sein Gesicht an meinen Hals, während sich sein Atem wieder normalisiert.

Meine Augenlider sind schwer und mir gefällt die Idee des faulen Tages sehr gut. Nur einzuschlafen, um danach aufzuwachen und noch mal Liebe zu machen. Vielleicht nehme ich ihn beim nächsten Mal in den Mund, um ihn aufzuwecken, oder noch besser –

»Hola … Elena!«, ruft meine Mutter irgendwo in der Nähe der Haustür. Die Tür zu meinem Schlafzimmer ist geschlossen, aber ich kann ihre Stimme laut und deutlich hören, denn sie ist keine Frau der leisen Töne.

»Heilige Scheiße«, entfährt es mir vor Schreck, als ich mich von Benjamin herunterrolle und schützend die Bettdecke über meine Brüste ziehe.

Zu meinem Entsetzen wird meine Schlafzimmertür geöffnet und dort steht meine Mutter.

Mit einem Meter und sechzig Zentimetern hispanischem Selbstbewusstsein und Feuer blickt Irma Costieri uns aus großen Augen erschrocken an. Ihr Blick wandert zu Benjamin. Ich habe keine Ahnung, was er tut, weil ich Angst habe, ihn anzusehen. Ich kann lediglich meine Mutter anstarren, während mein gesamter Körper vor Scham tiefrot anläuft.

Sie wendet den Blick wieder zu mir und hebt das Kinn. »Ich bin vorbeigekommen, um nach dir zu sehen. Du verpasst nie einen Gottesdienst, weil du dich nicht gut fühlst, deswegen habe ich mir Sorgen gemacht.«

»Oh Mann«, stöhne ich und schlage mir die Hände vors Gesicht. Ich öffne die Finger ein klein wenig und blinzele meine Mutter an. »Es tut mir so leid, dass ich gelogen habe. Ich dachte nicht, dass du hierherkommen würdest.«

Also, meine Mutter weiß sehr wohl, dass ich keine Jungfrau bin, weil wir das »Sexgespräch« geführt haben, als ich auf der Highschool war. Das hat dazu geführt, dass wir offener miteinander umgegangen sind, als ich älter wurde. Sie hat gewusst, dass ich ernsthafte Beziehungen geführt habe – bei zweien bin ich sogar mit meinem jeweiligen Freund zusammengezogen. Aber es ist mir noch nie passiert, dass meine Mutter hereingeplatzt ist, wenn ich mit einem Mann zusammen war, ganz besonders nicht, nachdem ich sie darüber angelogen hatte, warum ich nicht zur Kirche gehe.

»Du hättest einfach sagen sollen, dass du beschäftigt bist«, antwortet meine Mutter irgendwie putzig, dann lächelt sie Benjamin an. »Hallo.«

»Hallo«, erwidert Benjamin und ich möchte ihm am liebsten eine scheuern. Ich kann die Belustigung in seiner

Stimme hören. Nachdem ich einen Blick auf ihn riskiert habe … kann ich an seinem Gesichtsausdruck erkennen, dass es ihm nicht im Geringsten peinlich ist.

Es folgt eine unangenehme Stille, dann wendet sich meine Mutter endlich an mich. »Möchtest du uns nicht miteinander bekannt machen? Oder ist es zu viel verlangt, von seiner Tochter zu erwarten, dass sie ihrer Mutter den Mann vorstellt, der in ihrem Bett liegt?«

»*Mamá!*«, entfährt es mir.

Sie verschränkt bloß die Arme vor der Brust und sieht mich stur an.

Ich lenke ein und deute auf den Mann neben mir. »Das ist Benjamin. Benjamin … das ist meine Mutter, Irma Costieri.«

Benjamin setzt sich im Bett ein wenig auf, hält die Decke aber um die Hüften herum fest. Er streckt ihr die Hand hin. »Freut mich, Sie kennenzulernen, Mrs. Costieri.«

Meine Mutter ist von ihm überhaupt nicht begeistert. Sie zieht spöttisch die Oberlippe hoch und weigert sich, seine Hand zu schütteln. Zumindest nickt sie ihm leicht zu, dann bin ich wieder an der Reihe.

»Das hier ist also wichtiger als die Kirche? Irgendein Kerl, der letzte Nacht bei dir geblieben ist? Irgendjemand, der dir rein gar nichts bedeutet —«

Ich falle ihr ins Wort. »Wir treffen uns seit mehr als einem Monat, *Mamá*. Er ist nicht bloß irgendein Kerl.«

Sie schnaubt ungläubig, weil mir solch ein Verhalten

nicht ähnlich sieht … einen potenziellen Angebeteten zu verstecken. Aber meine Mutter weiß nicht, wie ernüchtert ich von der Liebe bin. Wie ich vor Benjamin nur nichtssagenden Sex praktiziert habe.

Sie kauft es mir nicht ab und strömt ihr Missfallen geradezu aus. Es schmeckt ihr überhaupt nicht, dass die Tochter, die sie gekannt, großgezogen und geliebt hat, einen Mann mehr als einen Monat lang vor ihr geheim halten würde.

Ich kann ihr zwar nicht sagen, wie oder warum wir uns kennengelernt haben, denn das würde sie niemals verstehen, aber ich kann sie dennoch von ihrem derzeitigen Zorn ablenken.

»Benjamin ist Neurochirurg, *Mamá*.«

Und da ist sie … die innere Mutter, die immer nur das Beste für ihre Tochter wollte, kommt zum Vorschein. Ein Lächeln breitet sich auf ihrem Gesicht aus und sie betrachtet Benjamin mit einer neu gewonnenen Anerkennung.

Sie lässt ihre Hand hervorschnellen, ergreift seine und schüttelt sie herzlich, als wollte sie ihn in der Familie willkommen heißen. »Benjamin … es ist so nett, Sie kennenzulernen.«

Dann formt sie vollkommen übertrieben lautlos die Worte: »Ein Neurochirurg?«

»Ja, *Mamá*«, antworte ich lächelnd und denke, sie wird mir jetzt vergeben, dass ich die Kirche geschwänzt habe, weil ich mir einen guten Mann geangelt habe.

Zu meinem Entsetzen nimmt sie jedoch auf Benjamins Bettseite direkt neben ihm Platz und tätschelt sein Bein. »Also, Benjamin ... erzählen Sie mir von sich. Woher stammen Sie? Wie haben Sie Elena kennengelernt? Und wow ... ein Neurochirurg. Das ist wirklich sehr beeindruckend.«

»Mutter!«, kreische ich beinahe schon, als ich mich kerzengerade aufsetze und die Decke verzweifelt an mich drücke. Ich zeige auf die Tür. »Jetzt ist nicht der Zeitpunkt für eine Unterhaltung. Wie du sehen kannst, sind wir äh ... also, wir müssen ... was ich sagen will, ist ...«

»Jetzt ist es eher ungünstig«, sagt Benjamin und unterbricht mein Gestammel. »Vielleicht könnten wir uns anziehen und dann kann ich die Damen zum Frühstück ausführen oder so etwas.«

Möge Gott diesen Mann lieben, aber ich könnte ihn gerade wirklich küssen, weil ich am Gesicht meiner Mutter erkenne, dass sie weiß, sie hat ihre Grenzen überschritten.

Sie wird rot bis zum Haaransatz, dann springt sie vom Bett auf und sucht nach einer Entschuldigung. »Oh, wo um alles in der Welt sind nur meine Manieren?«

Benjamin lacht leise und ich ramme ihm den Ellbogen in die Seite.

Meine Mutter nickt mit dem Kopf. »Du möchtest etwas Zeit mit deinem neuen Mann verbringen. Ich werde machen, dass ich hier rauskomme, und zur Kirche fahren.«

»Okay, *Mamá*«, murmele ich und werfe ihr einen Kuss zu.

Sie blickt Benjamin durchdringend an. Zeigt auf ihn. »Nächstes Mal … kommen Sie mit Elena in die Kirche, verstanden? Und danach kommen Sie zu mir nach Hause und essen Tamales.«

Benjamin legt den Kopf schief und schenkt ihr ein warmes Lächeln, das meine Mutter als Zusage für ihre Einladung nimmt. Aber ich weiß, das ist nicht der Fall. Benjamin hat vielleicht Lust auf Moms Tamales – auch wenn es etwas früh zu sein scheint, ihn der Familie vorzustellen –, aber er wird auf gar keinen Fall mit uns einen Gottesdienst besuchen.

Tatsächlich könnte ich mir sogar vorstellen, wie Benjamin sagt: »Ich würde nicht einmal Gott besuchen, wenn er in Ihrem Vorgarten stünde.«

Das ist in Ordnung. Mir reicht es zu wissen, dass Gott ihn trotzdem liebt.

Wenn ich nicht aufpasse, geht es mir vielleicht bald genauso.

## KAPITEL 25

# *Benjamin*

E S IST DER perfekte vierte Juli und der Grund dafür ist Elena.

Ja, die Sonne scheint hell, auch wenn sie manchmal von flauschigen Wolken verdunkelt wird, die an einem ansonsten kristallblauen Himmel vorbeiziehen.

Ja, ich habe zum Ankern eine perfekte kleine Bucht auf Lake Mead gefunden, wo wir vom Wasserski und den anderen Urlaubern auf dem See eine Pause machen können, um etwas Privatsphäre miteinander zu haben.

Ja, jeder Tag, den ich mit ihr verbringe, verzaubert mich ein bisschen mehr. Ich bereue es nicht, mich entschieden zu haben zu sehen, wie die Sache mit ihr sich entwickelt.

Und ja ... wegen dieser Frau scheint es in meinem Leben aufwärtszugehen.

Ich versuche, einfach nur die Sonne zu genießen. Mich in der Musik zu verlieren. Ich trage meine Ohrhörer, aus denen die Playlist mit meinen Lieblings-

Rock-Klassikern ertönt, und liege auf einer dieser gepolsterten Bänke, wo ich einfach nur entspanne.

Am Bug liegt Elena ausgestreckt auf einem Handtuch und arbeitet an einer wunderbaren Bräune. Die Bucht, in der wir liegen, ist zwar relativ abgeschieden, aber trotzdem nicht vollkommen sicher. Andernfalls hätte ich sie dazu ermutigt, sich nackt zu sonnen. Aber unter den gegebenen Umständen macht mich der kleine Bikini mit dem Tangahöschen schon glücklich, weil ich mir die absolute Perfektion ihres Körpers betrachten kann und gleichzeitig weiß, dass er voll und ganz mir gehört und ich mit ihm jederzeit tun kann, was mir beliebt.

Denn Elena gefällt alles, was ich mit ihr tue, ganz egal, wann ich es tue.

Die perfekte Beziehung ist nur noch besser geworden.

Ich denke, wenn es jemals einen Zeitpunkt gegeben hat, an dem die Sache zwischen uns einen Dämpfer hätte bekommen können, dann war es, als uns ihre Mutter nur wenige Minuten, nachdem wir sensationellen Sex gehabt hatten, im Bett überraschte. Mein Herz raste immer noch, als Irma Costieri die Schlafzimmertür öffnete, und von da an hätte unsere Beziehung auch den Bach runtergehen können.

Nicht wegen der überaus peinlichen Situation, sondern hauptsächlich, weil es eine große Sache ist, die Eltern deiner Freundin zu treffen. Ich wüsste nicht, dass

Elena sich jemals darüber Gedanken gemacht hätte, und wegen des Verhältnisses zu meiner Mutter war ich nicht in der Position, so etwas überhaupt in Erwägung zu ziehen.

Verdammt, sie und ich haben gerade erst wieder angefangen, uns gut miteinander zu verstehen. Wir kommunizieren regelmäßig miteinander. Ich habe den ersten Schritt gemacht und sie kontaktiert, so wie ich es mir vor einer Woche geschworen hatte.

Es wurde sehr emotional und ich war nicht darauf vorbereitet, mich diesen Gefühlen zu stellen. Ich wusste, dass ich mich für mein Verhalten entschuldigen musste. Das war mein großes Ziel und ich habe es ohne Schwierigkeiten erreicht. Ich dachte mir, danach könnte ich das Gespräch unbeschwert halten, aber trotzdem deutlich machen, dass ich gern wieder normalen Kontakt mit ihr haben würde. Stattdessen wollte ich weinen wie ein kleines Kind, als meine Mutter es nicht zulassen wollte, dass ich mich entschuldige. Sie wollte mir nicht vergeben, denn sie erklärte mir, dass das nicht nötig sei.

Sie sagte lediglich: »Benjamin … ich liebe dich. Es gibt nichts, wofür du dich entschuldigen müsstest. Du hast lediglich so gut überlebt, wie es dir möglich war. Als deine Mutter stehe ich voll und ganz hinter dir und der Art, wie du es tun musstest. Es war dein Weg und das ist das Einzige, was mir wichtig ist.«

Oh Mann, sie hat mich umgebracht. Hat mir gezeigt, was es wirklich bedeutet, ein Elternteil zu sein.

Hat mir die Theorie der bedingungslosen Liebe in nur wenigen Worten veranschaulicht.

Seitdem sind die Dinge einfach. Wir kommunizieren täglich, für gewöhnlich per SMS, aber das hat hauptsächlich damit zu tun, dass ich so beschäftigt bin. Nach und nach habe ich auch andere Verbindungen wiederhergestellt. Mein Vater hat sich bei mir gemeldet. Dann mein Bruder. Wir sprechen alle wieder miteinander.

Unsere Unterhaltungen sind leicht und unbeschwert, als wüssten sie, dass ich ihnen nicht viel mehr bieten kann, aber eines Tages – hoffentlich bald – werde ich den Mut aufbringen, ihnen zu sagen, wie leid es mir tut, dass ich sie von mir weggestoßen habe.

Ich werde versuchen, ihnen zu erklären, warum ich es getan habe. Hoffentlich werden sie dann ebenso verständnisvoll sein wie meine Mutter.

Elena bewegt sich und macht einen kleinen Katzenbuckel, wodurch ihre Brüste nach oben gedrückt werden. Sie sind übrigens großartig. Wahrhaftig mein liebster Körperteil an ihr. Ich könnte Stunden damit verbringen, sie anzubeten.

Als sie den Kopf dreht, sehe ich, dass sie mich durch die dunklen Gläser ihrer Sonnenbrille anschaut. Ihre Mundwinkel verziehen sich nach oben und sie fragt mich etwas.

Ich kann sie jedoch nicht hören, weil mir die Musik in den Ohren plärrt, deshalb nehme ich meine Ohrhörer heraus. Sie wiederholt das soeben Gesagte: »Warum starrst du so?«

»Weil du bei Weitem der beste Anblick bist, der sich mir hier draußen bietet«, antworte ich wahrheitsgemäß.

Elena stützt sich auf den Ellbogen auf und betrachtet sich die Landschaft. Es ist wirklich ein wunderbarer Tag und das Wasser war die ganze Zeit glasklar. Ich habe mich gefreut, als ich herausgefunden habe, dass Elena gern Wasserski fährt. Ich habe mit April viel Zeit auf diesem Boot verbracht, aber nicht mehr so viel, nachdem Cassidy geboren worden war. Sie war noch etwas zu jung für Wassersport, aber ab und zu sind wir trotzdem rausgefahren und ein wenig herum gebraust.

Es fühlt sich gut an, wieder draußen zu sein.

Es fühlt sich gut an, das Leben zu genießen.

»Warum bist du ins Wicked Horse gegangen?«, frage ich und sie zieht die Augenbrauen hoch. »Du hast mir nie erzählt warum. Nur, dass du nicht an einer Beziehung interessiert warst.«

Ich kann ihre Augen hinter dieser Sonnenbrille zwar nicht sehen, habe aber den Eindruck, dass sie überrascht blinzelt.

Weil sie zögert, mir zu antworten, fange ich an zu vermuten, dass sie eventuell, genau wie ich, einen schrecklichen Verlust erlitten hat, und jetzt bereue ich es, nach etwas gefragt zu haben, über das sie vielleicht noch nicht bereit ist zu sprechen.

Aber Elena zuckt lediglich mit den Schultern, als

wäre die Geschichte nicht sonderlich interessant. »Ich bin mit einer Reihe von absoluten Verlierern zusammen gewesen.«

Also, das erklärt so gut wie nichts. »Wie meinst du das?«

»Ich bin es einfach leid gewesen, nach jemand Aufrichtigem zu suchen. Ich wurde in der Vergangenheit ziemlich oft ausgenutzt.«

Mein Beschützerinstinkt macht sich bemerkbar und ich unterdrücke ein Knurren. Jetzt will ich Name und Adresse von jeder einzelnen Person haben, die es wagen würde, Elena zu verletzen. Sie bemerkt es jedoch nicht, legt sich nur wieder auf ihr Handtuch und erzählt weiter: »Es war immer das Gleiche. Am Anfang haben sie mich verwöhnt. Waren romantisch. Haben mein Herz im Sturm erobert. Und nur kurze Zeit später war ich bereits diejenige, die alles machte. Ich kümmerte mich, bezahlte für alles und war obendrein noch ihre Psycho-therapeutin, um mit ihnen ihre Mama-Probleme zu besprechen.«

»Emotionale Blutsauger«, ahne ich.

»Das trifft es gut«, antwortet sie leise. »Ich war es leid, sie ständig in Ordnung bringen zu müssen. Ich war für ihr persönliches Glück verantwortlich. Was nicht schlimm ist, wenn es auf Gegenseitigkeit beruht, aber in meinem Fall wurde immer nur genommen und nichts gegeben. Co-Abhängigkeit vom Feinsten. Und jedes Mal hat es mir sämtliche Energie geraubt. Aber um deine eigentliche Frage zu beantworten, ich war es leid, mich deswegen wie ein Stück Dreck zu fühlen. Sie zu hassen oder mich selbst, weil ich es zugelassen habe. Dann habe ich vom Wicked Horse erfahren. Wie du weißt, mag ich Sex sehr gern. Deswegen dachte ich, es würde eine gute Alternative zu meinen derzeitigen Lebensentscheidungen darstellen.«

»Verstehe«, murmele ich und lasse den Blick über das glitzernde Wasser schweifen.

»Ich sehe dich nicht als gebrochenen Mann, Benjamin«, sagt Elena und ich sehe auf. Sie nimmt ihre Sonnenbrille ab, dreht sich um und stützt sich auf einem Ellbogen ab, um mich direkt anzuschauen. »Du bist der am wenigsten gebrochene Mann, den ich kenne.«

»Wie kannst du so etwas überhaupt sagen?«, frage ich, angesichts einer solch wagemutigen Verkündung vollkommen erstaunt.

»Wie kann ich es denn nicht?«, antwortet sie und runzelt fassungslos die Stirn. »Du hast einen schrecklichen Unfall überlebt. Einen unvorstellbaren Verlust erlitten. Und du hast es trotzdem fertiggebracht, weiterhin erstklassige medizinische Arbeit in einem sehr speziellen Fachbereich zu leisten. Sicher, du bist vielleicht zu einem Arschloch mutiert und hast dich nach und nach von den Menschen um dich herum zurückgezogen, aber davon hast du dich befreit. Du bist Risiken eingegangen. Hast mir unbegrenzte Lust geboten. Gelächelt. Vor der Kritik meiner Latina-Mutter bestanden, und das nackt. Wie schon gesagt ... der am wenigsten gebrochene Mann, den ich kenne, Benjamin.«

»Es war ziemlich bizarr, als deine Mutter plötzlich in dein Schlafzimmer geplatzt ist«, sage ich grinsend und versuche, die Stimmung etwas aufzuheitern. Ich kann nicht so tun, als würden mir ihre Worte der Bestätigung keinen angenehmen Schlag in den Magen versetzen.

Sie lächelt, blickt mich aber immer noch ernst an. »Ganz ehrlich ... du arbeitest an deinen Problemen. Du bist ein starker Mann. Das sehe ich.«

»So habe ich schon sehr lange nicht mehr empfunden«, gestehe ich. Ich gestehe jedoch nicht, dass sie mir das Gefühl gibt, stark zu sein.

»Ich sehe mich aber ebenfalls dazu gezwungen sicherzugehen, dass du verstehst«, fährt sie fort, »ich bin für dich da, wenn du jemals über irgendetwas mit mir reden willst. Ich mag dich wirklich, Benjamin, und ich hatte nicht erwartet, dass aus uns irgendetwas werden könnte. Trotzdem entwickelt sich gerade etwas Großes. Du kannst stark sein und immer noch bei jemand anderem Halt suchen. Und ich kann immer noch die Last des Problems eines anderen Menschen schultern, ohne mich selbst vollkommen aufgeben zu müssen. Ich glaube, das ist etwas, was ich erst vor Kurzem gelernt habe.«

Verdammt, wenn sie da mal nicht all die richtigen Dinge sagt. Mich bestätigt, ohne mich unter Druck zu setzen. Mich tröstet, ohne mir das Gefühl zu geben, schwach zu sein. Eine neue Ebene in unserer Beziehung betritt, die mich Gefahr laufen lässt, mich voll und ganz auf sie einzulassen.

Bin ich dafür bereit?

Brandon scheint dieser Meinung zu sein.

Zusätzlich zu dem erneuten Kontakt zwischen mir und meiner Familie haben Brandon und ich in den letzten zwei Wochen ebenfalls große Fortschritte gemacht. Es fing an mit einer Entschuldigung meinerseits dafür, dass ich eine Operation abgesagt hatte und für einige Tage von der Bildfläche verschwunden war. Ich musste dafür sorgen, dass er weiß, was für ein verlässlicher Partner ich bin, und sämtliche Zweifel seinerseits ausräumen.

Er nahm die Entschuldigung steif und ohne echten Enthusiasmus an. Und dann, ohne Vorausdenken und Planung, verstand ich in diesem Moment, dass Brandon eine andere Art der Entschuldigung benötigt.

»Es tut mir leid, dass ich unsere Freundschaft aufgegeben habe«, sagte ich zu ihm und in dem Augenblick hätte ich ihn mit einer Feder umhauen können. Das war an seinem Gesichtsausdruck deutlich zu erkennen. »Ich habe Mauern hochgezogen, die Menschen weggestoßen, die mir nahestanden, und als mein bester Freund gehörtest du auch dazu. Es tut mir leid, dass ich dir so viele Schmerzen zugefügt habe, und ich bin dankbar, dass du meinen Arsch bisher noch nicht auf die Straße verfrachtet hast.«

Damit begann ein Gespräch, bei dem irgendwann die Sprache auch auf Elena kam. Während wir wertvolle Zeit damit verbrachten, uns wieder anzunähern, wollte er auch mehr über sie erfahren. Es war offensichtlich, dass er sie für meine Verwandlung verantwortlich macht.

Und obwohl wir immer noch eine Menge aufzuarbeiten hatten, machte es mir nichts aus, sie mit ihm zu teilen.

Selbstverständlich nur metaphorisch gesprochen.

Ich gab zu, dass es anfangs nur Sex war, sich aber definitiv etwas anderes daraus entwickelt hat. Etwas mehr. Etwas, das ich noch nicht richtig definieren konnte, aber von dem ich wusste, dass es mich verändern wird.

Das freute Brandon sehr. Er ist ein glücklich verheirateter Mann und will, dass ich ebenfalls glücklich bin. Für ihn ist Glück mit einer sicheren Beziehung gleichzusetzen. Auch wenn ich das zuvor schon einmal erlebt habe und dem zustimme, war es an diesem Punkt doch ein wenig mehr, als ich bereit war, in Betracht zu ziehen.

Aber es gibt einen Grund dafür, warum er mein bester Freund ist, und er bewies es, indem er es auf etwas herunterbrach, das mich innerlich unheimlich zerrissen haben muss.

»April würde wollen, dass du dein Leben weiterlebst«, sagte er überzeugt zu mir. »Das weißt du, oder?«

Ich starrte ihn einfach nur an und dachte zum ersten

Mal darüber nach, was April wohl denken würde. Warum habe ich das nicht schon vorher gemacht? Weil ich meinen Glauben an Gott und den Himmel so sehr verloren hatte, dass ich nicht einmal mehr an Aprils Existenz glaubte?

Aber wenn sie existierte … was würde sie wollen?

»Sie würde wollen, dass du die Chance bekommst, wieder glücklich zu werden«, antwortete Brandon leise. »Eine Chance auf die Liebe. Kinder. Alles. Sie wäre furchtbar enttäuscht, wenn du aufhören würdest, dein Leben in vollen Zügen auszukosten.«

Er hatte recht.

Er *hat* recht.

Ich weiß es ganz sicher. Wir haben zwar nie über das Sterben gesprochen und was danach passieren würde, aber ich weiß, dass April mich geliebt hat, und mich zu lieben würde bedeuten, dass mein Glück bei ihr an erster Stelle stand.

Und ich weiß auch, ich hätte im Falle meines Todes gewollt, dass sie sich wieder verliebt. Mehr Babys macht. Mit jemandem alt wird, der sie liebt.

»Ich mag dich auch«, ist alles, was ich zu Elena sagen kann. Worte können kaum ausdrücken, was ich für sie empfinde, aber sie sind einfach und ehrlich. Sie sind nicht mit dem zu vergleichen, was sie zu mir gesagt und wie sie mich bestätigt hat.

Aber ich werde versuchen, mich dahingehend zu verbessern.

Das ist alles Teil des Weges zur Wiederentdeckung meines Lebens.

Lächelnd lockt sie mich mit dem Zeigefinger zu sich. »Warum kommst du nicht her zu mir und reibst mir den Rücken mit Öl ein?«

Ihre Stimme ist rauchig und einladend, und ich weiß, sie möchte, dass ich sie auch an anderen Stellen reibe.

Das ist etwas, auf das ich mich vollkommen einlassen kann.

# KAPITEL 26

## *Elena*

ALS ICH AUF die Uhr sehe, bin ich zufrieden, dass ich meinem Zeitplan ein wenig voraus bin. Ich habe mir den Nachmittag freigenommen, um meine Mutter zu einem Arzttermin zu begleiten. Sie leidet unter Knieschmerzen, die zunehmend schlimmer werden, und heute bekommt sie eine Spritze, mit der versucht wird, ihr Unbehagen zu lindern.

Normalerweise würde mein Vater mit ihr fahren, aber er ist auf Geschäftsreise in Los Angeles. Weil man sich auf keinen meiner Brüder verlassen kann, meldete ich mich freiwillig.

Ich liebe meine Brüder, das tue ich wirklich. Fünf starke, kluge und fähige Männer, die keinen blassen Schimmer haben, wie sie unseren Eltern helfen können, während sie immer älter werden. Zugegeben, meine Mutter hat immer geholfen und ist herbeigestürmt, um alles für ihre Jungs zu tun.

Vielleicht habe ich etwas dieser Charaktereigenschaft

von ihr geerbt. Vielleicht neige ich dazu, zu viel für die Männer in meinem Leben zu tun, was sie wiederum co-abhängig von mir macht. Vielleicht macht mich das zu einem Magneten für eine gewisse Art von Männern.

Aber nein … so ist Benjamin überhaupt nicht. Trotz all der Traumata, die er erlitten hat, hat er sich bisher noch nicht an mir festgeklammert, damit ich mich seines Leides annehme. Ich habe gelernt, dass in ihm ein tiefer Quell der stillen Stärke liegt, mit der er es geschafft hat, sich aus der Dunkelheit zu befreien. Er ist wirklich der stärkste Mensch, den ich kenne. Das lässt ihn mir nur noch attraktiver erscheinen, trotz einiger Ängste, von denen er immer noch ein klein wenig zurückgehalten wird.

Ja, die Dinge entwickeln sich jetzt etwas schneller, trotzdem habe ich keine Angst davor. Benjamin ist einfach so anders – nicht nur anders als jeder andere Mann, sondern als jeder andere Mensch, den ich bisher kannte. Er ist der selbstkritischste Mensch, den ich jemals getroffen habe. Er kennt seine Schwächen und die Dinge, die das Schlechteste in ihm zum Vorschein bringen, und wenn er danach gefragt wird, geht er damit vollkommen offen um. Er fürchtet sich nie, zu seinen Fehlern oder Makeln zu stehen.

Wie dem auch sei, ich habe meine Mission erfüllt, meine Mom zum Arzt zu bringen. Ich bin mit ihr nach Hause gefahren, habe ihr Bein hoch gelagert und ihr ein verspätetes Mittagessen zubereitet. Ich habe ihr die

Fernbedienung und eine Tasse Tee in Reichweite hinterlassen und bin wieder gegangen. Ich muss ein neues Medikament abholen, das der Orthopäde ihr verschrieben hat, danach will ich kurz einkaufen, um mir für heute Abend ein neues Kleid zuzulegen, denn zwischen mir und Benjamin entwickeln sich die Dinge noch ein klein wenig weiter.

Wir sind zum Abendessen bei Brandon und Colleen eingeladen. Das ist aus mehreren Gründen sehr wichtig. Zunächst einmal hat Benjamin seine Freundschaft mit seinem besten Freund gekittet. Vielleicht nicht vollständig, aber zum größten Teil. Ich weiß es, weil er mir nicht nur von dem Gespräch erzählt hat, in dem er um Verzeihung gebeten hat, sondern auch, weil er mir an jedem Abend, den wir zusammen beim Essen oder einem Getränk oder beim Fernsehen verbringen, eine lustige oder interessante Geschichte über Brandon erzählt.

Was ich sagen will ... die beiden haben wieder eine stabile Freundschaft miteinander; das vergangene Jahr ist jetzt nur noch eine Erinnerung, die sie hoffentlich nicht weiter belasten wird.

Heute Abend ist ebenfalls wichtig, weil Benjamin und ich seinen Freundeskreis offiziell als »Paar« betreten. Die Einladung für mich und Benjamin war für ein Grillfest bei Brandon und Colleen. Ihre Kinder verbringen das Wochenende bei Colleens Eltern. Das Zusammensein wird ungezwungen sein, aber ich möchte gern ein hübsches Sommerkleid anziehen.

Ich möchte für Benjamin hübsch aussehen, damit er stolz ist, mich als seine Freundin zu haben. Nachdem ich mein neues Kleid gekauft habe, wird mir noch genügend Zeit bleiben, um nach Hause zu fahren, zu duschen, mich umzuziehen und dann nach Las Vegas zu fahren, um mich mit Benjamin bei ihm zu Hause zu treffen. Er hat mir angeboten, mich aus Henderson abzuholen, aber wir übernachten heute bei ihm, weil Jorie und ich morgen in Vegas Babysachen kaufen wollen und es unsinnig für ihn wäre, die ganze Strecke zu fahren, nur um mich abzuholen.

Ich halte an der Apotheke an, einem kleinen unabhängigen Laden. Sie befindet sich in dieser großartigen Ladenstraße, in der es viele interessante Geschäfte gibt, wie diesen einen, der nichts anderes verkauft als aromatisierte Olivenöle und Gewürze, oder ein anderes, in dem man teure, frisch gepresste Säfte jeglicher Art bekommt. Meine Eltern und ich versuchen, immer möglichst in kleineren Läden einzukaufen, weil mein Vater selbst ein kleines Unternehmen betreibt. Er ist Franchisenehmer eines Heim-Überwachungssystems.

MyRx ist einer dieser Eckläden und gehört einer jungen Frau namens Nicki Palino. Sie führt das Geschäft alleine, ohne einen einzigen weiteren Mitarbeiter. Selbstverständlich hat sie nur eingeschränkte Öffnungszeiten und macht auch nicht vor halb elf auf, macht das aber alles durch ihren exzellenten Kundenservice wieder wett. Ein Einkauf bei Nicki dauert in der Regel eine halbe Stunde, weil es so viel Spaß macht, sich mit ihr zu unterhalten.

Als ich die Glastür öffne, ertönt eine kleine Klingel. Ich finde es lustig, dass sie eine Türglocke hat, weil die gesamte Verkaufsfläche kaum größer als fünfzig Quadratmeter ist. Direkt rechts neben der Tür befindet sich ein langer Tresen und dahinter sind Regale aufgestellt, in denen die verschreibungspflichtigen Medikamente lagern.

Auf der linken Seite, vor einer langen, mit Regalbrettern ausgestatteten Wand, auf der sich die rezeptfreien Arzneimittel befinden, steht ein kleiner Tisch mit drei Stühlen, an dem die Kunden Platz nehmen können, während sie warten.

Nicki steht an einem Arbeitstisch hinter dem Tresen, wo sie Tabletten abzählt, und hebt lächelnd den Kopf, als ich eintrete.

»Hey Elena«, begrüßt sie mich fröhlich. »Ich habe die Medikamente für Ihre Mutter schon vorbereitet.«

Das ist der Hauptgrund, warum ich so gern hierherkomme. Ich muss nie warten. Sie ist immer so gut organisiert.

»Lassen Sie mich nur gerade zu Ende zählen«, sagt sie und wendet sich wieder ihren Pillen zu, während ich mir einige Fläschchen mit ätherischem Öl betrachte, die auf einer Drehplatte auf dem Tresen angerichtet sind.

Ich höre, wie die Tür sich öffnet und die Klingel ertönt, und schaue über die Schulter, um den nächsten

Kunden anzusehen, der den Laden betritt.

Stattdessen blicke ich direkt in den Lauf einer auf mein Gesicht gerichteten Pistole. Dahinter befindet sich ein maskierter Mann.

»Geh verdammt noch mal zurück!«, befiehlt er und ich stolpere nach hinten, um zu tun, was er von mir verlangt. Er fuchtelt mit der Pistole zu dem Durchgang am Tresen. »Stell dich zu ihr!«

Der Mann pfercht mich mit Niki hinter die Ladentheke und ich gehe direkt auf sie zu. Ihre Augen sind vor Angst geweitet und ihre Haut ist um etwa fünf Töne blasser geworden.

»Oh nein«, murmelt der Mann, greift sich mein T-Shirt und zieht mich ruckartig an sich. »Du bleibst in meiner Nähe.«

»Geben Sie ihm einfach das Geld«, weise ich Nicki mit ruhiger Stimme an. »Es wird alles gut werden.«

Der Mann lacht schrill und hysterisch und Nicki schüttelt den Kopf, als sie sagt: »Er will kein Geld.«

Vor Angst werde ich vollkommen taub, denn wenn er kein Geld will, dann wird er Nicki und mich wollen. Ich denke darüber nach zuzuschlagen, denn mir wurde beigebracht, mich zu wehren.

Stattdessen werde ich von dem Mann mit der Waffe näher an Nicki herangedrängt, während er mit seiner Pistole zu den Regalen voller Medikamente gestikuliert. »Du weißt, wie die Sache läuft … alle Oxys und Percs. Adderall. Vicodin. Und vergiss bloß nichts!«

Was zur Hölle? Er will Drogen?

Und dann trifft es mich wie der Schlag … der Straßenverkaufswert muss weitaus höher sein als das Bargeld aus der Registrierkasse.

Nicki greift langsam nach einer Plastiktüte und der Mann fängt an zu schreien: »Beeil dich, du dämliche Schlampe! Ich habe nicht den ganzen Tag Zeit!«

Der Mann legt den Arm um meinen Hals, um mich fester zu halten, und ich kann fühlen, wie sein gesamter Körper zittert. Ich frage mich, ob es bloß das Adrenalin ist oder ob er einen Teil der Medikamente für sich selbst braucht.

Nicki bewegt sich schneller, läuft zu einem der Regale. Sie fängt an, Schachteln in die Plastiktüte zu werfen.

»Beeilung!«, fordert der Mann. Nicki zögert und blickt uns über die Schulter hinweg an. Der Mann hebt die Pistole und drückt mir den Lauf an die Schläfe. »Mach ein bisschen Tempo oder ich puste ihr das Gehirn raus!«

Nicki dreht sich um und räumt die Medikamente schneller aus den Regalen. Als die Tüte halbvoll ist, dreht sie sich wieder um und reicht sie dem Mann. Dieser blickt rasch zur Tür, um zu sehen, ob irgendjemand in der Nähe ist, und wendet sich dann erneut an Nicki. Er lockert den Griff um meinen Hals und streckt die Hand nach der Beute aus.

Als er seine Finger darum geschlossen hat, fuchtelt er

mit der Pistole herum und deutet auf den Boden. »Okay ... alle beide auf die Knie, Gesichter weg von mir.«

Nicki geht zu dem Platz, auf den er zeigt, und fällt sofort auf die Knie. Mir gefällt die Vorstellung nicht, mich in eine Position zu begeben, in der er mich hinrichtungsmäßig erschießen kann. Vielleicht habe ich zu viele Folgen der *Sopranos* gesehen, aber nein. Das wird nicht passieren.

Ich bewege mich keinen Zentimeter.

»Auf die Knie, Schlampe!«, knurrt er.

»Nein«, antworte ich und recke das Kinn in die Höhe, doch meine Stimme zittert fürchterlich. »Du hast dein Zeug, jetzt verschwinde von hier.«

Es geht so schnell, dass ich keine Zeit habe, zu reagieren, auszuweichen oder mich zu ducken. Er holt mit der Hand aus, in der er die Waffe hält, und schlägt mir mit dem Handrücken direkt gegen die Schläfe. In meinen Augen explodieren Sterne. Einen Moment lang bin ich blind vor Schmerzen, aber dann sehe ich mein eigenes Blut, das über Nickis Arbeitstisch gespritzt ist, und falle zu Boden.

Ich liege mit dem Rücken zu ihm und warte auf die Kugel, die als Nächstes kommen muss.

Stattdessen ertönt jedoch die Türglocke. Mein Herz zieht sich zusammen für jede Person, die gerade dabei ist, diese Katastrophe zu betreten. Ich höre, wie der Mann flucht, Füße schlurfen und dann schreit jemand anderes.

Nicki ist an meiner Seite und dreht mich herum, damit sie einen Blick auf meinen Kopf werfen kann. »Er ist weg«, sagt sie. Jetzt befindet sich jemand anderes neben mir und kniet sich neben mich. Ein älterer Mann mit schneeweißem Haar und Igelfrisur. Er sieht aus wie ein ehemaliger Militär- oder Polizeibeamter und hat sein Telefon ans Ohr gepresst, während er mit dem Notruf spricht.

»Ja, ich bin soeben Zeuge eines Raubüberfalls bei MyRx in der Honey Camp Road geworden. Der Angreifer ist entwischt, aber hier ist eine verletzte Frau … sieht aus wie eine Kopfwunde.«

»Er hat sie mit der Pistole niedergeschlagen«, erklärt Nicki, dann steht sie auf und verschwindet. Wenige Momente später kommt sie mit einem Handtuch zurück, das sie mir an den blutenden Kopf drückt.

Ich versuche, mich aufzusetzen, aber der Mann hält mich sanft an der Schulter fest, damit ich liegen bleibe, während er fortfährt, mit der Notrufleitstelle zu sprechen.

»Sie haben eine ziemlich schlimme Platzwunde«, teilt Nicki mir mit zitternder Stimme mit. »Es tut mir so leid, Elena.«

Ich lächele schwach. »Warum? Es ist ja nicht so, als hätten Sie das geplant.«

Sie erwidert ängstlich mein Lächeln. »Ich kann einfach nicht glauben, dass es passiert ist. Ich meine … was zum Teufel stimmt nicht mit den Menschen?«

»Allerdings«, murmele ich und schließe kurz die Augen. Mein Kopf tut so weh … als wäre ich mit einer Pistole niedergeschlagen worden.

Während der nächsten zwanzig Minuten werden wir von Mitarbeitern der Polizei und Spurensicherung belagert. Als die Sanitäter kommen, will ich zwar nicht in den Krankenwagen einsteigen, werde aber von ihnen und Nicki davon überzeugt, dass es das Beste ist.

»Sie haben eine schlimme Kopfwunde und sollten wirklich ein Schädel-CT machen lassen, um sicherzugehen, dass Sie keine Gehirnblutungen erlitten haben«, sagt einer der Sanitäter zu mir.

Weil mir das etwas Angst einflößt, lenke ich ein.

Sie lagern mich auf einer Trage und ich fühle mich wie eine Idiotin. Ich war mir sicher, eigenständig gehen zu können, aber sie haben mich nicht gelassen. Sie verbinden meine Wunde, können mir jedoch keine Schmerzmittel verabreichen.

Wir können nicht fahren, bis sie meine Personalien aufgenommen haben. Ein weiterer Sanitäter bereitet eine Infusion vor. Während sie damit beschäftigt sind, sitzt Nicki zur Unterstützung mit mir im Krankenwagen.

Und dann wird mir plötzlich klar … ich werde weder ein hübsches Kleid kaufen noch mit Benjamin heute Abend zu einer Grillparty bei Brandon und Colleen gehen.

»Nicki … können Sie für mich eine SMS schreiben?«, frage ich.

»Sicher«, antwortet sie, dann durchsucht sie meine Handtasche nach meinem Telefon.

Ich denke nicht einmal daran, Benjamin anzurufen. Er ist bei der Arbeit und kümmert sich um seine Patienten. Abgesehen davon erwarte ich nicht, dass er abnimmt. Es ist auch kein Notfall, deswegen reicht eine SMS.

Ich sage ihr ganz genau, was sie in die Nachricht schreiben soll. Nachdem sie sie abgeschickt hat, fragt sie: »Möchten Sie, dass ich Ihre Mutter oder irgendjemand anderen anrufe?«

»Nein«, sage ich bleich. »Dad ist nicht in der Stadt und sie hat gerade erst eine Spritze ins Knie bekommen, deswegen kann sie sich nicht sehr gut bewegen. Ich werde sie nach dem Schädel-CT anrufen, damit ich ihr versichern kann, dass alles in Ordnung ist.«

»Ich soll wirklich niemanden anrufen?«, fragt sie noch einmal.

Ich ziehe Jorie in Betracht, entscheide mich dann aber dagegen. Sie würde sich ebenfalls Sorgen machen und ich bin mir ziemlich sicher, dass es nichts gibt, worum man sich Sorgen machen müsste. Trotz höllischer Kopfschmerzen geht es mir nicht schlecht. Ich habe nichts, was ich von solch einer Verletzung erwarten würde – kein Schwindelgefühl oder so etwas. Ich bin nicht einmal bewusstlos geworden.

»Ich warte einfach ab, bis sie mich untersucht haben, dann rufe ich einen meiner Brüder an«, sage ich, auch wenn ich mir nicht sicher bin, welchen. Sie werden alle mehr oder weniger in Panik ausbrechen.

Verdammt, vielleicht rufe ich mir auch einfach nur ein Taxi und fahre nach Hause. Schließlich bin ich eine unabhängige Frau.

Doch warum habe ich plötzlich das Gefühl, ich müsste weinen, und wünsche mir, dass Benjamin jetzt hier an meiner Seite wäre?

## KAPITEL 27

# *Benjamin*

»SIE ERHOLEN SICH wirklich erstaunlich gut, Sandy«, sage ich zu meiner Patientin und tätschele ihr leicht das Knie. »Ich würde Sie gern in drei Monaten noch einmal sehen. Wenn sich die Dinge nicht verändert haben, werde ich Sie entlassen.«

»Vielen, vielen Dank, Dr. Hewitt«, sagt sie glücklich und drückt meine Hand. »Sie haben mir das Leben gerettet.«

»Na ja, Sie haben die ganze harte Arbeit in der Reha geleistet«, versichere ich ihr, aber es ist immer schön, wenn ein Patient mir so etwas sagt.

Meine Bestimmung im Leben wird dadurch neu bestätigt.

Ich nehme meinen Gehstock von der Tür, wo ich ihn normalerweise hinhänge, während ich mir einen Patienten ansehe, verlasse das Untersuchungszimmer und gehe zur nächsten Tür, wo ich die Patientenakte aus einer an der Wand befestigten Halterung ziehe. Während ich sie durchblättere und mich auf den Patienten vorbereite, ertönt das SMS-Geräusch meines Telefons.

Es ist eine Nachricht von einer unfassbar hübschen und sexy Frau, an die ich derzeit nicht aufhören kann zu denken. Ich habe Elena ihren eigenen SMS-Ton zugewiesen und einen der bereits eingespeicherten Klänge namens »Ripple« gewählt, der sich wie ein Windspiel anhört.

Friedlich.

So wie das Gefühl, das Elena mir oftmals gibt, und mir fällt auf, wie sehr ich für diese Frau schwärmen muss, wenn ich ihren SMS-Ton so einstelle, dass er in mir dieselben Emotionen hervorruft, wie sie es tut.

Kopfschüttelnd ziehe ich mein Telefon aus der Tasche meines Arztkittels. Normalerweise kommunizieren wir tagsüber nicht, weil wir beide so beschäftigt sind, daher ist es ungewöhnlich, dass sie mir schreibt. Meine Neugier bringt mich dazu, nachzusehen und es nicht zu ignorieren.

Als ich ihre Nachricht lese, gefriert mir das Blut in den Adern. *Bitte mach dir keine Sorgen, aber ich bin in meiner Apotheke in einen bewaffneten Überfall hineingeraten. Man hat mir einen Schlag auf den Kopf versetzt und ich werde jetzt ins Krankenhaus nach Henderson gebracht. Mir geht es gut, aber ich wollte dich wissen lassen, dass ich das Abendessen heute absagen muss. Ich werde dich später anrufen, um dir alles Weitere zu erzählen.*

»Willst du mich verarschen?«, brumme ich in den

leeren Flur. Sie wird mich anrufen, um mir alles Weitere zu erzählen? Es geht ihr gut?

Sie dachte, eine beschissene SMS sei die passende Art, um mir das mitzuteilen?

Ich stopfe die Patientenakte zurück in die Halterung. Mit langen Schritten gehe ich zum Empfangstresen, hinter dem drei Arzthelferinnen sitzen. Bevor auch nur eine von ihnen aufschauen kann, frage ich gereizt: »Wo ist Dr. Aimes?«

»Nummer vier«, antwortet eine von ihnen, aber ich habe mich bereits umgedreht.

Ich gehe direkt zum Untersuchungszimmer und atme tief ein, bevor ich anklopfe. Ich bebe vor Wut und Angst und spüre ein seltsames, schweres Gefühl auf meiner Brust lasten.

Brandon öffnet die Tür und wirkt überrascht. Mein Gesichtsausdruck besorgt ihn ganz offensichtlich, denn er drängt mich sofort zurück in den Flur und zieht die Tür hinter sich zu: »Was ist los?«

»Elena ist in irgendeinen bewaffneten Überfall hineingeraten. Sie wurde verletzt und ich muss nach Henderson fahren.«

»Geh«, sagt er, ohne zu zögern. »Ich kümmere mich um deine Patienten.«

Das ist alles, was ich hören muss. »Danke Mann. Ich schulde dir was.«

»Ich werde mir etwas Gutes ausdenken«, antwortet er in dem Versuch, mich zum Lächeln zu bringen. »Schick mir eine Nachricht, nachdem du sie gesehen hast.«

Zur Bestätigung strecke ich im Weggehen meine Hand in die Luft.

◆

ICH WEIß, ICH habe die arme Schwester, die mich durch die kleine Notaufnahme führt, vollkommen durcheinandergebracht. Ich war hereingekommen, hatte wichtigtuerisch meine Neurochirurgen-Zulassung herumgezeigt und gefordert, Elena zu sehen. Dadurch erhielt ich schnell Zutritt und wurde von der Schwester direkt zum Trauma-Spezialisten gebracht, der Elena zugewiesen worden war.

Er verlässt gerade den mit Vorhängen abgetrennten Raum eines Patienten, als die Schwester mich hastig vorstellt. »Dr. Peele ... das ist Dr. Hewitt. Er ist Elena Costieris Partner und ist soeben aus Las Vegas gekommen, um sie zu sehen.«

»Sie wird in Kürze von ihrem CT zurück sein«, sagt Dr. Peele, als er mir die Hand hinstreckt. Er scheint nicht verärgert darüber zu sein, mich zu sehen.

»Wie ist ihr Zustand?«, frage ich ruppig. »Mir wurde mitgeteilt, dass sie eine Kopfverletzung hat.«

Er blickt mich einen Moment lang an, bevor er antwortet: »Wissen Sie, eigentlich darf ich Ihnen keine Auskünfte erteilen, weil das eine Missachtung der ärztlichen Schweigepflicht wäre. Aus professioneller Gefälligkeit heraus kann ich Ihnen jedoch mitteilen, dass sie stabil ist und es ihr sehr gut geht.«

»Können Sie mir zumindest sagen, wie ihr Wert auf der Glasgow-Skala ist?«, frage ich genervt. Dieser Test wäre der erste, den sie in der Notaufnahme gemacht hätten.

Als er den Mund öffnet, kann ich an seinem Gesichtsausdruck erkennen, dass er es mir nicht sagen wird, doch dann wandert sein Blick über meine Schulter. Als ich mich umdrehe, sehe ich, wie Elena in einen abgehängten Raum geschoben wird.

Ich zögere nicht und schreite mit meinem Gehstock, der auf den Fliesen klappert, und Dr. Peele auf den Fersen in diese Richtung. Als ich den Raum betrete, plaudert sie mit dem Pfleger, der sie soeben aus der Radiologie zurückgebracht hat. Sie blickt mich an und ihre Augen werden vor Überraschung ganz groß.

»Benjamin«, murmelt sie, als hätte sie ein Gespenst gesehen. »Was machst du denn hier?«

Was ich hier mache? Hat sie mich das gerade wirklich gefragt?

Ich ignoriere die Frage und nehme mir einen Moment, um ihre körperlichen Verletzungen zu begutachten. Ich kann nicht viel sehen, lediglich, dass ihre linke Schläfe bandagiert ist und Blut den Verband durchtränkt. Ihre olivfarbene Haut ist unfassbar fahl, aber ich denke, dass es der Erschöpfung nach dem Adrenalinrausch zuzuschreiben ist, der ihren Körper angetrieben haben muss.

»Sag Dr. Peele, dass ich dazu berechtigt bin, deinen Fall mit ihm zu besprechen«, befehle ich und versuche, ihren verletzten Gesichtsausdruck zu ignorieren.

Keine tröstenden Worte. Keine Umarmung. Kein süßer Kuss. Keine Sorge darum, wie sie sich fühlt. Nur eine Anweisung, mich hereinzulassen, damit ich dafür sorgen kann, dass sie in Ordnung ist.

Was sie von Anfang an hätte tun sollen.

Elena nickt Dr. Peele zu. »Sie können mit ihm über meinen Gesundheitszustand sprechen.«

Ich drehe Elena den Rücken zu und Dr. Peele fängt an zu reden. Der Wert auf der Glasgow-Skala war exzellent und lag bei fünfzehn. Das bedeutete, sie reagierte mit spontaner Augenöffnung, zeigte eine verbale Reaktion und gehorchte allen Kommandos bei den Tests für die motorische Reaktion.

»Wegen der Platzwunde an ihrer Schläfe warten wir noch auf die Kollegin von der plastischen Chirurgie«, sagt Dr. Peele, als er zu einer Computer-Station in der Ecke des Raumes geht. Er tippt ein paarmal auf der Tastatur herum und öffnet die Ergebnisse ihres Schädel-CTs. »Sieht ganz so aus, als müssten wir noch auf die Radiologen warten, um diese Bilder auszuwerten —«

»Ich bin Neurochirurg«, sage ich und schiebe ihn zur Seite, um die digitalen Aufnahmen auf dem Bildschirm zu betrachten.

»Oh«, sagt Dr. Peele und tritt einen Schritt zurück, damit ich einen besseren Blick darauf werfen kann.

Ich nehme mir einige Momente und studiere kritisch die digitalen Scheiben von Elenas Gehirn. Ich habe immer schon gewusst, dass sie ein hübsches Gehirn haben würde, und bin erleichtert, es intakt und ohne jeglichen Hinweis auf Schwellungen oder Blutungen vorzufinden.

»Sieht gut aus«, teile ich Dr. Peele mit, aber selbstverständlich wird er es durch das offizielle Gutachten des Radiologen bestätigen lassen müssen.

»Ich werde mich nach den Ergebnissen der plastischen Chirurgin erkundigen«, antwortet er und lässt mich mit Elena allein.

Jetzt kann ich aufhören, ein Arzt, und damit anfangen, ein besorgter Partner zu sein, aber ich habe wirklich überhaupt keine Ahnung, was das bedeutet. Derzeit toben in mir die Erleichterung darüber, dass es ihr gut geht, und die furchtbare Angst, dass sie hätte tot sein können.

Langsam drehe ich mich um und hasse den misstrauischen Blick in ihrem Gesicht. Ich habe mich nicht so verhalten, wie sie es erwartet oder gebraucht hätte.

Als ich einen Schritt auf sie zugehe, füllen sich Elenas Augen mit Tränen und es zerreißt mir das Herz. Ich stelle mich an die Seite ihres Bettes und nehme ihre Hand. Dann beuge ich mich nach vorn, gebe ihr einen sanften Kuss und flüstere: »Du bist okay. Du wirst wieder in Ordnung kommen.«

Und während der ganzen Zeit, in der ich das tue, muss ich mich zurückhalten, um nicht wegzulaufen. Denn während ein Teil von mir ihr Trost spenden, sie halten und all die furchterregenden Erinnerungen fortjagen will, ist die Wahrheit jedoch, dass der Großteil von mir all das weit hinter sich lassen will.

Die Wahrheit ist, dass ihr nur eine schlimme Sache zustoßen musste, damit mir klar wurde, ich könnte es nicht überleben, sie zu verlieren. Hätte er nur wenig fester zugeschlagen oder hätte sich ein Schuss gelöst und sie getroffen, könnte ich ihre Hand jetzt genauso gut in der Leichenhalle halten.

Es ist mir gelungen, mich ein Mal von dieser Art Verlust zurückzukämpfen, aber ich glaube wirklich nicht, dass ich es noch einmal überleben könnte.

Diese vergangenen Wochen, in denen ich meine Mauern hochgezogen und mich vor Liebe, Zuneigung und Beziehungen verschlossen habe, schienen so albern gewesen zu sein, aber jetzt scheint es überhaupt nicht dumm. Mir scheint es sicher zu sein.

Ich zwinge mich aber zum Bleiben, weil ich sie jetzt nicht zurücklassen kann, wo sie mich doch am meisten braucht. So ein egoistisches Arschloch bin ich nicht.

»Du wirst wieder in Ordnung kommen«, sage ich dümmlich noch einmal, denn ich weiß verdammt gut, dass sie meine ärztliche Bestätigung gerade nicht braucht.

Elena nickt, schnieft ein wenig und wischt die Tränen mit der anderen Hand weg. Ich greife hinter mich und ziehe einen kleinen Stuhl ans Bett heran, um mich zu setzen.

»Wie ist das alles passiert?«, frage ich und fürchte mich davor, die Einzelheiten zu hören.

Ihre Stimme zittert, ist unsicher und klingt wie die eines Kindes. Ich habe Elena noch nie ohne ihr übliches Selbstbewusstsein und ihre Keckheit erlebt. Derzeit ist sie das Opfer eines brutalen Verbrechens und darauf wurde sie reduziert. Ich drücke ihre Hand ein wenig fester, während sie mir berichtet, was passiert ist.

Zur Hölle … alles wegen der verdammten Drogen. Sie ist beinahe gestorben, nur damit jemand seinen Rausch bekommen konnte.

»Ich dachte, er würde uns hinrichten«, sagt sie leise, aber die Wirkung dieser Worte fühlt sich wie eine innerliche Atomexplosion an. In meinen Ohren klingelt es, während sie mit der Erzählung fortfährt. »Er hat uns befohlen, uns von ihm wegzudrehen. Auf die Knie zu gehen. Ich wusste, das bedeutet, er würde uns erschießen, aber er hatte nicht den Mut, uns dabei ins Gesicht zu sehen.«

»Ach du Scheiße«, bringe ich hervor.

»Ich wollte nicht aufgeben, ohne zu kämpfen. Ich habe mich geweigert und dann hat er zugeschlagen.«

»Verdammt, Elena … es tut mir so leid. Du hast das Richtige getan.«

Sie blinzelt weitere Tränen fort und nickt. »Gott sei Dank kam jemand herein und hat ihn erschreckt. Er ist einfach weggerannt. Gott hat auf mich aufgepasst.«

Diese Worte gefallen mir nicht, weil ich sie nicht glaube. Gott tut so etwas nicht. Er beschützt nicht die Unschuldigen, zumindest nicht aus meiner Erfahrung.

»Kannst du mir einen Gefallen tun?«, fragt Elena.

»Natürlich«, antworte ich automatisch, solange ich nur nicht die Vielzahl an beschissenen Gefühlen erklären muss, die ich derzeit empfinde.

»Kannst du meine Mutter anrufen?«, fragt sie und nickt zu ihrer Handtasche. »Du musst mein Telefon rausholen. Ich muss zu meiner Schande gestehen, dass ich nicht einmal ihre Telefonnummer auswendig weiß, und meine Eltern haben kein Festnetz mehr. Ich wollte nicht, dass sie sich Sorgen macht, bis ich wusste, dass alles in Ordnung ist.«

»Sicher«, sage ich, als ich mich vom Stuhl erhebe. »Aber kann sie mit ihrem Knie denn Auto fahren?«

»Sie wird einen meiner Brüder bitten, sie herzubringen«, antwortet sie.

Ich hole ihr Telefon, lasse Elena es entsperren und suche die Telefonnummer ihrer Mutter heraus. Als ich gerade die Verbindung herstellen will, betritt eine plastische Chirurgin den Raum. Ich trete außerhalb des Vorhangs, während sie Elenas Platzwunde untersucht, behalte sie aber im Auge, als ich ihre Mutter anrufe.

Es ist kein angenehmes Gespräch. Mrs. Costieri ist zunächst hysterisch, aber da ich bereits mit vielen über-emotionalen Familien von Patienten gesprochen habe, gelingt es mir, sie schnell zu beruhigen, indem ich ihr versichere, dass Elena medizinisch gesund ist. Wir sprechen nicht länger als notwendig miteinander, damit sie sich eine Fahrmöglichkeit zum Krankenhaus organisieren kann.

Als ich wieder eintrete, stelle ich mich der Chirurgin vor. Sie erklärt, wie sie die Platzwunde nähen wird. Die Verletzung befindet sich im empfindlichen Teil der Schläfe und zieht sich bis zum Haaransatz hin. Es wird eine Narbe zurückbleiben, aber hoffentlich eine, die kaum sichtbar sein wird, nachdem sie verheilt ist.

Als eine Schwester mit einem Tablett hereinkommt, stelle ich mich auf die andere Seite des Bettes, während sie an Elena arbeiten. Sie hält meine Hand fest, ganz besonders, als sie die Wunde ausspülen. Nachdem sie das Betäubungsmittel injiziert haben, entspannt sie sich und ich sehe kritisch dabei zu, wie die Chirurgin die Wunde schließt. Mit jedem Stich, den sie platziert, spüre ich eine größere Verzweiflung darüber, dass das der Frau zugestoßen ist, die mir so viel bedeutet.

Die Prozedur dauert nicht lange. Als wir wieder allein sind, stelle ich den Stuhl zurück ans Bett. Ich halte ihre Hand fest und sitze schweigend neben ihr. Ich weiß nicht einmal, was ich sagen soll.

»Bist du okay?«, fragt Elena.

Ich versuche, selbstbewusst auszusehen, als ich ihr in die Augen blicke, anstatt schuldbewusst, wegen all dieser verwirrenden Gedanken, die ich habe. »Selbstverständlich. Warum?«

»Ich weiß nicht«, antwortet sie zögernd. »Du siehst

einfach aus … als würdest du lieber irgendwo anders sein als hier. Und es ist in Ordnung, wenn du gehen musst. Ich habe sowieso nicht erwartet, dass du überhaupt die Arbeit verlässt, um herzukommen.«

Da ist er.

Mein Ausweg.

Und sie hat ihn mir auf dem Silbertablett serviert.

Ich zögere nicht einmal, die Wahrheit ein klein wenig zu verdrehen. »Ich bin mitten in der Sprechstunde gegangen. Brandon ist für mich eingesprungen, aber –«

»Geh«, sagt sie nachdrücklich und zieht ihre Hand aus meiner heraus. »Du hättest das nicht tun sollen. Wenn du mich angerufen hättest, hätte ich dir versichern können, dass es mir gut geht.«

Mir ist zugutezuhalten, dass ich nicht vom Stuhl aufspringe. Ich bleibe unsicher sitzen.

»Geh und kümmere dich um deine Patienten«, sagt sie noch einmal und zeigt auf die Tür. »Meine Mutter wird bald hier sein und ich werde dir schreiben, wenn ich später zu Hause bin.«

»Bist du sicher?«, frage ich, obwohl ich weiß, dass sie es ist. Elena bietet nichts an, was sie nicht meint.

»Ich komme schon zurecht«, versichert sie mir mit einem Lächeln.

Ich stehe von meinem Stuhl auf, beuge mich nach vorn und drücke meinen Mund für einen zärtlichen Kuss auf ihren. Nachdem ich meine Augen geschlossen habe, verinnerliche ich das Gefühl ihrer Lippen auf meinen und frage mich, ob ich es jemals wieder spüren werde.

# KAPITEL 28

## *Elena*

»MÖCHTEST DU NOCH irgendetwas?«, fragt meine Mutter, als sie den Kopf ins Wohnzimmer steckt. Ich liege auf ihrem Sofa und zappe durch die Fernsehkanäle.

»Nein danke, *Mamá*«, sage ich, ohne sie anzusehen.

»Tee? Saft?«

Ich schenke ihr meine Aufmerksamkeit und ein beruhigendes Lächeln. »Mir geht es gut. Ehrlich.«

Der Blick, mit dem sie mich anschaut, ist genauso besorgt wie er war, als sie gestern in die Notaufnahme kam, nachdem Benjamin sie angerufen hatte. Aber sie ist eine Mutter. Sie wird niemals beruhigt sein.

Meine Mom bestand darauf, dass ich mit ihr nach Hause komme, anstatt zu mir zu fahren. Wenn ich ehrlich bin, war ich wegen dieser ganzen Sache doch immer noch ziemlich verängstigt, deswegen hat es auch nicht lange gedauert, mich zu überzeugen. Sie verfrachtete meinen jüngsten Bruder Luis von seinem

Zimmer auf das Sofa, damit ich in seinem Bett schlafen konnte. Nachdem wir Kinder ausgezogen waren, sind unsere Eltern in ein kleineres Ranch-Haus mit nur drei Zimmern gezogen. Das große Schlafzimmer gehört meinen Eltern, Luis schläft momentan im Gästezimmer und in dem dritten Zimmer befindet sich Dads Arbeitszimmer.

Luis hat es nichts ausgemacht. Doch anstatt auf dem Sofa zu schlafen, übernachtete er lieber bei einem Freund. Er ist erst kürzlich wieder zu meinen Eltern gezogen, nachdem er sich im Streit von seiner Freundin getrennt hatte, mit der er ebenfalls zusammenwohnte. Ich denke, dass er sich schon bald eine eigene Wohnung suchen wird, da er gern seine Privatsphäre und Platz für sich hat. Sicherlich werden meine Eltern sich ebenfalls darüber freuen, denn auch wenn sie ihre sechs Kinder über alles lieben, begrüßen sie es, dass alle bereits aus dem Haus sind.

Es klopft leise an der Tür, dann wird sie geöffnet. Nur wenige Menschen kommen ohne Aufforderung herein, aber ich weiß, wer es ist, und für sie stand die Tür immer schon offen.

Ich drehe den Kopf langsam über die Armlehne des Sofas und lächele, als ich sehe, wie Jorie mit einer riesigen Vase voller Blumen das Zimmer betritt. Es überrascht mich nicht, dass sie sie sofort meiner Mutter in die Hand drückt und sagt: »Hier, die sind für dich, *Mamá*. Um dir eine Freude zu machen.«

Das ist typisch Jorie. Erstens nennt sie meine Mutter genau wie ich »*Mamá*«, aber sie ist nun mal praktisch bei uns aufgewachsen. Jories Mutter war während der Geburt gestorben und obwohl ihr Vater und älterer Bruder Micah sehr gut auf sie aufpassten, bekam sie ihre »Mutterliebe« bei uns.

Nachdem sie die Blumen bei der richtigen Person abgegeben hat, kommt Jorie zu mir und betrachtet mich kritisch von oben bis unten. Ich weiß, dass ich nicht allzu furchtbar aussehe, mal abgesehen von dem violetten Bluterguss und der dünnen bläulichen Naht an meiner Schläfe. Trotzdem bewertet sie meine Körpersprache, meinen Gesichtsausdruck und die allgemeine Stimmung, die von mir ausgeht. Meine beste Freundin kennt mich einfach so gut.

Während sie auf mich zukommt, murmelt sie: »Na ja … ich denke, du könntest weitaus schlimmer aussehen.«

Als ich grinse, kniet sie sich neben das Sofa und nimmt mich vorsichtig in die Arme.

»Ich kann nicht glauben, dass dir so etwas passiert ist«, flüstert sie und ich kann die Emotionen in ihrer Stimme hören. »Wenn du gestorben wärst, ich schwöre, das hätte ich dir niemals verziehen.«

»Das würde ich nie tun«, flüstere ich zurück und drücke sie fester.

Als sie sich von mir löst, betrachtet sie sich meine Schläfe aus der Nähe. »Dieser Mistkerl. Haben sie ihn geschnappt?«

Ich schüttele den Kopf. Allein schon diese kleine Bewegung tut weh. Im Krankenhaus haben sie mir einige Schmerzmittel mitgegeben, aber ich habe sie noch nicht genommen. Mir reicht das gute alte Paracetamol, um die Schmerzen etwas zu lindern, aber der Schmerz ist immer noch ziemlich hartnäckig. Mir wurde aber gesagt, dass ich mich in einigen Tagen besser fühlen würde.

Ich habe Jorie gestern am Telefon schon alle Einzelheiten erzählt, als ich wieder zu Hause war. Ich hatte bis dahin gewartet, damit sie nicht überstürzt ins Krankenhaus kommt. Als es spät genug war, konnte ich so tun, als sei ich für ihren Besuch zu müde. Ich wusste, dass sie mich sehen wollte, aber das war nicht notwendig gewesen. Ich würde schon in Ordnung kommen.

Körperlich auf jeden Fall.

Emotional könnte es eine andere Sache sein. Ich bin heute früh sehr niedergeschlagen aufgewacht und kann mir nicht erklären warum. Ich bin von Haus aus eine starke Frau. Eine, die während einer Krise nach vorn tritt. Die ruhig und gefasst bleibt. Ich bin diejenige, die Verantwortung übernimmt. Die sich um Menschen kümmert.

Und trotzdem … bei jeder noch so kleinen Sache könnte ich heute anfangen zu weinen.

Wie meine Mutter mich die ganze Zeit betüddelt.

Wie Luis heute ängstlich besorgt zweimal vorbeigekommen ist, um nach mir zu sehen.

Wie mein Vater einen früheren Flug nimmt, nur um sicherzugehen, dass seine einzige Tochter in Ordnung ist.

Wie Jorie abwechselnd eine Jagd auf meinen Angreifer organisieren und an meiner Stelle in Tränen ausbrechen will.

Und wegen Benjamin … ich möchte weinen, weil er sehr, sehr still geblieben ist, seit er gestern das Krankenhaus verlassen hat.

Ich bin nicht dumm. In dem Moment, in dem er die Notaufnahme betrat und mich anblickte, wusste ich, dass etwas nicht stimmte. Es hat ihn überhaupt nicht interessiert, was mir zugestoßen war. Ich konnte die Wut, den Frust und die Angst in ihm spüren. Die Art, wie er gelassen meinen Gesundheitszustand analysierte, ohne mir zu geben, was ich tatsächlich gebraucht hätte – emotionale Unterstützung –, hat mich sehr verletzt. Ich konnte erkennen, wie sehr es ihn mitnahm, als ich ihm den Vorfall schilderte, und dann … hat es erneut wehgetan, als er nicht schnell genug aus der Notaufnahme verschwinden konnte.

Sicher, ich ließ es zu, dass er die Verantwortung auf seine Arbeit schiebt, weil er zurück zu seinen Patienten musste, aber wir wussten beide, dass er hätte bleiben können, wenn er es gewollt hätte.

Er wollte es einfach nicht und ja, das ist der Hauptgrund dafür, warum ich so traurig bin.

Jorie schaut über die Schulter in die Küche, wo meine Mutter Hühner-Tortilla-Suppe für mich kocht.

Meine Leibspeise.

Dann sieht sie mich an und zieht eine Augenbraue hoch. »Wo zum Teufel steckt Benjamin?«

Jorie weiß immer genau, was mich am meisten bedrückt.

Ich zucke mit den Schultern. »Er musste heute früh unerwartet Bereitschaftsdienst machen.«

Zumindest hat er mir das mitgeteilt – per SMS. Als er gestern das Krankenhaus verließ, gab er mir einen Kuss auf den Mund und sagte leise: »Je nachdem, wie viel Arbeit ich habe, komme ich dich morgen besuchen.«

Schon da wusste ich, dass er lügt.

Das wurde heute Morgen bestätigt, als ich seine Nachricht erhielt.

Zugegeben, in seiner SMS stellte er auch jede Menge Fragen, die sich darum drehten, wie es mir geht. Klinische, platte, emotionslose Fragen.

Ich machte mir nicht die Mühe, sie zu beantworten, sondern schrieb lediglich, dass es mir gut gehe und er sich nicht um mich sorgen solle.

Seitdem sind mehr als vier Stunden vergangen und ich habe nichts mehr von ihm gehört. Ich verstehe, dass unsere Beziehung noch frisch ist, aber so, wie sich die Dinge zwischen uns in den letzten paar Wochen entwickelt haben – ganz besonders nach unserem Gespräch auf seinem Boot am vierten Juli –, habe ich weitaus mehr von ihm erwartet.

Und ich bin ebenfalls nicht blöd. Ich weiß, was hier

vor sich geht.

Es ist nicht so, als könnte Benjamin in solch einer Situation keine Unterstützung und Fürsorge leisten. Ich weiß, dass er dazu fähig ist.

Es ist vielmehr so, dass diese ganze Sache ihn sehr erschreckt und wieder zurück in seinen ängstlichen Lebensstil katapultiert hat.

»Ich glaube, zwischen Benjamin und mir ist es vorbei«, sage ich leise und spreche meine Angst aus, die ich den ganzen Vormittag über analysiert habe. Wieder spüre ich, wie mir die Tränen in die Augen steigen.

Jorie steht auf und setzt sich neben mich aufs Sofa, von wo aus sie mich besorgt ansieht. »Warum sagst du das?«

»Weil er nicht hier ist«, murmele ich gereizt.

»Aber du hast gesagt, er hätte Bereitschaftsdienst«, antwortet sie mit gerunzelter Stirn.

Ich seufze, wohl wissend, dass es keinen Sinn ergibt, was ich sage. »Ja … ich weiß. Er hat Bereitschaftsdienst. Aber ich glaube, er hat ihn absichtlich übernommen, um mich nicht sehen zu müssen.«

»Okay, mal langsam … der Reihe nach. Fang von vorn an und erzähl mir, was los ist, denn wir haben uns erst vorgestern unterhalten und du hast mir gesagt, dass alles fantastisch ist. Du hast mir sogar erzählt, du seist dir ziemlich sicher, du würdest dich in ihn verlieben.«

Das stimmt. Ich hatte es meiner besten Freundin anvertraut, was bedeutete, dass es stimmt. Andernfalls hätte ich es nicht gesagt und ich empfinde immer noch so. Deswegen tut es auch so schrecklich weh, dass er jetzt nicht hier bei mir ist oder sich zumindest nicht etwas mehr anstrengt, sich um mich zu kümmern.

Ich habe Jorie nie irgendetwas über die Art und Weise erzählt, wie Benjamin während des vergangenen Jahres gelebt hat. Ich denke, sie hat einiges davon vermutet, aber die Dinge, die Benjamin mir persönlich gesagt hat, habe ich geheim gehalten und werde sie nicht preisgeben.

Aber ich tue mein Bestes, um die Hindernisse zu beschreiben, die wir überwinden mussten. »Benjamin, wie du dir vorstellen kannst, hatte sich nach dem Unfall vollkommen zurückgezogen.«

Jorie nickt. Das weiß sie.

»Das war nicht nur seine Art, den Schmerz des Verlustes zu begraben, sondern auch, um dafür Sorge zu tragen, dass es nicht noch einmal passiert.«

»Investiere nie Gefühle in jemanden, dann wirst du auch niemals verletzt werden, wenn dir diese Person genommen wird«, fasst sie zusammen.

»Ganz genau«, sage ich. »Und na ja … Benjamin und ich haben Gefühle füreinander entwickelt. Er hat riskiert, dass sich sein Herz öffnet, und ich glaube, was mir gestern passiert ist, hat ihm sehr deutlich ins Gedächtnis zurückgerufen, warum er sich so stark dagegen gesträubt hat, jegliche Emotionen zuzulassen.«

»Du glaubst, er macht mit dir Schluss, weil es ihm zu

große Angst eingejagt hat?«, fragt sie mit ungläubigem Gesichtsausdruck.

»Er hat noch nicht mit mir Schluss gemacht«, entgegne ich mit einer Spur Bitterkeit in der Stimme. »Aber es wird passieren. Ich weiß es. Sogar als er mich gestern im Krankenhaus besucht hat, habe ich gespürt, wie er sich von mir abgewendet hat. Ich konnte die Trennung in seinen Augen sehen.«

»Das macht keinen Sinn«, murmelt sie.

»Das tut es, wenn du verstehst, dass er sich zu sehr um mich sorgt. Der gestrige Tag war für ihn eine Erinnerung daran, wie zerbrechlich das Leben sein kann, und er will diesen Schmerz nicht noch einmal durchmachen.«

Jorie zieht eine Grimasse. »Du klingst so verständnisvoll und tolerant. Ich bin sauer auf ihn.«

»Du liebst ihn nicht«, betone ich. »Ich kann ihn verstehen.«

»Aber es tut weh, oder?«, fragt sie vorsichtig.

»Es tut höllisch weh«, gestehe ich.

»Was wirst du jetzt tun?«, fragt sie, denn sie kennt mich gut genug, um zu wissen, dass ich mich nicht zurücklehnen und über diese Dinge nachgrübeln werde.

»Kannst du mich nach Las Vegas fahren?«

Sie blinzelt überrascht. »Du meinst jetzt?«

»Jetzt«, bestätige ich mit einem kräftigen Kopfnicken, das sehr schmerzhaft ist. Ich richte mich auf dem Sofa auf und verdränge Jorie von meiner Seite. Sie steht auf, streckt mir eine Hand entgegen und ich halte mich daran fest. Sie zieht mich nach oben und ich verziehe bei dem stechenden Schmerz, der mir durch den Kopf schießt, das Gesicht.

Ich kann sehen, dass sie mich gern wieder nach unten drücken möchte, damit ich mich ausruhe, aber sie weiß ebenfalls, dass ich keine Ruhe geben werde, bis ich nicht herausgefunden habe, was Benjamin denkt und ob das mit uns tatsächlich vorbei ist.

Wenn er damit nicht umgehen kann, dann werde ich mich würdevoll zurückziehen. Ich will ihm nicht noch mehr Schmerzen bereiten. Er hat in seinem Leben schon mehr als genug davon erfahren müssen. Ich möchte die Sache zwischen uns ebenfalls nicht unnötig in die Länge ziehen. Ich will kein Drama.

Unter anderem haben Benjamin und ich uns so gut verstanden, weil wir beide offen mit unseren Wünschen und Bedürfnissen umgegangen sind.

Ich will, dass er mir die Wahrheit sagt. Wenn er nur ein halb so guter Mann ist wie der, für den ich ihn halte, dann wird er sie mir ins Gesicht sagen.

## KAPITEL 29

# *Benjamin*

DER BEREITSCHAFTSRAUM IST glücklicherweise leer und ich sitze auf einem der Sofas, wo ich versuche, mich einen Moment lang zu entspannen. Ich hatte bis jetzt noch keine Operation, wurde aber zu einigen Untersuchungen hinzu gebeten, die ich weiterhin beobachte. Ein geplatztes Blutgefäß im Gehirn, das wir momentan noch medikamentös zu behandeln versuchen. Wenn die Schwellung nicht abnimmt, könnte es nötig sein, eine Ventrikulostomie durchzuführen. Bei dem anderen Fall handelte es sich um eine Wirbelsäulen-verletzung nach einem Sturz von einer Leiter, bei der eine gerissene Bandscheibe auf das Rückgrat drückt. Auch hier behandeln wir zunächst auf konservative Weise, doch es könnte jederzeit eine Operation anstehen.

Für den Augenblick gibt es noch keine Situation mit hohem Leistungsdruck, deswegen muss ich mich entspannen.

Alles hat mit Elena zu tun, denn außerhalb der

seligen Momente, in denen ich mich auf meine Patienten oder deren Testergebnisse konzentrieren muss, denke ich die ganze Zeit nur an sie. Ich mache mir immer noch schreckliche Sorgen um sie. Ich weiß zwar, dass ihr körperlich nichts fehlt, doch ich mache mir auch mehr Gedanken um die psychischen Folgen, die dieser Angriff auf sie haben wird. Ich weiß, wie es sich anfühlt, dem Tod ins Auge zu blicken. Es kann Menschen in den Wahnsinn treiben.

Ich sollte sie wirklich anrufen und mich nach ihr erkundigen.

Das tue ich jedoch nicht, weil ich nicht weiß, was ich sagen soll. Jede Faser meines Körpers signalisiert mir noch immer, dass ich mich zurückziehen soll. Mich aus dem Staub machen, während ich noch die Gelegenheit dazu habe, mit lediglich einem leicht gebrochenen Herzen davonzukommen, im Gegensatz zu einem vollkommen zerstörten, wenn ich noch länger warte. Wenn ich die Sache mit ihr beende, muss ich es von Angesicht zu Angesicht tun und nicht am Telefon.

Und dennoch, indem ich sie nicht anrufe oder ihr zumindest eine SMS schicke, um sie zu fragen, wie es ihr heute geht, sende ich ihr ein deutliches Signal, dass sie mir nicht wichtig ist.

Was nicht weiter von der Wahrheit entfernt sein könnte.

Das Problem besteht darin, dass sie mir einfach zu wichtig ist und ich es hätte kommen sehen müssen. Als ich mich vor dem Vatertag von ihr trennte, weil mir klar geworden war, dass sie mich verletzlich macht, hätte ich sie weit hinter mir lassen und mein Leben weiterleben sollen.

Ich nehme mein Telefon aus der Tasche meines Arztkittels und sehe nach, ob sie mir irgendwelche Nachrichten geschrieben hat.

Ich bin sowohl erleichtert als auch traurig, keine vorzufinden, denn ich hätte nichts dagegen gehabt, wenn sie meine Sorgen mit einer kurzen Meldung zerstreut hätte.

Wie dem auch sei, es gibt eine Sache, nach der ich mich erkundigen muss, also rufe ich meine Mutter an. Bei der Art, wie sie den Anruf annimmt, rolle ich mit den Augen. »Hi Benji. Wie ist dein Tag bisher?«

Als ich noch klein war, hat sie mich immer Benji genannt, und bis heute hat sie nicht damit aufgehört. Sie nennt mich nicht ständig so, aber für gewöhnlich, wenn sie große Zuneigung verspürt. Seit wir uns wieder angenähert haben, sagt sie es sehr häufig und ich lasse sie gewähren. Es ist das Mindeste, was ich tun kann, nachdem ich sie im vergangenen Jahr so verletzt habe.

»Ich wollte nur kurz anrufen … und sichergehen, dass für morgen alles vorbereitet ist«, sage ich. Sie fliegt für einen kurzen Besuch nach Las Vegas. Ich freue mich wirklich darauf, jetzt sogar noch mehr als zuvor.

»Ich habe bereits gepackt. Sofern der Flug keine Verspätung hat, sehen wir uns dann morgen früh.«

»Wunderbar«, sage ich. »Ich habe morgen frei, wir können also etwas unternehmen.«

»Kann Elena auch kommen?«, fragt sie, denn selbstverständlich habe ich meiner Mutter von ihr erzählt. Ich Dummkopf dachte, dass es der passende Zeitpunkt wäre, meiner Mutter etwas so Wichtiges mitzuteilen, damit sie weiß, dass ich wieder bereit bin, so eine enge Bindung zu ihr zu haben, wie es früher einmal der Fall war.

»Äh ... ich bin mir nicht sicher, ob das möglich ist«, sage ich lahm.

»Warum nicht?«, ruft sie aus und klingt dabei furchtbar enttäuscht.

Ich erzähle ihr, was gestern vorgefallen ist. Und dann erkläre ich ihr, wie ich mich dabei fühle. »Es hat mir furchtbare Angst gemacht, Mom. Und ich habe gedacht ... ich bin einfach nicht bereit dafür. Bereit, mich mit einem Menschen auf so etwas einzulassen. Ich meine, vielleicht irgendwann in der Zukunft, aber jetzt ... ich glaube einfach nicht, dass ich damit umgehen kann.«

Einen Moment lang schweigt sie, dann sagt sie schließlich: »Du kannst nur mit den Dingen umgehen, mit denen du umgehen kannst, Benjamin. Aber ganz egal, was passiert, ich stehe hinter dir. Ich werde beten, dass Gott dir die Stärke geben möge, dich dort hindurchzuarbeiten.«

»Ernsthaft, Mom?«, frage ich wütend. »Du musst

wirklich *ihn* ins Spiel bringen?«

»Du hast vielleicht keine Beziehung zu ihm, aber ich schon, deswegen ja … ich werde beten.«

Warum um alles in der Welt lieben nur alle diesen Kerl so sehr? »Gott hat einen Scheißdreck mit meinem Leben zu tun.«

»Das hat er nicht«, antwortet sie nachdrücklich, nicht um das abzuwerten, was ich glaube – oder besser, was ich nicht glaube –, sondern einzig, um mich daran zu erinnern, dass ihr Glaube stark ist.

»Warum zum Teufel hat er dann nicht verhindert, dass April und Cassidy sterben?«

»Es ist nicht seine Aufgabe, schlimme Dinge zu verhindern, Benjamin«, sagt sie leise, »sondern vielmehr, dir die Kraft zu geben, sie zu überstehen.«

»Aber das hat er nicht getan«, murmele ich.

»Ich glaube schon, dass er das getan hat«, antwortet sie sanft.

»Elena glaubt an Gott«, sage ich. Ich habe keine Ahnung, warum ich das erwähne. »Sie hat mir gestern gesagt, dass Gott auf sie aufgepasst haben muss. Dass sie deswegen nicht gestorben ist. Und wenn das der Fall ist, warum hat er dann auf Elena aufgepasst, aber nicht auf April und Cassidy?«

»Benji … Liebling«, sagt meine Mutter mit beruhigender Stimme, »das werden wir niemals ganz sicher wissen. Vielleicht hat Gott auch nicht auf Elena aufgepasst, sondern auf den bewaffneten Räuber.«

»Was?«, krächze ich überrascht, denn bei ihrer Antwort schnürt es mir die Kehle zu.

»Vielleicht hatte Gott mit diesem Mann etwas anderes vor oder wollte nicht, dass er die Schuld trägt, einen Menschen umgebracht zu haben. Vielleicht hat Gott April und Cassidy nach Hause geholt, wo sie sein sollten, weil du dafür bestimmt bist, mit Elena zusammen zu sein. Wir werden es nie erfahren. Wir können es nicht erfahren. Wir können nur daran glauben, dass er letztendlich nur das Beste für uns will und uns nicht mehr geben wird als das, was wir bewältigen können.«

Ich bin es so leid, mit allen Leuten ständig im Kreis zu diskutieren. Ich weiß, dass Elena sehr gern zu Wort kommen würde, weil ihr Glaube dem meiner Mutter sehr ähnlich ist. Aber keines ihrer Worte schafft es, dass es mir besser geht. Sie bringen keine Klarheit.

Sie verwirren und erschöpfen mich lediglich.

»Schau mal ... ich muss jetzt auflegen«, sage ich. »Aber ich hole dich morgen vom Flughafen ab, okay?«

»Okay, Liebling. Ich liebe dich.«

»Ich liebe dich auch«, antworte ich leise, bevor ich den Anruf beende.

Ich stehe vom Sofa auf und gehe zu einem der Süßigkeitenautomaten. Nichts, was mir gefällt. Ich kehre zum Sofa zurück.

Bevor ich mich hinsetzen kann, erhalte ich eine Nachricht von Elena. Ich blicke auf mein Telefon. *Ich bin hier im Eingangsbereich. Ich weiß, dass du Bereitschaftsdienst hast, aber es wäre gut, wenn du ein paar Minuten Zeit für mich hättest. Ich werde so lange warten, wie nötig ist.*

Scheiße ... sie ist hier. Ich bin beschwingt und gleichzeitig habe ich furchtbare Angst. Ich hatte zwar die besten Absichten, mit ihr zu sprechen – vielleicht sogar, mich von ihr zu trennen –, aber ich habe nicht erwartet, dass es heute sein würde. Aber das ist meine Elena ... sie erzwingt einen Showdown, weil sie niemand ist, der sich zurücklehnt und dabei zusieht, wie sich das Leben entwickelt.

*Bin auf dem Weg*, schreibe ich zurück, dann nehme ich mir meinen Gehstock, der neben der Tür lehnt.

Ich brauche einige Minuten, bis ich bei ihr ankomme, hauptsächlich weil die Aufzüge so voll sind.

Sie sieht mich nicht kommen und das gibt mir die Möglichkeit, sie kritisch von oben bis unten zu betrachten. Ich sehe ihren Bluterguss und die Naht. Ich habe das alles erwartet, deswegen schockiert es mich nicht.

Ich hasse jedoch, den Kummer auf ihrem Gesicht zu sehen. Sie weiß es.

Sie weiß, dass ich ein Mistkerl bin und mich darauf vorbereite wegzulaufen. Ohne dass sie ein Wort sagen muss, kann ich jede hübsche Nuance an ihr erkennen. Und es ist ebenfalls offensichtlich, dass sie mich damit davonkommen lassen wird.

Als ich nur noch wenige Meter von ihr entfernt bin, sieht sie mich und unsere Blicke treffen sich. Sie kommt nicht auf mich zu und ich halte einige Schritte entfernt von ihr an. »Wie fühlst du dich? Kopfschmerzen? Schwindelgefühl? Siehst du doppelt?«

In ihren Augen blitzt es verärgert auf und sie ignoriert demonstrativ meine Fragen. »Ich muss wissen, ob es zwischen uns vorbei ist.«

Ein Luftzug entweicht aus meiner Lunge, während ich mich in der unmittelbaren Umgebung nach einem Platz umsehe, an dem wir uns in Ruhe unterhalten können. Es sind zu viele Leute hier.

Ich nehme Elenas Hand, führe sie durch die Tür des Eingangsbereichs und an der Seite des Krankenhauses entlang, wo sich ein kleiner Hinterhof befindet. Dort sind zwar auch einige Menschen, aber ich finde ein ruhiges Plätzchen auf einer Bank unter einem Baum.

Wir sitzen uns zugewandt, ihre Knie berühren meine. Ich strecke die Hand aus und streiche ihr eine Haarsträhne aus der Stirn und auf die andere Seite ihrer Wunde. Sie beobachtet mich aufmerksam, als würde sie etwas in meine Handlung hineininterpretieren. Ich wollte einfach nur ihr gesamtes Gesicht sehen.

»Ich bin in der Vergangenheit nicht vollkommen ehrlich zu dir gewesen«, beginne ich und sie blinzelt mich überrascht an. »Über den Grund, warum ich dich bei unserer Verabredung im Wicked Horse vor Vatertag versetzt habe.«

»Du wurdest von deinen Gefühlen überwältigt«, sagt sie, aber ich schüttele den Kopf.

»Ich war mehr als nur überwältigt, Elena.« Ich nehme ihre Hand. »Du hast alle meine Abwehrmechanismen vollkommen außer Kraft gesetzt. Du hast mich nackt ausgezogen und denk mal an diese Zeit zurück … das war lange bevor wir uns unsere Gefühle füreinander eingestanden haben. Bereits zu diesem frühen Zeitpunkt hast du mir furchtbare Angst gemacht, weil du mich wieder verletzlich hast werden lassen.«

»Es tut mir leid«, sagt sie leise und blickt kurz zur Seite, bevor sie mich wieder ansieht. »Ich weiß nicht einmal, was ich darauf erwidern soll.«

»Entschuldige dich nicht«, tadele ich. »Ich sage es dir nur, damit du weißt, welch große Wirkung du auf mich hattest, selbst am Anfang unseres Kennenlernens. Du hast mich auf verschiedene Arten geöffnet, die ich nicht einmal für möglich gehalten hätte und von denen ich nicht dachte, dass ich bereit für sie wäre. Deswegen habe ich Panik bekommen und dich ignoriert.«

»Das ist ja alles schön und gut«, antwortet sie und streicht mit dem Daumen über meinen Handrücken. »Das gibt mir einen besseren Einblick, aber du hast mich wieder in dein Leben hineingelassen, selbst als du dir des Risikos bewusst warst.«

»Ich habe es getan, weil du ebenfalls dafür gesorgt hast, dass ich anfange, den Schmerz zu vergessen«, gestehe ich und kann sehen, wie die Erkenntnis einsetzt. »Hier bin ich, beginne, mich in diese hübsche, kluge und temperamentvolle Frau zu verlieben, und mein Leben hat angefangen, wieder richtig gut zu werden. Bis –«

»Bis ich dich daran erinnert habe, wie zerbrechlich alles doch ist«, sagt sie sanft und mir wird klar, dass das ebenfalls nicht neu für sie ist. Sie hat alles bereits verstanden, denn ihre Stimme klingt geschlagen und akzeptierend gleichzeitig. »Du willst nicht riskieren, noch einmal solch einen Verlust zu erleben.«

»Ich weiß es nicht, Elena«, antworte ich aufrichtig. »Jeder Instinkt sagt mir, ich solle weglaufen, aber ich weiß nicht, ob ich dich gehen lassen kann. Unabhängig davon ist alles ein Beweis dafür, wie wichtig du mir geworden bist. Ich wünschte, es wäre nicht so. Es würde die Dinge um ein Vielfaches einfacher machen, wenn ich nur dahin zurückkehren könnte, es zu genießen, dich zu vögeln, anstatt dich nur zu li-«

Ich halte inne, bevor ich das »L«-Wort laut ausspreche.

»Ich habe das Gefühl, ich sollte etwas sagen, um dich umzustimmen«, sagt sie. »Ich sollte wütend werden. Dich reizen oder so etwas. Aber ich kann dich nicht zwingen, mich als wichtig genug anzusehen, um den Schmerz zu riskieren, und darum geht es doch im Grunde genommen nur.«

Ich nehme ihre andere Hand und halte beide ganz fest. »Du bist wichtig, Elena. So verdammt wichtig. Zu wichtig. Und ich versuche nicht, dich mit April zu vergleichen, weil ihr beide auf eure ganz eigene Art vollkommen verschieden und wunderbar seid. Ich meine, keine von euch könnte der anderen jemals das Wasser reichen, weil ihr beide so einzigartig seid, und trotzdem ... ertappe ich mich dabei, wie ich den Schmerz, den ich empfunden habe, vergleiche mit dem potenziellen Schmerz, den ich mit dir ertragen könnte, und Elena ... ich glaube, es würde mich zerstören, wenn ich dich verlieren würde.«

Sie schüttelt den Kopf und auf ihrem Gesicht breitet sich ein trauriges Lächeln aus. »Nein, irgendwann würde es dir wieder gut gehen. Du würdest überleben und nach von blicken, und das weiß ich, weil ich an dich glaube.«

Und dann erhebt sie sich und zieht ihre Hände aus meinen. »Auf Wiedersehen, Benjamin.«

Ich bin erstaunt und beeile mich aufzustehen, greife meinen Stock und ramme ihn in die Backsteinwand. »Das war es also? Du gehst? Du versuchst nicht einmal, mich davon zu überzeugen, dass ich unrecht habe?«

Sie legt den Kopf schief und lächelt mich mahnend an. »Das habe ich soeben getan. Ich habe dir gesagt, dass du falschliegst. Dass du überleben würdest, weil du stark bist. Ich persönlich glaube, dass du standhaft genug bist, um diese Ängste zu überwinden, und ich hoffe, dass du mir recht geben wirst. Du weißt, wo du mich finden kannst, wenn das der Fall sein sollte.«

Dann geht sie an mir vorbei, ihr Arm berührt meine Brust. Ich strecke die Hand aus und unsere Finger verweben sich für einen kurzen Moment. Keiner von uns blickt den anderen an, aber wir zögern diese Berührung hinaus, bis sie schließlich ihre Hand herauszieht und sich von mir entfernt.

# KAPITEL 30

## *Elena*

ICH STIMME ZWAR mit einigen Glaubensgrundsätzen der katholischen Kirche nicht überein, bin aber der Meinung, dass es keine Rolle spielt. Ich denke, es ist vernünftig, Dinge zu hinterfragen und meine eigenen Entscheidungen zu treffen. Auch wenn ich mit der Kirche nicht immer einer Meinung bin, finde ich hinter diesen dicken Steinmauern sehr viel Trost.

Der Geruch von Weihrauch, die bunten Glasfenster, auf denen der Kreuzweg abgebildet ist, die Feier der heiligen Kommunion. All das gibt mir ein Gefühl von Geborgenheit und einen guten Start in die neue Woche.

Meine gesamte Familie geht jede Woche in die Kirche, auch wenn einer von uns den Gottesdienst hin und wieder aus einem guten Grund ausfallen lässt – und ja, mir ist bewusst, dass es kein guter Grund ist, den Tag mit einem Mann im Bett zu verbringen. Nach der Kirche gehen wir oft gemeinsam Mittagessen und eines unserer Lieblingsrestaurants ist das Olive Garden.

Heute sind wir komplett, was neben meinen Eltern auch meine fünf Brüder, drei Schwägerinnen, zwei Neffen und vier Nichten mit einschließt, auch wenn sich die kleinste Nichte Emily heute Morgen mit ihrer Mutter in einem separaten Teil mit anderen Müttern und Kleinkindern befindet. Die Familie Costieri nimmt zwei Kirchenbänke ein, aber so ist der katholische Lebensstil nun einmal. Es fühlt sich gut an, draußen zu sein, ganz besonders weil ich den Großteil meiner Zeit gestern auf dem Sofa meiner Eltern verbracht habe.

Ich war etwas genervt gewesen, weil meine Mutter mich den ganzen Vormittag wie eine Glucke umsorgt hatte, aber nachdem Benjamin und ich uns getrennt hatten und Jorie mich wieder zu Hause abgeliefert hatte, wünschte ich mir nichts mehr, als dass meine Mom sich um mich kümmert.

Ich meine ... ich glaube, wir haben uns getrennt. Ich versuche, mir unsere letzten Worte zurück ins Gedächtnis zu rufen, und bin mir nicht ganz sicher. Wir haben es irgendwie in der Schwebe belassen. Benjamin hat gesagt, er hätte Angst vor dem Schmerz, wenn er mich verliert, ich habe erwidert, dass er stärker ist, als er zu sein glaubt, und dann ... bin ich gegangen. Dieser Teil hat sich jedenfalls richtig angefühlt. Ich habe alles gesagt, was ich sagen konnte.

Die Kommunion wurde soeben beendet und die letzten Gemeindemitglieder kehren zurück auf ihre Plätze. Unser Pfarrer verliest einige Ankündigungen und ich habe abgeschaltet. Ich hole vorsichtig mein Telefon aus der Handtasche, das ich sofort nach meiner Ankunft in der Kirche auf Vibration geschaltet habe. Vor zwei Jahren hatte ich einmal einen unfassbar peinlichen Moment, als mich mitten im Gottesdienst mein damaliger Freund anrief und »Hell's Bells« laut ertönte.

Ich schreibe Jorie eine kurze Nachricht. *Lass uns heute Babysachen einkaufen.*

Immerzu bereit, mir den Rücken zu stärken, antwortet sie. *Bist du dir sicher, du würdest nicht lieber in eine Bar gehen und dich betrinken?*

*Du bist schwanger. Du darfst nicht trinken.*

*Aber ich kann zuhören*, schrieb sie zurück. *Und dich nach Hause fahren.*

Meine Mutter beugt sich herüber und zischt mir ins Ohr: »Steck sofort das Telefon weg, junge Dame. Wir sind in einem Gotteshaus.«

Grinsend ziehe ich den Kopf ein und antworte Jorie schnell. *Ich rufe dich in ein paar Minuten an, sobald ich aus der Kirche raus bin.*

Als ich den Kopf hebe, bemerke ich, wie meine Mutter mich tadelnd ansieht, aber sie kann das kleine Lächeln nicht verbergen, das ihre Mundwinkel umspielt, weil ein Teil von ihr sich darüber freut, dass ich immer noch eine Göre bin. Sie lässt den Blick zu meiner Naht wandern und plötzlich wird ihr Ausdruck sanft, ihr Mund ein wenig traurig. Sie weiß, dass ich nicht nur eine Kopfverletzung habe, sondern dass mein Herz ebenfalls gebrochen wurde. Sie tätschelt mir das Knie, dann wendet sie ihre Aufmerksamkeit wieder dem zu, was am Altar vor sich geht. Die finale Prozession hat begonnen und die Gemeinde ist aufgestanden.

Ich singe leise, denn ich habe die schlimmste Stimme der Welt. Nach der Prozession beginnen wir, die Kirchenbänke zu verlassen. Ich folge meiner Mutter, dabei nicke ich bekannten Gesichtern zu und lächele sie an. Wir schlurfen durch den Hauptgang und es geht nur langsam voran, weil die Leute stehen bleiben, um dem Pfarrer am Ausgang die Hand zu schütteln und einige Worte mit ihm zu wechseln.

Mit gesenktem Kopf, um meiner Mutter nicht in die Hacken zu treten, denke ich über Jories Vorschlag nach. Vielleicht ist es gar keine so schlechte Idee, sich heute zu betrinken. Es könnte Benjamin kurzfristig aus meinen Gedanken vertreiben. Oder es könnte mich dumm genug machen, ihn betrunken anzurufen.

Oh je. Keine gute Idee.

Und dann, aus irgendeinem Grund, weiß ich, dass ich aufsehen muss. Ich hebe den Kopf, lasse den Blick über die letzten Reihen wandern und genau dort … am Ende der hintersten Reihe sitzt Benjamin und starrt vor sich hin.

Er trägt einen sandfarbenen Anzug und ein hellblaues Hemd. Anstatt zerzaust ist sein Haar zurückgekämmt und sein Bart perfekt getrimmt.

Benjamin.

Der tatsächlich in einem Gotteshaus sitzt. Ich bin erstaunt, dass er angesichts der Abscheu, die er an diesem Ort empfinden muss, nicht in Flammen aufgegangen ist.

Als er lächelt, fängt mein Herz an zu stolpern. Er deutet mit dem Kopf in Richtung Ausgang, eine stumme Bitte, ihn draußen zu treffen. Als Antwort nicke ich.

Mit dem Stock in der Hand erhebt er sich, reiht sich vor mich in die schlurfende Menge und ich verliere ihn aus den Augen.

Weil ich neugierig bin zu erfahren, was er hier tut, gebe ich meiner Mom einen kleinen Stoß in den Rücken, um sie dazu zu bringen, schneller zu gehen. Selbstverständlich kann sie das nicht und blitzt mich an. Ich ziehe den Kopf ein und entschuldige mich unterwürfig.

Während ich beim Verlassen der Kirche beinahe schon von einem Fuß auf den anderen hüpfe, gehen mir eine Million Gedanken durch den Kopf.

Er ist hier, um mir seine Liebe zu erklären.

Oder um mir einen Slip zurückzugeben, den ich in seiner Wohnung vergessen habe.

Nein, deswegen würde er nicht in die Kirche kommen.

Oder doch?

Ich meine ... vielleicht um Gott eine lange Nase zu machen?

*Mann ... warum können diese Leute sich denn nicht beeilen?*

Und dann schütteln meine Eltern dem Pfarrer die Hand. Ich bin fast frei. Ich widerstehe dem Drang, sie an Pfarrer Gaul vorbeizuschieben, dann stehe ich direkt vor ihm. Mit seinen freundlichen blauen Augen betrachtet er meine Naht und legt die Hand auf meinen Kopf.

Er murmelt kurz, dann sagt er: »Ich habe für dich gebetet, mein Kind.«

»Vielen Dank, Pfarrer Gaul«, sage ich leise, dann wende ich mich zum Gehen, aber meine Mutter versperrt mir den Weg.

Ich stelle mich auf Zehenspitzen und suche die Menge hinter den etwa zwölf Stufen ab, die aus der Kirche hinausführen. Ich kann Benjamin nirgends sehen.

Vielleicht war er nur eine Ausgeburt meiner Fantasie. Oder einfach nur jemand, der ihm zum Verwechseln ähnlich sah.

Die Leute bewegen sich nun ein wenig freier, durchkreuzen meine Sichtlinie von links und rechts, um zu den zwei Parkplätzen zu gelangen, die sich seitlich an der Kirche befinden.

Und dann … wie Gott, der für Mose das rote Meer geteilt hat, wird ein Weg frei und ich sehe ihn endlich.

Auf der anderen Straßenseite lehnt er an seinem Audi, der dort geparkt ist.

Es ist eine Situation wie in *Das darf man nur als Erwachsener*. Er hat sogar die Hände in die Hosentaschen geschoben und zieht eine heraus, um mir zögernd zuzuwinken.

Ich widerstehe dem Drang, mich wie eine Idiotin umzuschauen, als wäre er nicht meinetwegen hier, denn ich weiß es ja. Ich lege meiner Mutter die Hand auf die Schulter und beuge mich zu ihr. »Ich werde das Mittagessen heute ausfallen lassen.«

Sie dreht sich zu mir um. »Ist mit dir alles in Ordnung?«

Ich nicke zu Benjamin. »Ja.«

Ihr Blick wandert über die Straße, um ihn anzusehen. Weil sie meine Mutter ist, werden ihre Lippen zu dünnen Strichen und sie schaut ihn böse an, bevor sie sagt: »Er hat besser eine gute Entschuldigung parat.«

»Vielleicht will er sich gar nicht entschuldigen«, sage ich.

»Für den Fall ruf mich an und ich hetze ihm deine Brüder auf den Hals. Sie werden ihm schon eine Lektion erteilen.«

Ich schnaube, dann gebe ich ihr einen Kuss. »Ich rufe dich später an, *Mamá*. Hab dich lieb.«

»Hab dich auch lieb«, antwortet sie.

Ich hole tief Luft und schaue Benjamin an. Er bewegt sich nicht in meine Richtung, sondern bedeutet mir, zu ihm zu kommen. Mir fällt auf, dass er seinen Stock nicht mehr hält, er muss ihn also in den Wagen gelegt haben, was bedeutet, er hat nicht vor, lange zu bleiben.

Oh scheiße … vermutlich ist das ein letztes Treffen vor der endgültigen Trennung.

Während ich die Stufen hinuntersteige, dreht sich mir vor Angst der Magen um. Ich muss einige Autos vorbeifahren lassen, bevor ich die Straße überqueren kann.

Lächelnd stößt er sich von seinem Audi ab.

»Was tust du hier?«, frage ich.

»Es gibt da jemanden, den ich dir vorstellen möchte«, entgegnet er. Ich bin sprachlos und finde das alles mehr als seltsam.

Benjamin nimmt mich bei der Hand und führt mich hinten um seinen Wagen herum zur Beifahrerseite. Das Fenster wird heruntergefahren und ich blicke in das Gesicht einer Frau, von der ich weiß, dass sie Benjamins Mutter ist, auch wenn ich noch nie ein Bild von ihr gesehen habe. Bis gerade eben war es mir gelungen zu verdrängen, dass sie zu Besuch kommen wollte und heute früh gelandet ist.

Ich streiche mit einer nervösen Geste meine Haare glatt. Benjamin legt mir seine Hand ins Kreuz und schiebt mich ein wenig näher zu ihr, als wollte er mir damit versichern, dass sie nicht beißt. Seine Mutter strahlt mich an und streckt dann ihre Hand aus dem Fenster. »Hi Elena … es ist wunderbar, dich endlich kennenzulernen.«

Selbstverständlich nehme ich ihre Hand, aber mein Lächeln zittert. Ich zittere. »Ebenfalls schön, Sie kennenzulernen, Mrs. Hewitt.«

Sie winkt ab. »Bitte … nenn mich Kathy.«

Weil ich nicht dazu in der Lage bin, meine Verwirrung noch länger zu verbergen, frage ich Benjamin einfach geradeheraus: »Was geht hier vor sich?«

Seine Mutter lächelt, dann fährt sie das Fenster hoch, um uns etwas Privatsphäre zu geben. Benjamin wirkt durcheinander, als er über das Dach seines Wagens zur Kirche blickt.

»Das war seltsam«, sagt er leise und nickt zu der Kapelle. »In der Kirche zu sitzen.«

»Nicht dein Ding«, rufe ich ihm ins Gedächtnis. »Ich verstehe schon.«

»Es könnte mein Ding sein«, antwortet er und sieht mich an. »Das mit dir, meine ich.«

Ich runzele die Stirn und schüttele den Kopf. »Tut mir leid … ich habe das Gefühl, in einer Grauzone zu sein. Gestern habe ich den deutlichen Eindruck bekommen, dass es mit uns vorbei ist, und jetzt tauchst du mit deiner Mutter an meiner Kirche auf.«

Benjamin grinst, als er mit dem Finger auf das Fenster deutet, hinter dem seine Mutter sitzt. »Das ist so etwas wie meine große Geste.«

Ich runzele weiterhin verwirrt die Stirn. »Große Geste?«

Er lächelt mich verlegen an und zuckt ein wenig mit den Schultern. »Ich dachte, wenn ich dich meiner Mutter vorstelle, würdest du merken, wie ernst es mir ist.«

»Mit was ist es dir ernst?«, frage ich, obwohl es mir

an diesem Punkt anfängt zu dämmern.

»Mit dir«, entgegnet er und streckt die Hand aus, um mir eine Haarsträhne hinters Ohr zu streichen. Er betrachtet mein Gesicht. »Ich wollte dir zeigen, dass ich keine Angst habe, nach vorn zu schauen. Auf dem aufzubauen, was wir bereits zusammen haben. Ein gemeinsames Leben zu führen.«

Mir schwirrt der Kopf, wenn ich über die Bedeutung seiner Worte nachdenke. Er scheint so sicher zu sein und dennoch ... er hat mich bereits zweimal wegen seiner Ängste sitzen lassen.

»Das ist eine große Kehrtwende, die du seit gestern hingelegt hast«, sage ich.

Er schüttelt den Kopf. »Eigentlich nicht. Ich kannte meine Möglichkeiten, ich musste nur eine Entscheidung treffen. Vorwärts oder rückwärts gehen. Nachdem ich erst einmal darüber nachgedacht hatte, war es eigentlich ganz einfach.«

»Einfach?«, frage ich mit einem schiefen Lächeln.

»Ja«, entgegnet er, legt die Hände an meine Taille und zieht mich an sich. Ich berühre mit den Händen seine Arme und lege den Kopf in den Nacken, um zu ihm aufzusehen. »Meine Liebe für dich hat meine Angst einfach überwogen.«

»Liebe?« Meine Stimme ist so schwach, dass ich sie kaum hören kann, aber glücklicherweise hört er sie.

Er nickt und blickt mir ernst in die Augen. »Ja ... ich liebe dich, Elena. So, so sehr. Ich kann nicht zulassen, dass du einfach wieder aus meinem Leben verschwindest. Eigentlich habe ich darüber nachgedacht und bin mir sogar ziemlich sicher, dass Gott dich mir aus irgendeinem Grund geschickt hat.«

»Und der wäre?«, flüstere ich.

»Damit ich wieder leben kann«, sagt er. »Wieder lieben. Es ist ein Geschenk, das mir da gegeben wurde, und ich kann es nicht ignorieren. Also bitte, spann mich nicht länger auf die Folter und sag mir, dass ich noch eine Chance bei dir habe. Ich habe nicht alles ruiniert, oder?«

Mein Lächeln ist zurückhaltend, als ich den Kopf schüttele und mich an ihn schmiege. Ich schlinge die Arme um seinen Hals, berühre seinen Nacken und stelle mich dann auf Zehenspitzen, um mein Gesicht so nahe wie möglich an seins heranzubringen. »Ich liebe dich auch.«

»Zum Glück!«, murmelt er, bevor er mich küsst. Ein süßer Kuss, der meine Seele stiehlt und so viel Versprechen enthält, dass mein Herz anfängt zu flattern.

Er löst sich von mir. »Ich lasse mich vollkommen auf dich ein, Elena. Das verspreche ich dir.«

Als Antwort gebe ich ihm mein ganz eigenes Ehrenwort. »Und ich werde bei dir sein. Für immer.«

Benjamin grinst und reibt seine Nase an meiner. Als er mich wieder ansieht, nickt er zum Wagen. »Idealerweise würde ich gern zu dir nach Hause fahren und das hier mit einigen Orgasmen besiegeln, aber meine

Mutter ist zu Besuch. Ich dachte, ich könnte euch Damen zu einem Fünf-Sterne-Mittagessen einladen. Kannst du heute deine Pläne mit der Familie absagen?«

»Sie werden es vollkommen verstehen«, sage ich und mache mir eine mentale Notiz, Jorie eine SMS zu schreiben, sobald ich im Auto sitze.

»Dann steht dein Wagen bereit«, sagt er und öffnet überschwänglich die hintere Tür.

»Ich kann mich auf den Rücksitz setzen«, sagt Kathy sofort, aber ich nehme bereits Platz.

»Auf gar keinen Fall«, antworte ich und greife nach dem Sicherheitsgurt. »Ich sitze hier sehr bequem.«

Benjamin sieht nur einen kurzen Moment zu mir, um sicherzugehen, dass meine Beine auch drin sind. Lautlos formt er die Worte erneut.

*Ich liebe dich.*

Still flüstere ich sie zurück. Als er die Tür schließt, ist das Letzte, was ich sehe, ein zufriedenes Grinsen auf seinem Gesicht.

Kathy dreht sich auf ihrem Sitz nach hinten. »Okay ... fang an. Erzähl mir alles über dich.«

Als Benjamin auf dem Fahrersitz Platz nimmt, um uns zum Mittagessen auszuführen, unterhalten wir uns bereits wie zwei alte Freundinnen. Er unterbricht uns nicht und sagt kein Wort, sondern fährt lediglich mit demselben zufriedenen Grinsen auf dem Gesicht davon.

# EPILOG

## *Elena*

ICH ZWINGE MIR das letzte Stück Steak in den Mund, denn ich bin so satt, dass ich nicht glaube, diesen Bissen noch herunterschlucken zu können, aber es ist so verdammt lecker, dass ich es tun muss. Benjamin hat keine Kosten gescheut, um unser viermonatiges Beziehungsjubiläum zu feiern, und eigentlich ist es lächerlich und süß zugleich, dass er diesen Anlass überhaupt begehen will. Er hat mich zu CUT by Wolfgang Puck gebracht und beim Anblick der Preise sind mir die Augen aus dem Kopf gefallen. Es ist schon ein wenig gewöhnungsbedürftig zu akzeptieren, dass ich mit jemandem zusammen bin, dem es nichts ausmacht, mich zu einem fünfundsechzig Dollar teuren Filet am Knochen einzuladen, während er sich ein hundertdreißig Dollar teures Porterhouse Steak gönnt.

»Hier gibt es die leckerste Schokoladentorte zum Nachtisch«, sagt er, während er mich dabei beobachtet, wie ich mit überkreuzten Unterarmen auf dem Tisch den letzten Bissen herunterschlucke.

»Ich kann nicht mehr«, sage ich, wische mir den Mund ab und lege die Serviette zurück auf meinen Schoß. »Ich werde tatsächlich explodieren, wenn ich noch irgendetwas anderes Essbares zu mir nehme, und das wäre sehr hässlich. Es würde vollkommen die Stimmung ruinieren für das, was ich mir später noch für dich ausgedacht habe.«

»Und was ist das?«, fragt er mit großem Interesse und beugt sich ein wenig nach vorn.

Ich wackele mit dem Finger vor seiner Nase herum. »Es ist eine Überraschung, aber ich verspreche dir, wenn ich mit dir fertig bin, wirst du wie ein Hund bellen.«

Benjamin rümpft die Nase. »Ich bin mir nicht sicher, ob ich jetzt noch großes Interesse daran habe.«

»So laut meinen Namen schreien, dass die Nachbarn es hören?«, schlage ich stattdessen vor.

»Das klingt schon ganz anders«, antwortet er lachend und steht vom Tisch auf. »Entschuldige mich bitte einen Moment … ich bin sofort zurück.«

»Lass dir Zeit, Baby«, antworte ich. Ich sehe ihm nur kurz nach, als er sich entfernt. Er humpelt immer noch, aber er hat angefangen, seinen Stock immer weniger zu benutzen. Er hat daran gearbeitet, sein Bein im Fitnessstudio zu stärken, und hat nun nicht mehr so viele Schmerzen, wenn er es mit mehr Gewicht belastet.

Nicht dass es mir etwas ausmacht. Er ist sexy mit und ohne Stock – ob er humpelt oder nicht.

Während Benjamin nicht da ist, trinke ich kleine Schlucke von meinem Rotwein und scrolle auf meinem Telefon herum. Ich schreibe Jorie schnell eine Nachricht, um mich zu erkundigen, wie es ihr geht. Mit ihrer Schwangerschaft ist alles in Ordnung und sie sieht mit ihrem kleinen Babybäuchlein so hinreißend aus, dass ich nicht aufhören kann, süße, enge Kleider für sie zu kaufen, die meine Patentochter zur Schau stellen, die in einigen Monaten auf die Welt kommt.

»Also, wenn du heute Abend mal nicht atemberaubend aussiehst«, sagt eine männliche Stimme über den Tisch hinweg. Sie kommt mir irgendwie bekannt vor. Nachdem ich den Kopf gehoben habe, blinzele ich überrascht August Greenfield an, der mir gegenübersitzt. Seit dem Abend im Wicked Horse, an dem ich mit ihm und Cage beinahe einen Dreier hatte, habe ich ihn nicht mehr gesehen.

Selbstverständlich gehen Benjamin und ich nur noch selten ins Wicked Horse. Er hat seine Mitgliedschaft gekündigt. Wenn uns beiden nach sexueller Aufregung zumute ist, zahlt er die Eintrittsgebühr und ich nutze die Spezial-Mitgliedschaft, die Jorie mir geschenkt hat. Aber seit er mich seiner Mutter vorgestellt hat und die Dinge sich zum Besseren gewendet haben, waren wir vielleicht dreimal dort.

August sitzt dort auf Benjamins Stuhl und schenkt mir ein sündhaft attraktives Lächeln, bei dem seine beiden Grübchen zum Vorschein kommen. Ich ziehe eine Augenbraue hoch und frage mich, welches Spiel er wohl spielt.

»An dieser Stelle solltest du eigentlich sagen: ›Meine Güte, August ... du siehst selbst sehr schick aus.‹« In seinen Augen glitzert es spitzbübisch.

»Du bist schon ganz in Ordnung«, sage ich grinsend und verschränke die Arme vor der Brust. »Komisch nur, dass du gewartet hast, bis Benjamin weg war, bevor du Hallo gesagt hast.«

»Na ja, mein Interesse gilt nicht Benjamin«, sagt er affektiert.

»Also dann«, antworte ich scharfzüngig, »dein Interesse sollte besser auch nicht mir gelten, weil mein Interesse ausschließlich Benjamin gilt.«

August legt beide Hände auf Höhe seines Herzens übereinander und zuckt zusammen, als hätte ihn soeben ein Pfeil dort getroffen. »Autsch, das tut weh!«

Ich schnaube. »Nein, das tut es nicht.«

»Ich dachte wirklich, wir hätten eine Verbindung, Elena«, sagt er und zieht eine Schnute.

»Dein Gesicht wird gleich eine Verbindung mit meiner Faust haben, wenn du nicht sofort von meinem Stuhl aufstehst«, sagt Benjamin, als er hinter August tritt. Aber sein Ton ist nicht ernsthaft bedrohlich. Er klingt eher wie ein lahmes Versprechen.

Grinsend nicke ich in Benjamins Richtung. »Ich würde tun, was er sagt. Er zieht andere Leute nämlich auch an den Haaren.«

August wirft den Kopf in den Nacken, lacht und erhebt sich von Benjamins Platz. Zu meiner Überraschung streckt er Benjamin die Hand entgegen, der sie zögernd nimmt.

Dann lässt er den Blick zwischen Benjamin und mir hin und her wandern, während er seine Hand schüttelt. »Eigentlich ... habe ich gesehen, wie ihr beide hier zu Abend esst, und wollte nur rüberkommen und euch gratulieren. An jenem Abend im Wicked Horse ist mir klar geworden, dass Elena dauerhaft aus dem Handel gezogen wurde.«

Benjamin gibt ein tiefes Knurren von sich und August beeilt sich zu erklären: »Ich meine damit nicht den ›Fleisch‹-Handel, um es mal so zu formulieren. Ich meine in Bezug auf eine Beziehung.«

Benjamin rollt mit den Augen, öffnet den Knopf seines Jacketts und ignoriert August demonstrativ.

Ich schenke ihm ein süßes Lächeln. »Also, es war schön, dich wiederzusehen, aber —«

August hält kapitulierend die Hände hoch und lässt ein tiefes Lachen folgen. »Ich verstehe schon ... ich störe.«

»Ja, das tust du«, murmelt Benjamin.

»Viel Glück euch beiden«, sagt August. Mit einem teuflischen Funkeln in den Augen raunt er mir zu: »Aber wenn du diesen Typen jemals abschießt, Elena ... du weißt, wo du mich findest.«

Benjamin knurrt noch einmal. August gibt ein

Schnauben von sich, bevor er sich zurückzieht. Ich nehme meine Serviette und tue so, als würde ich mir erneut den Mund abwischen, aber in Wirklichkeit unterdrücke ich ein Lachen.

»Was für ein Spaßvogel«, murmelt Benjamin, als er mich ansieht, und zieht ganz leicht einen Mundwinkel nach oben.

»Männer sind so seltsam … diese kleinen Spielchen, die ihr spielt. Die Leute denken, dass nur Frauen so etwas tun, aber Männer sind genauso schlimm.«

Ein Kellner nähert sich mit einem weißen Teller in der Hand und stellt eine kleine Schokoladentorte vor mir ab. Ich bin so voll, ich kann das verdammte Ding nicht einmal anschauen.

Ich schüttele den Kopf und blicke über den Tisch hinweg. »Ich habe dir doch gesagt, dass ich satt bin.«

Der Kellner zückt zwei Löffel, legt einen neben den Teller und reicht den anderen einem grinsenden Benjamin. »Ich glaube, ich kann genug für uns beide davon essen.«

»Tu dir keinen Zwang an«, sage ich lachend.

Wir unterhalten uns und ich trinke meinen Wein. Benjamin isst kleine Bissen der Torte und streckt jedes Mal den Arm über den Tisch aus, anstatt den Teller einfach zu sich hinzuziehen. Nach jedem zweiten Löffel erwähnt er, wie gut sie schmeckt und dass ich sie probieren sollte.

Ich schüttele bloß den Kopf und lehne jedes Mal ab.

Schließlich sieht er mich leicht genervt an. »Du machst es mir wirklich nicht einfach.«

»Was mache ich nicht einfach?«, frage ich.

»Kannst du dir den Teller zumindest einmal ansehen?«

»Hä?«, sage ich stirnrunzelnd und blicke nach unten, um nachzuschauen, wovon er spricht.

Auf dem Teller befindet sich eine fast aufgegessene Torte, lediglich ein Bissen und einige Krümel sind noch da. Was mir jedoch nicht aufgefallen war, als die Torte vor mir abgestellt wurde, war die elegante Kursivschrift aus Schokolade, die sich am Rand des weißen Porzellans befindet.

*Willst du mich heiraten?*

Ich fahre mit dem Kopf hoch, um Benjamin anzusehen, und mir bleibt der Mund offen stehen. Er lächelt und hält mir eine schwarze Samtschachtel vor die Nase.

Als er sie öffnet, fällt mir die Kinnlade noch weiter herunter, denn ich blicke auf einen riesigen Diamanten in Tränenform, der im Kerzenschein so wild funkelt, dass ich fast geblendet werde.

»Oh mein Gott«, murmele ich und lege mir eine Hand auf die Brust.

»Ich dachte, wir hätten uns darauf geeinigt, dass Gott keinen direkten Einfluss darauf hat, so mit unserem

Leben zu spielen«, tadelt Benjamin. Er und ich haben tiefgehende Gespräche über Gott, Göttlichkeit und seinen Sinn in unserem Leben geführt. Er kommt an den meisten Sonntagen sogar mit mir in die Kirche, auch wenn er manchmal auch einfach nur faul sein und zu Hause bleiben will, was ebenfalls in Ordnung ist.

Mein Herz schwillt an, als er mich direkt darauf hinweist, dass die Wege unseres Gottes unergründlich sind, dieser Ring jedoch, der vor mir glitzert, nur mit dem Mann zu tun hat, der die Schachtel hält.

Weil er mich liebt und mich heiraten will.

Diese Erkenntnis schockiert mich. Ich meine, wir sind uns in den letzten Monaten so viel nähergekommen. Wir haben unser beider Leben permanent miteinander verknüpft, nachdem er auf halber Strecke zwischen Henderson und Las Vegas ein Haus für uns gekauft hat. Wir sind schnell zusammengezogen und teilen seitdem unsere Zukunftsträume miteinander.

Aber weil wir nie offen übers Heiraten gesprochen haben, ist das hier doch eine große Überraschung.

»Elena«, sagt er und ich reiße den Blick von dem Diamanten los, um ihn anzusehen. »Niemand beginnt ein Erwachsenenleben mit dem Gedanken, zweimal verheiratet zu sein. Aber ich habe gelernt, dass es in unserem Leben eventuell Phasen geben kann, die mehr als nur eine Art von Liebe beinhalten. Du kennst meine Gefühle für April und Cassidy. Du hast mir in den letzten Monaten geduldig zugehört, wenn ich von ihr erzählt habe. Du hast mir eine sichere Umgebung gegeben, in der mir das möglich ist, und mich immerzu dazu ermutigt, niemals zu vergessen, was ich mit ihnen hatte.«

Das stimmt. Ich habe sogar darauf bestanden, dass Benjamin die Fotos von ihnen wieder hervorholt und sie in unserem Haus aufstellt, damit er die Erinnerung an sie nie wieder verliert oder herabsetzt.

»Aber auch wenn ich sie immer wertschätzen werde, sind sie dennoch meine Vergangenheit und du bist meine Zukunft. Und es wird eine lange, wunderbare Zukunft werden, die wir zusammen haben. Eine Zukunft, in der ich hoffe, Kinder und eines Tages Enkelkinder zu bekommen. Ich möchte mit dir alt werden. Alle großen Abenteuer des Lebens mit dir teilen. Ich liebe dich mehr als irgendetwas anderes auf der Welt und ich flehe dich an, mich zum glücklichsten Mann weit und breit zu machen, indem du mir sagst, dass du mich heiraten willst.«

An diesem Punkt strömen mir die Tränen bereits unaufhaltsam die Wangen herunter und der Rotz droht mir aus der Nase zu tropfen. Ich nehme meine Serviette und wische hastig über mein feuchtes Gesicht, bevor ich ihm enthusiastisch zunicken kann.

Erleichterung macht sich auf seinem Gesicht breit und er erhebt sich von seinem Stuhl. Auch ich stehe auf und wir treffen uns neben dem Tisch. Dann befindet sich meine linke Hand in seiner und er steckt mir den

Ring an den Finger. Er schimmert und ich bin fasziniert davon, wie groß er ist. So etwas habe ich noch nie zuvor gesehen.

»Ich liebe dich«, sagt Benjamin zärtlich, hebt meine Hand und küsst mich auf die Fingerknöchel.

»Oh, Benjamin … ich liebe dich auch«, erwidere ich und schlinge die Arme um ihn, damit ich ihm den größten, feuchtesten, emotionalsten Kuss der Welt geben kann. Er drückt mich fest an sich und hebt mich hoch, als unser Kuss sich vertieft.

Aus der Ferne höre ich, wie die Leute applaudieren, und mir ist überaus bewusst, dass ich in meinem gesamten Leben noch niemals so glücklich gewesen bin.

Doch das Beste ist, dass es von jetzt an nur noch besser wird.

~ Ende ~

# Biografie

Seit der Veröffentlichung ihres ersten modernen Liebesromans »Off Sides« im Januar 2013 hat Sawyer Bennett viele weitere Bücher herausgebracht, von denen ein Großteil auf den Bestsellerlisten der New York Times, USA Today und des Wall Street Journals zu finden war.

Als reformierte Strafverteidigerin aus North Carolina bedient Sawyer sich Erfahrungen des Alltags, um ansprechende Geschichten zu schreiben, mit denen ihre Leserinnen und Leser sich identifizieren können. Angefangen bei New Adult Literatur bis hin zu erotischen Liebesromanen schreibt Sawyer Bücher für fast jeden Geschmack.

Sawyer mag ihre Bloody Marys stark und ihre Martinis schmutzig; ihre Helden sind in der Regel eine Kombination aus beidem. Wenn Sawyer nicht gerade fiktive Liebesgeschichten zum Leben erweckt, arbeitet sie als Chauffeurin, Frisörin, Köchin, Putzfrau und persönliche Assistentin für ihre äußerst aktive Tochter und als Vollzeitbedienstete für ihre bezaubernd frechen Hunde. Sie glaubt an das Gute im Menschen und dass ein schlechter Tag mit einem Besuch im Fitnessstudio und einem Stück Kuchen gerettet werden kann – oder am besten mit beidem.

Sawyer beschäftigt sich ebenfalls mit den Bereichen allgemeine Belletristik und Frauenliteratur unter dem Pseudonym S. Bennett. Außerdem veröffentlicht sie herzige Liebesromane unter dem Namen Juliette Poe.

Besuchen Sie Sawyer im Netz!

sawyerbennett.com

twitter.com/bennettbooks

facebook.com/bennettbooks

# Bücher von Sawyer Bennett

*Wicked Horse Vegas – Die Serie:*
Sündhafter Gefallen (Buch Eins)
Sündhaftes Begehren (Buch Zwei)
Sündhafte Eifersucht (Buch Drei)
Sündhafte Vermählung (Buch Vier)
Sündhafte Entscheidung (Buch Fünf)
Sündhafter Ritter (Buch Sechs)
Sündhafte Retterin (Buch Sieben)

*Affären vor Gericht – Die Serie:*
Affären vor Gericht: Die Geschichte von McKayla
(Buch Eins)
Die Geständnisse eines göttlichen Anwalts: Die
Geschichte von Matt (Buch Zwei)
Ergib dich mir!: Die Geschichte von Cal und Macy
(Buch Drei)

*The Wicked Horse – Die Serie:*
Wicked Fall (Buch 1)
Wicked Lust (Buch 2)
Wicked Need (Buch 3)
Wicked Ride (Buch 4)
Wicked Bond (Buch 5)

*Jameson Force Security Group – Die Serie:*
Codename: Genesis (Buch 1)

**Und auch die folgenden Bücher von Sawyer Bennett
werden in Kürze auf Deutsch erhältlich sein:**

*Aus der Reihe »Wicked Horse Vegas«:*
Wicked Secret (Buch Acht)

*Aus der Reihe »Jameson Force Security Group«:*
Code Name: Sentinel (Buch 2)
Code Name: Heist (Buch 3)
Code Name: Hacker (Buch 4)